D1931959

Barbies Vernichtung
von Eleni Dafnidi

ANT
musik & verlag

Die Autorin:

Eleni Dafnidi wurde 1978 in Levkosia, Zypern geboren. 1996 machte sie auf dem klassischen Panzyprischen Gymnasium ihr Abitur und studierte im Anschluss an der Dimokrition Universität Jura. Gleichzeitig beschäftigte sie sich mit Dichtung und Poesie. Barbies Vernichtung ist ihr erster Roman.

Barbies Vernichtung

von Eleni Dafnidi
ins Deutsche übersetzt von Maria Sabbas-Scouras

Roman

Stadtbücherei
Niddastraße 1
61118 BAD VILBEL

ANT
musik & verlag

Deutsche Erstveröffentlichung
Titel der griechischen Originalausgabe: H eξολοθϱευση τησ Μπαϱμπι
© Copyright 2005 by Psichogios Publications, S.A.
Copyright für die deutsche Ausgabe:
©2006 by ANT musik & verlag
Birkenecker Straße 13, D-85399 Hallbergmoos
Telefon: (08 11) 87 21, Telefax: (08 11) 27 23
E-Mail: info@ant-musik-verlag.de
Internet: www.ant-musik-verlag.de

Übersetzung: Maria Sabbas-Scouras
Lektorat: Ute Kallinowski, Walburga Frankenhuizen, Theo Scouras
Satz & Layout: Petra Appel, 85445 Oberding
Umschlaggestaltung: Petra Appel, 85445 Oberding
Titelillustration: Ina Virgens, 85646 Anzing
Druck: Pinsker Druck und Medien, 84048 Mainburg
Printed in Germany

ISBN-13: 978-3-9810983-0-3
ISBN-10: 3-9810983-0-7

Der Preis dieses Bandes versteht sich einschließlich
der gesetzlichen Mehrwertsteuer.

Zur Herstellung des Buches wurde nur säurefreies
und alterungsbeständiges Papier verwendet.

Gewidmet all denen,
die mich inspiriert haben...

Inhalt

„Dunkle“ Gedanken ... 9
Essen, Trinken… und die Situation im Auge behalten ... 27
Ruiniert mir meinen Tag nicht ... 41
Das unheimliche Gewicht der Haare ... 57
Der Bus – BEST OF – ... 77
Kein Sex mehr, aber Prügel ... 81
Wer den Schaden hat, braucht für den Spott nicht zu sorgen ... 87
Anatomie einer Fressorgie ... 123
Die Rückkehr des Verschwenderischen ... 137
Der Bus ... 145
Der Bus – Die ganze Wahrheit über das, was ihr noch nicht gesehen habt ... 155
Der Nikolaus kam, hatte aber keinen Hunger ... 167
Mahlzeit der Idioten ... 187
Das Haus des Abgottes ... 195
Monat ein, Monat aus ... 213
Ende der Saison ... 239
Die Chronologie eines angekündigten Schlaganfalls ... 245
Erde öffne dich… ... 255
Ich sehe Licht und trete ein ... 257
Niemals sonntags ... 271
Öffentliche Dialoge ... 279
Zwei Monate später – vier Kilo weniger ... 283

„Dunkle“ Gedanken

Ich wurde an einem Tag geboren, als alle Musen frei hatten. Keine besonderen Vorzüge, kein Talent, keine besonderen Gaben. Nichts. Meine Eltern liebten mich, indem sie mich fütterten. Ich bekam sozusagen Liebe mit dem Löffel. Unzählige Lagen Fett, unzählige Dosen Liebe verwandelt in Moussaka, Nudeln und Torten. Ihre Liebe quoll überall über, aber vor allem an meinem Körper, an meinen Hüften, an meinem Hintern. Meine erste kindliche Erinnerung: Ich schlafe in einem Bräter mit Kartoffeln in der kuscheligen Wärme eines Backofens; dieser Traum hält mich noch heute an kalten Wintertagen mollig warm.

Meine Erinnerungen beinhalten das ganze Verdauungssystem. Sie huschen sehr lebendig an mir vorüber, ob in der Schule das dreistöckige Sandwich, das Schinken-Käse-Croissant oder die Tafel Schokolade. Dann wieder zu meiner ersten Liebe: Einem Schokoladenelefanten. Eine große Liebe, die ganz oben begann (in meinem Mund), durch mich hindurchging (Magen) und zu einem unrühmlichen Ende fand (Darm).

In der Pubertät begannen die ersten Kämpfe mit meinen Eltern, als auch ich durch die berühmte Rebellenzeit ging. Mein Lieblingsspruch: „Ab Montag mache ich Diät.“ Ihr Lieblingsspruch: „Iss. Das wird sich alles verwachsen. Das ganze Fett wird Länge.“ (Wenn ich hier einen Sprung ins Heute wagen darf, muss ich völlig wissenschaftlich feststellen: Ich wurde nie größer als 160 cm. Mein Wachstum beschränkte sich lediglich auf die Breite. Da sieht man mal wieder, dass Eltern nicht immer Recht haben.)

Während des Tages aß ich, und in meiner Freizeit weidete ich tausende von Barbies aus, nachdem ich ihnen vorher noch eine spektakuläre neue Frisur verpasste: Glatze – bis ich wieder Hunger hatte. Ein anderes Lieblingsspiel von mir hieß „Das Schweinchen füttern." Während dieses Spiels nötigte ich meinen schmächtigen kleinen Nachbarsjungen, sich auf alle Viere zu werfen und so lange im Garten zu grasen, bis er wächst, dicker wird, und eines Tages als Speise für eine Feier in eben diesem Garten endet. (Entschuldige Saki, ich glaube, es ist Zeit, unangenehme Erinnerungen aus der Vergangenheit ruhen zu lassen und wieder mit mir zu sprechen.)

Aus den Jahren meiner Kindheit weiß ich noch alles. Ich kann mir ohne Probleme alle meine Geburtstagstorten ins Gedächtnis rufen und sie auch noch exakt beschreiben. An die Pubertät will ich mich überhaupt nicht mehr erinnern – außer vielleicht an die Torten. Auf der Uni änderte ich meine Vorgehensweise. Meine Geburtstage feierte ich ausschließlich mit Ouzo und Unmengen von leckeren Vorspeisen. Nachts schlief ich mit der Erinnerung an das ein, was ich tagsüber gegessen hatte, und in Erwartung an das, was ich am nächsten Tag alles essen würde. Manchmal war meine Vorfreude so groß, dass ich den Gedanken, dazwischen schlafen zu müssen, nicht ertrug. So blieb ich wach, aß und wartete auf den nächsten Morgen.

Zwanzig Kilo später...

Ich wache auf und fühle eine Schwere in mir. Wahrscheinlich wegen der Fleischbällchen vom Vortag, dem Prüfungsstress, vielleicht sogar dem Wasser, das mich irgendwie bläht, stehe ich schlecht gelaunt auf. Mit zwei Spiegeleiern und drei gebratenen Würsten tröste ich mich darüber hinweg und mache mich auf den Weg zur juristischen Fakultät. Prüfung in Sozialrecht. Auch das noch. In einem Vierhundert-Seiten-Buch mehr als tausendmal das gleiche Wort: der Bedürftige, der Bedürftige, der Bedürftige... depressives Fach. Vor allem, wenn man bedenkt, dass das Letzte, woran ein Bedürftiger denkt, wohl das Essen ist. So tut er mir ja noch mehr leid als der „Angeklagte“ oder der zur „Aussage Vorgeladene“, aber auch als der „zu lebenslanger Haft Verurteilte“. Woher das Geld zum Essen nehmen?

Der Prüfungssaal ist total überfüllt. Auch gut. Obwohl ich völlig satt bin, will ich die Gelegenheit nicht verstreichen lassen. Ich habe noch gut zwanzig Minuten Zeit und natürlich auch noch genug Platz in meinem Magen für ein Schokocroissant und einen Kaffee.

„Die Croissants sind aus. Willst Du einen Käsestrudel?“

„Okay, dann einen Käsestrudel.“

„Und wie immer, einen Kaffee?“

„Na ja, aber heute habe ich einen erhöhten Bedarf an Energie, tu mir bitte zwei Löffel Zucker mehr rein.“

„Was unsere Thenia wünscht. Unser Ein-und-Alles!“

„Und Schwergewichtige!“

Meine Selbstironie ist Normalzustand für den Barmann, dem ich aus bekannten Gründen nicht die Magersüchtige vorspielen kann. Zu meiner Überraschung Gelächter unbekannter Herkunft hinter mir vom anderen Ende der Bar.

Wild entschlossen, dem Unbekannten gegenüber zu treten, der es gewagt hat, auf meine Kosten zu lachen, rot angelaufen und schwerfällig wie immer, drehe ich mich in seine Richtung...

Und Gott sprach: „Es werde Licht“ und es ward Licht und Sonne und Mond. Und die Ebene füllt sich mit Bienchen und rosa Schmetterlingen und Singvögelchen. Da steht Er. Er. Und es ist das erste Mal, dass mir nicht vor Hunger schwindelig ist.

„Entschuldige“ sagt er, aber die Vögelchen zwitschern so laut, dass ich nichts höre.

Apostolis, der nicht mitbekommen hat, dass ich in diesem Moment das achte Weltwunder erblicke, legt den Käsestrudel auf die Theke und beginnt mit seinem bekannten Monolog:

„Geht aufs Haus. Der beste Käsestrudel für unsere beste Kundin. Für das Mädchen, das die Hälfte unserer Lebensmittel verbraucht und kein Problem damit hat, sich einen Wal zu nennen!“

Es ist das erste Mal in meinem Leben, dass ich einen Menschen umbringen will, nachdem ich ihn lange genug gequält habe, ihn zwinge so lange zu essen und zu trinken, bis es ihn zerreißt. Seine Eingeweide sollen sich überall verteilen, die Chips, Brötchen, Würstchen, alles. Es ist das erste Mal, dass ich mir wünsche, eine Barbie zu sein. Es ist das erste Mal, dass ich keinen Käsestrudel essen will, und zwar nicht, weil ich Lust auf Pasta habe, sondern weil ich entdeckt habe, dass da unten, zwischen meinen Beinen und hinter dem Reißverschluss Flüsse und Bäche und Meere sind, die hin und her schwappen, und warme Sommerstrände, und eine Glocke, die die Studenten in den Saal ruft...

Da ist nicht nur die verdammte Orangenhaut, umhüllt von einem elenden, rosa ausgebleichtem Slip. Da ist noch mehr... noch sehr viel mehr...

„Und was hast Du dann gemacht?“

„Was hätte ich denn tun sollen? Was hättest Du denn getan? Ich bin gegangen. Rausgegangen, gelaufen, geschlurft, ich habe keine Ahnung, wie ich da rausgegangen bin. Das Einzige, woran ich mich erinnern kann ist, dass ich aus Gewohnheit den Käsestrudel mitgenommen habe.“

Rea senkt ihren Blick, starrt auf den Boden und nach ein paar Sekunden fängt sie an zu lachen. Sie lacht laut. Sie lacht sehr laut. Sie lacht so lange, dass ihr die Luft wegbleibt. Sie hält einmal ihren Bauch und dann ihren Mund, und zwischendurch klatscht sie in die Hände. Und lacht, und lacht, und lacht. Und sie denkt nochmals darüber nach und lacht nochmal, diesmal noch lauter, sie brüllt. Irgendwann hört sie auf. Irgendwo da, während ich darauf warte, dass eine neue Runde Gelächter losbricht, merke ich, wie gerne ich sie habe. Wie sehr mag ich diese Freundin, die über mich lachen kann, ohne zu zaudern und Angst zu haben, ich könnte es ihr übel nehmen, ohne Angst zu haben, ich könnte auf sie treten und ihre kleinen, zarten Zehen plätten...
Ich zünde mir eine Zigarette an und frage sie, ob sie mir einen zweiten Kaffee machen kann. Ich lese in ihren Augen, dass sie verstanden hat, dass ich jeden Moment wie ein Kartenhaus zusammenklappen und in Tränen ausbrechen werde. Sie muss mich ertragen. Das ist das Los der Busenfreundin.
„Jetzt komm. Nichts da. Ich habe was, was Dich ganz schnell wieder aufrichten wird", sagt sie und bringt mir eine Creme Caramel. Da fühle ich mich gleich wohler.
Nur ich alleine weiß von dem kochenden Wasser im Topf, das kurz vor dem Überkochen ist, und dass die Augen der Freundin nicht in der Lage sind, das zu erfassen...
Die Tage vergehen mit Blechkuchen, Fastfood, Kartoffelkroketten, Fischspeisen und Chips. Und ab Montag Diät. Was den Schock angeht, nicht dass ich ihn vergessen habe, aber ich habe ihn einigermaßen verarbeitet. Ich bereite mich vor. Rea und ich wollen uns mit ihrer Schwester zum Kaffee treffen, die für ein paar Tage aus Athen zu Besuch da ist. Ich habe zehn Minuten Zeit, um mich fertig zu machen und zum Marktplatz zu gehen, wo wir uns verabredet haben, also habe ich es nicht sonderlich eilig. Ich weiß ein Jahr im Voraus, was ich anziehen werde, nachdem ich die letzten zwölf Monate nur in eine schwarze Jeans passe und, je nachdem wie ich mich fühle, abwechselnd eins meiner drei Her-

renhemden anziehen werde. (Das weiße, wenn ich schlecht gelaunt bin und was brauche, das mich aufbaut; das schwarze, wenn ich zuviel gegessen habe und alles um den Bauch zwickt; das blaue, wenn ich weder Bock auf das weiße noch auf das schwarze Hemd habe. So einfach ist das.) An diesem Tag habe ich meine Gewohnheiten über Bord geworfen und die schwarze Jeans und das schwarze Hemd angezogen, obwohl ich nicht zuviel gegessen habe.

Mit schwerem Schritt, der hundertzwei Kilo wiegt, komme ich zum Marktplatz und stelle mich neben den Springbrunnen. In Gedanken mache ich mir Sorgen um den Springbrunnen, den ich völlig verdecke, und gehe etwas zur Seite. Ich stelle mir vor, was Rea heute anziehen wird.

Wie Rea ist? Sie ist ein alltägliches Mädchen mit Model-Maßen, und zwar solchen, die man in der Diätjoghurt-Werbung sieht, in der Sonnenöl-Werbung und bei Zahnpasta, Shampoo, Lippenstift, etc... Nicht, dass ich nicht auch in einer Werbung mitspielen könnte, nein. Der einzige Unterschied ist lediglich, dass die Dinge, für die ich Werbung machen könnte, äußerst eingeschränkt sind – das würde ungefähr so klingen: „Hallo, ich heiße Thenia und hier bei BodyPerfect habe ich hundertachtzig Kilo in einem Monat verloren!"

Und nach Beendigung dieser Attacke würde das Bild wechseln und ein Bild von mir eingeblendet werden, auf dem ich aussehe wie ein Biafrakind.

Aus der Ferne sehe ich Rea kommen, und wie ich richtig vermutet habe, trägt sie ihre Lieblingsbluse mit dem Herz. (Was mich angeht, das einzige Herz, das ich jemals getragen habe, war das auf einer Rettungsweste, und ich habe nicht vor, es nochmals zu tun.) Sie schiebt einen Rollstuhl vor sich her. Ich laufe zu ihr, um ihr zu helfen. Iro macht die gewohnten Freudenbekundungen wie jedes Mal, wenn sie mich sieht. Sie klatscht in die Hände, wiegt sich hin und her und gibt eigenartige Töne von sich. Ich bücke mich zu ihr, um sie zu begrüßen, und vergesse, was dabei herauskommt (das tue ich immer wieder): Sie packt mich am

Hals (ist ihre Angewohnheit), zieht mich mit aller Kraft zu sich (sie hat immer noch die gleiche Kraft) und ich verliere mein Gleichgewicht (ich habe Probleme mit dem Gleichgewicht). Schön. Jetzt stellt euch mal vor, ein Elefant fällt mit Wucht auf einen Rollstuhl, in dem ein anderer Elefant sitzt. Gar nicht schön...

Im selben Moment bricht auf dem Platz Panik aus. Menschen kommen von überall angelaufen und versuchen uns einzusammeln. Ich stelle fest, dass in solchen Situationen die Kraft der Seele nicht genug ist. Alle geben sich große Mühe. Ein freundlicher, älterer Herr, der sich im Gewichtheben versuchen will, indem er mir aufhilft, benutzt aus Versehen als Hebel meine rechte Brust... und zieht, und zieht noch stärker. Er schafft es. Ich stehe wieder. Er hält immer noch meine Brust. Ich schaue ihn an. Ich schaue ihn nochmals mit Nachdruck an. Die Hand bleibt. Ich schaue ihn noch einmal sehr intensiv an. Die Hand verschwindet. Auch Iro befindet sich wieder in ihrem Rollstuhl, viel glücklicher als ich. Sie klatscht begeistert in die Hände und bewegt sich ekstatisch hin und her. Die Menschen fragen immer wieder, ob wir okay sind. Iro sagt nichts, ich will nur sterben – gut, dass da irgendwo Rea ist.

„Danke. Vielen Dank, alles in Ordnung."

Die Menschen verteilen sich wieder. Die Erde hat sich noch nicht geöffnet, um mich zu verschlingen. Ich vermute, dass ich dazu verurteilt bin, nach all dem auch noch zum Kaffee mitgehen zu müssen. Mich hat schon immer das Abenteuer fasziniert, aber ich glaube, dass Gott meinen Wunsch etwas missverstanden hat. Ich werde es überstehen, wie so vieles andere.

Iro habe ich bis jetzt drei Mal getroffen. Dieses Mädchen hat ständig den Wunsch, das Gesetz der Schwerkraft zu testen. Heute aber komme ich zu dem Schluss, dass sie auch noch eine Mordsfreude daran hat. Ich entferne einen Kaugummi, der sich beim Fall in meinen Haaren festgesetzt hat, und wir setzen uns in Richtung Café „Aravel" in Bewegung. Iro ist immer noch glücklich, und das ist auch gut so. Rea ist kurz davor, in Tränen auszubrechen und sich bei mir zu entschuldigen. Ich habe jetzt die Pflicht, sie aus dieser verzwickten Situation zu erlösen, weil

ich nicht will, dass ihre Mascara sich verselbständigt und über ihr Gesicht läuft.
„Rea, beruhige Dich. Ist doch nicht das erste Mal!"
„Bestimmt?"
„Bestimmt."
„Hast Du Schmerzen? Hast Du Dir wehgetan?"
„Ach was! Ich habe immer meine Airbags offen."
Rea lacht, und Iro lacht auch, und zwar wahrscheinlich bis zum Ende dieses Buches, also werde ich auch lachen.
Ein paar Worte über Iro (das bin ich ihr schuldig).
Iro ist die Zwillingsschwester von Rea. Sie kam als Zweite, es gab Komplikationen bei der Geburt mit dem Ergebnis, dass ein Kind geboren wurde, das für immer ein Kind bleiben wird. So, egal wie oft sie mich niederstrecken wird, ich werde sie trotzdem lieb haben. Auch wenn sie mir mal ein Bein bricht, glaube ich, ich werde sie noch lieber haben. Ich streichle über ihr blondes Haar, und wir gehen weiter.

Ich glaube, ich habe in dieser Woche ein Kilo zugenommen. Rea besteht darauf, dass ich lediglich aufgebläht bin. Rea ist eine Freundin. Gute Freundinnen wollen uns nicht wehtun. Rea ist eine gute Freundin. Ihr einziger Wunsch ist, mich glücklich zu sehen. Ich komme zu dem Schluss, dass ich wahrscheinlich zwei Kilo zugenommen haben muss. Ich stelle mich auf die Waage. Ich erkenne, dass die Waage nur dann eine gute Freundin ist, wenn du unter fünfzig Kilo wiegst. Ich stelle fest, dass ich drei Kilo zugenommen habe. Schlussfolgerung: Die Waage ist keine gute Freundin und wird auch nie eine werden!

Die Kinder spielen

Wir haben Iro versprochen, mit ihr in den Luna Park (Vergnügungspark) zu gehen. Wir kommen an. Zu dem Zeitpunkt verschlinge ich auf die Schnelle meinen zweiten Maiskolben, weil ich etwas weiter einen Kiosk

mit Zuckerwatte entdeckt habe. Iro konkurriert mit mir im Essen. Wir sehen aus wie zwei Meister, die in der gleichen Disziplin kämpfen... im Kauen. Rea ist schon ganz aus der Puste, weil sie hin und her läuft und für uns Essen heranschafft. Sie reißt sich beide Beine aus. Sie sieht aus, wie die Kinder, die über den Tennisplatz rennen und Tennisbälle einsammeln. Da kommt auch schon die Zuckerwatte! Jetzt kann ich sagen, dass ich glücklich bin. Wir rufen zwei Mitarbeiter des Luna Parks heran und bitten sie, uns zu helfen, Iro in die Achterbahn zu hieven. Neben ihr nehme ich Platz, weil Rea Höhenangst hat, Angst vor der Geschwindigkeit und vor allem eine... Haarphobie (die Frisur darf nicht ruiniert werden).
Iro ist glücklicher denn je, und ich liebe es, sie glücklich zu sehen. Sie sitzt in Erwartungshaltung und ihre Augen leuchten vor Zufriedenheit. Es muss ungemein aufregend sein für diese Menschen, wenn sie Geschwindigkeit spüren. Vielleicht kompensieren sie dadurch ihre Unfähigkeit zu laufen.
Von oben kann ich Rea in der Menge ausmachen, wie sie uns stolz beobachtet. Sie sieht noch glücklicher aus als wir. Ich erinnere mich daran, wie ich sie kennen lernte. Sie sagte, ich würde sie an ihre Schwester erinnern, und deshalb sei ich ihr vom ersten Augenblick sympathisch gewesen. Das Einzige, was ich wusste, war, dass sie eine Zwillingsschwester hatte, und das war mir genug, um mich wahnsinnig darüber zu freuen. Als ich Iro später kennen lernte, fehlte nicht viel, um depressiv zu werden. „Also, dass ich sie an ihre Schwester erinnere! Wie hat sie denn das gemeint?“ Aber jedes Mal, wenn ich Iro treffe, so verrückt sich das auch anhören mag, entdecke ich immer mehr Gemeinsamkeiten zwischen uns, und zwar außer dem Offensichtlichen. Ich fühle mich schlecht wegen meiner demütigenden und bösen Gedanken. Letztendlich ist es undankbar, auf jemanden böse zu sein, nur weil er die kindliche Quelle deiner Naivität ist. Die Unschuld, mit kindlichem Enthusiasmus.
Die Achterbahn gibt dreimal Signal und setzt sich langsam nach oben in Bewegung. Mich durchläuft ein Schaudern (der kindliche Enthusiasmus

war bereits erwähnt). Jetzt geht es ganz schnell nach unten. Iro schreit. Die Schreie der Menschen berühren mich nicht. Ich fühle mich leicht und das reicht mir. Mich durchläuft ein Gefühl, das Models in der Werbung seit Jahren zu vermitteln versuchen, für Slipeinlagen: ich fühle mich leicht, und das kommt ja wirklich nicht oft vor. Wir kommen an unseren Ausgangspunkt zurück und beginnen wieder, langsam nach oben zu steigen. Ich weiß nicht, was es ist, das mich dazu bewegt, einen Blick in die Menge zu werfen, aber mein Instinkt bewahrheitet sich. Zwischen den Menschen: Er! Er. Er ist alleine. Nein, er ist in Gesellschaft. Ich versuche, besser zu sehen. Ja, er ist in Gesellschaft. Wahrscheinlich mit einem Freund. Und Gott sprach „Es werde Licht" und es ward Licht und Sonne und Mond. Und die Erde füllt sich mit Bienchen und rosa Schmetterlingen und Singvögelchen. Jetzt fühle ich mich noch leichter. Es gibt ihn. Er ist kein Geschöpf meiner Phantasie. Er ist hier. Im Luna Park. Gleich unter mir. Es gibt ihn, er ist die Gasflamme unter meinem Kocher, und das Wasser beginnt schon zu köcheln.

Die Bahn nimmt plötzlich scharfe Kurven und ich suche ihn mit meinem Blick aus zehn verschiedenen Richtungen. In einem Luna Park in einer Achterbahn muss der Spruch entstanden sein „Wer suchet, der findet." Aus welcher Richtung ich ihn auch betrachte, das vollkommene Geschöpf. Ich fühle seit geraumer Zeit, dass Iro mich anstupst und versucht, mir etwas mitzuteilen, gehe aber davon aus, dass sie mir ihre Freude zeigen will. Ich beobachte ihn weiter. Sein Bild durchläuft mich mal langsam, mal schnell. Fast orgastisch. Das Leben ist schön, wenn man den sehen kann, den man unten nicht zu sehen bekommt. Das Leben findet immer einen Weg, Ungerechtigkeiten auszugleichen.

Irgendwann (ist das möglich?) dreht er seinen Kopf in meine Richtung und beobachtet mich. Das ist kein einfacher Blick. Er zeigt jetzt in meine Richtung. Er zeigt mich seinem Freund. Das kann doch nicht Wirklichkeit sein. Das kann nur ein Märchen sein. Ich gefalle ihm!

Vielleicht hat auch er mich die ganze Zeit gesucht. Lieber Gott, ich danke dir. Ich lächle und schüttle neckisch meine Haare aus. Das habe ich in einem Film gesehen. Haareschütteln erregt die Männer. Endlich! Ich fühle mich als Frau. F R A U ! Sein Freund sieht mich ebenfalls an. Ich hoffe, er ist mit mir einverstanden. Die Genehmigung des besten Freundes ist unabdingbar, um eine ordentliche Beziehung aufzubauen.

Ich habe das Gefühl, als hätten sich die Menschen unten versammelt und beobachten mich. Bei Gott, das ist kein Produkt meiner Phantasie. Alle Menschen, die sich im Luna Park befinden, stehen jetzt unter unserer Gondel und beobachten uns mit weit aufgerissenen Augen. Jemand ruft: „Haltet sie an!" Ich kehre in die Wirklichkeit zurück. Ja, sie schauen mich an. Für einen Augenblick denke ich, dass sich durch die Geschwindigkeit mein BH geöffnet hat und sie meinen Busen ansehen, der wie zwei beigefarbene Ballons fertig zum Abheben aussieht. Mein BH befindet sich aber an seinem Platz. Etwas anderes muss da los sein. IRO! Dass ich da nicht gleich daran gedacht habe... Sie hängt seitlich aus der Gondel, bereit zum Salto Mortale. Sie sieht aus, als wolle sie sich in eine menschliche Bombe verwandeln und einen Todessturz aus der Gondel machen. Ich packe sie an den Schultern und ziehe sie zu mir. Eine gelbe, sauer riechende Welle kommt mir mit Wucht über Brust und Gesicht entgegen. Auf meinem Hemd sehe ich Tausende von unverdauten Maiskörnern kleben. Mir wird schmerzhaft bewusst, dass mir soeben jemand ins Gesicht gekotzt hat. Iro hängt weiter zur Gondel raus, die wie verrückt fährt. Ich packe sie ein zweites Mal an den Schultern, und ein zweites Mal duscht sie mich mit Galle und Maiskörnern. Jetzt hat sie sich meine Haare zur Zielscheibe genommen. Und sie trifft. In meinem tiefsten Innern wünsche ich mir, dass die Gondel entgleist und mich direkt zum nächsten Taxistand schleudert. Ich will unter eine Dusche um zwei Liter Tränen der Scham zu weinen, ohne dass ich hier runter muss und durch die ganze Menge gehen, in dem Zustand, in dem ich mich gerade befinde. (Lieber Gott! Ich habe dich gebeten, etwas zu tun, damit dieser Mann mich beachtet. Muss ich glauben, dass dies die beste Idee war, die Du hattest? Oder soll ich denken, dass dies der einzige Weg war, das zu erreichen?)

Die Stunde der totalen Katastrophe naht. Der Zug, obwohl er seine Fahrt noch nicht beendet hat, macht genau an der Stelle einen Nothalt, an der sich unsere Gondel befindet. Rea erwartet uns, außer sich vor Sorge. Ich glaube, sie weint. Die zwei Typen, die neben ihr stehen, schieben mich unsanft zur Seite. Sie strecken sich und packen Iro bei den Händen, die, wenn ihr nicht augenblicklich geholfen wird, in die Tiefe fallen wird. Sie heben sie runter und versorgen sie, fragen, ob sie etwas braucht. Irgendjemand schüttet Wasser über sie und wäscht sie. Um mich kümmert sich niemand. Ich beobachte, wie sich alle um Iro versammelt haben, nicht einer nimmt Notiz von mir. Das ist die Gelegenheit, mich aus dem Staub zu machen, ohne dass jemand was bemerkt...

Ich gehe rückwärts. Keiner sieht mich. Alle Aufmerksamkeit dieser Welt hat sich auf Iro konzentriert, die, wenn ich das an ihren Schreien richtig erkannt habe, bereits eine Panikattacke hat. Sie hat es nicht gern, wenn so viele Menschen sie umzingeln, und läuft gerade Amok. Ich laufe in Richtung dunkler Straße, raus aus dem Luna Park. Ich stürze zu einem Taxi, das mit laufendem Motor dort steht (Gott sei Dank), lasse mich schwer wie ein riesiger, schmutziger Kartoffelsack auf den Rücksitz fallen.

„Entharchou Makariou 5."

Mein Gesicht fängt bereits an zu jucken. Die Kotze trocknet schon an, und meine Haut fängt an zu ziehen. Meine Haare sind zusammengeklebt und riechen wie die Athener Kanalisation, während mein Hemd noch stellenweise nass ist. Ich habe das Gefühl, dass das am meisten stinkt.

Ich will weinen. Es ist zehn Uhr. Bis zu meiner Wohnung sind es zwanzig Minuten. Ich entscheide mich, gleich hier im Taxi zu weinen. Bis ich zu Hause bin, werde ich schon fertig sein mit der Weinerei und kann mich gleich dem Essen zuwenden. Also weine ich. Ich beginne. Erst

langsam, leise, ohne Tränen. Ich gebe Gas. Ich erhöhe die Geschwindigkeit. Ich weine jetzt schnell, die Tränen fließen reichlich (ich fühle mich bereits wohler, da es mir obendrein auch noch das Gesicht abwäscht, es löst stellenweise die eingetrocknete Kotze), mein Atem geht mal rhythmisch und mal abgehackt, während sich gleichzeitig meine Schultern heben und senken. Das ganze begleite ich mit lauten Schluchzern – oder sind es Brüller – der Trauer und Hoffnungslosigkeit.
Eine Hand legt sich sanft auf meine Schulter. Ich bemerke, dass sich der Sitz neben mir bewegt. Oh Gott, da sitzt bereits jemand. Der Unbekannte hat vermutlich vor, mich zu trösten. Ich täusche mich da nicht. Ganz im Gegenteil, jetzt weine ich noch pathetischer. Die Stimme kommt mir so bekannt vor, als kenne ich sie schon lange: „Du bist doch das Mädchen aus der Gondel, oder?“
Keine Antwort meinerseits. Ich fühle, dass die Frage bei Gott überflüssig ist und einer Antwort nicht wert. Wenn Sie das Pech gehabt hätten, eine Person dabei zu beobachten, wie sie von jemandem angekotzt wird, und fünf Minuten später mit eben dieser Person im gleichen Taxi säßen, inwiefern würden Sie da zweifeln, dass es sich um ein und die selbe Person handelt? Sollte es auch nur einen geben, der das nicht glaubt, wäre es mir lieber, ihn im Zweifel zu lassen, als ihn vom Gegenteil überzeugen zu wollen.
„Jetzt komm, weine nicht. Es ist ja nichts Schlimmes passiert. Wenn das der Grund Deiner Verzweiflung ist, da kann ich Dich beruhigen. Du dramatisierst.“
Wenn er den Eindruck hat, ich dramatisiere, dann bedeutet das, dass er das, was mir soeben passiert ist, als nicht sonderlich schlimm betrachtet. Ich habe keinen Grund, ihn nicht für ehrlich zu halten, aber ich halte mir die Möglichkeit offen, dies zu bezweifeln. Ich weine weiter. Seine Freundlichkeit rührt mich. Jetzt weine ich auch noch aus Rührung.
„Komm.“
Pause... Weinen...

„Was ist schon passiert?“
Pause... Weinen und Schluchzen...
„Hey?“
Pause... Weinen und Schluchzen... Nase hochziehen...
„Komm. Nimm das...“
Wahrscheinlich will er mir ein Taschentuch geben. Vielleicht ekelt er sich, wenn er hört, wie ich die Nase hochziehe. Ich senke den Blick. Ja. Ich nehme das Taschentuch. Ich nehme es. Ich schnäuze mich laut. Sehr laut. Gut. Ich fühle mich besser. Was mache ich jetzt? Soll ich mich bedanken? Ich muss. Es kann zwar sein, dass ich todunglücklich bin, aber das ist noch lange kein Grund, meine Manieren zu vergessen:
„Danke...“ (Schnief)
„Keine Ursache...“
Ich weine jetzt nicht mehr. Es ist mir lediglich ein kleiner Schluckauf vom letzten Anfall geblieben.
Ich schäme mich und ich weiß nicht, für was ich mich mehr schämen soll. Soll ich mich dafür schämen, dass ein behindertes Kind aus einer Höhe von dreißig Metern beinahe in den Tod gefallen wäre, nur weil ich völlig weggetreten war wegen eines Unbekannten, in den ich mich unsterblich verliebt habe? Soll ich mich dafür schämen, dass ein ganzer Luna Park plus dem Unbekannten (in den ich mich unsterblich verliebt habe) auf mich schauten und versuchten, mich auf etwas aufmerksam zu machen, das gleich passieren würde, in dem Moment, als ich mir einbildete, sie würden mich bewundern. Soll ich mich dafür schämen, dass ich bis heute dachte, dass mein einziges Handicap ein paar überschüssige Pfunde seien, aber es sich herausstellte, dass ich obendrein auch noch dämlich bin. Soll ich mich dafür schämen, dass ich in diesem Augenblick stinke wie ein Abwasserkanal. Ich weine und schluchze und bin in einem derart mitleiderregenden Zustand, dass sogar der Taxifahrer, anstatt mich sofort wieder an die frische Luft zu setzen, keinen Ton zu mir sagt. Soll ich mich dafür schämen, dass dieser Unbekannte, mit dem ich das Taxi teile, seit geraumer Zeit versucht,

mich zu trösten, und ich habe es bisher noch nicht einmal geschafft, einen Blick auf ihn zu werfen? Ich komme zu dem Ergebnis, dass derjenige Recht hatte, der gesagt hat „Wenn Du am Boden liegst, kommen Dir alle groß vor."

Auch wenn ich in diesem Augenblick nicht mal Judas in die Augen schauen könnte, entscheide ich, meinen Kopf zu heben und mich wie eine Erwachsene zu benehmen. Ich werde bis drei zählen und mich der endgültigen Demütigung hingeben, die mich nun erwartet. Grauenerregende Nacht.

Eins... zwei... drei...

.... drei... drei... drei...

... drei haben wir gesagt Thenia, drei! Dreh dich um, Thenia! Ich habe mich absichtlich ablenken lassen. Natürlich, nachdem ich das Chaos verursacht habe. Ich denke, ich fange wieder bei eins an, aber diesmal zähle ich bis zehn.

Eins... zwei... (und um das nicht weiter auszubreiten) zehn... ich komme. Da bin ich!

Ich fange langsam von unten an, ganz langsam hebe ich meinen Blick. Seine Schuhe sind gut, seine Jeans sehr schön, das T-Shirt auch, seine Hände sind sehr, sehr schön, sein Gesicht... ihr wollt es nicht wissen. Wollt ihr? Bestimmt? Also gut. Er hat ein kleines Mausgesicht, das voll mit kleinen Aknenarben aus der Pubertät übersät ist, und er blickt mich fast enthusiastisch (ich frage mich, warum) mit zwei kleinen, verspielten dunklen Äuglein an (und wieder frage ich mich warum).

Er lächelt mich an, und ich nehme mir vor, ihn bei Gelegenheit nach seinem Kieferorthopäden zu fragen und diesen zu seiner wissenschaftlich einmaligen Ausrichtung zu beglückwünschen. Den, der die Zähne seiner Patienten so weiß und gerade erhält. Er hat kleine abstehende Ohren und kurzes schwarzes Haar. Um euch damit nicht weiter zu quälen, versucht euch Micky Maus mit Aknenarben, Jeans und schwarzem T-Shirt vorzustellen, und ihr wisst, was ich meine. Upps! Bei all diesen Gedan-

ken habe ich vergessen zu lächeln. (Als ob das so einfach ist.) Ich versuche es nochmals und es gelingt mir einigermaßen.
„Bravo, Du bist ja richtig hübsch, wenn Du lächelst."
Hübsch. Er nennt eine Frau hübsch, die sich in diesem erbärmlichen Zustand befindet. Mein Gott! Ganz gleich, wie viele Cosmopolitan ich auch lesen werde, ich werde die männliche Denkweise niemals verstehen. (Entschuldigt mich. Perversion wollte ich sagen.)
„Danke. (Schnief) Aber ich habe das Gefühl, dass Du jetzt übertreibst." (Schnief, Schnief)
„Sarantaporou 20. Wir sind da. Das Lokal, das Du suchst, ist das an der Ecke" sagt der Taxifahrer, der nicht schimpft, und ich frage mich, ob er wegen dem ungewöhnlichen Vorkommnis dazu eine besondere Erlaubnis von seiner Zentrale bekommen hat.
Micky lächelt mich mit seinem glänzend weißen Werbelächeln an, wenn man sich das restliche Gesicht wegdenkt und nur die Zähne lässt, sagt gute Nacht und meint auch noch, er hofft mich wieder zu sehen! (Mein Gott...) Er steigt langsam aus, und wie ich ihn so vom Fenster aus betrachte wird mir klar, dass er im Vergleich zu mir die doppelte Größe und das halbe Gewicht hat. Er ist ein langer, dürrer, sympathischer junger Mann, denke ich mir und kehre zu meiner anfänglichen Depression zurück. Das Taxi bleibt genau vor meiner Wohnung stehen, ich steige aus, und es kommt mir wieder die Idee, die mir ab und an in solchen Momenten kommt. Wenn da draußen ein Lastenaufzug wäre, könnte er mich direkt in den Fünften bringen, um mich nicht den Launen unseres ewig kaputten Aufzugs auszusetzen.
Ich wache am nächsten Morgen auf, müde, gedemütigt und hungrig. Eine Kombination, die die Frau von heute umbringen kann, die sich wie die Frau von morgen fühlen will. (Also, was ich schon wieder für Gedanken habe! Solche Dinge muss ich mir wirklich notieren, und vielleicht kann ich sie ja mal in einer Anthologie zusammenführen.) Meine Blase treibt mich dazu, aus dem Bett zu springen, mein Herz treibt mich dazu, mich aus dem fünften Stock zu stürzen, und mein Magen treibt

mich zur Konditorei nebenan für ein Teilchen mit Vanillecreme, Puderzucker und Zimt (nicht nur eine Portion – die erste zählt nicht.) Ich tue also, was mein Magen mir befiehlt, und ignoriere die Befehle meines Herzens, weil ein Sturz aus dem fünften Stock für die Passanten grauenhaft, unappetitlich und äußerst gefährlich wäre.

Essen, Trinken... und die Situation im Auge behalten

Wie einem ein Blätterteigstrudel mit Creme aber auch die Laune heben kann! Danach noch ein Strudel mit Hackfleisch! In der Uni herrscht sonntägliche Ruhe. Lediglich in der Mensa liegt ein leichtes Aroma von Toast in der Luft und das beruhigende Geräusch einer Partie Back Gammon. Toli steht kaugummikauend hinter seiner Bar und sieht im Fernsehen eine Dokumentation über die Fortpflanzung der grünen Fliege.

„Was ist los, Toli? Haben uns Milieuängste erfasst? Armer Junge!"

„Schön Dich wieder zu sehen! Du bist seit einer Woche verschwunden, und die Mensa erscheint einem leer..."

„Toli, hör' auf mit dem Unsinn und mach mir einen Kaffee."

„Toast?"

„Ach nein. Ich habe schon zwei Blätterteig-Teilchen gegessen. Aber einen Käsestrudel, wenn Du hast..."

Rea klingt am Telefon panisch und braucht dringend meinen ungeteilten Beistand. Ihre Haare stehen unter statischer Elektrizität und wollen sich nicht legen und das in dem Augenblick, als ihr rosa Lieblingsnagellack ausgegangen ist.

„Oh, was für ein Unglück! Also Mädchen, Dich muss der böse Blick erwischt haben, um nicht zu sagen, jemand hat Dich verhext! Ich komme sofort. Toli, gestrichen. Ich muss weg!"
„Jetzt? Wo ich Dir doch den Käsestrudel schon vorbereitet habe?"
„Jetzt hör' schon auf, gleich erzählst Du mir, dass Du den Blätterteig selbst ausgerollt hast! Aber gut, tu ihn schon her. Ich esse ihn unterwegs."
Während ich über den Platz gehe, habe ich das Gefühl, dass alle mich wegen meiner gestrigen Heldentat beobachten. Ich gehe weiter, angeblich gelangweilt, während ich den angebrannten Käsestrudel esse. Ich muss Toli morgen zurechtweisen, sollte ich ihn sehen. Von gegenüber sehe ich jemanden, der auf mich zukommt. Irgendwie kommt er mir bekannt vor, und ich zerbreche mir den Kopf, woher ich ihn kenne... Oh, oh, ja. Das ist der junge Mann aus dem Taxi. Thenia, keine Panik. Biege anscheinend sorglos nach rechts ab. Ich biege ab. Beschleunige meinen Schritt. Entferne mich. Ich bin gerettet. Ich bleibe kurz stehen, um wieder zu Atem zu kommen – schließlich bin ich ja auch noch dick, das dürfen wir nicht vergessen.
„Hallo? Hey Du?"
Oh nein, das gibt's doch nicht... nein unmöglich. Und doch ist es möglich. Jemand packt mich an der Schulter. Ich nehme den Ausdruck freudiger Überraschung an und drehe mich in seine Richtung um.
„Hallo..."
„Hallo. Wie geht es Dir heute? Obwohl ich ja zugeben muss, Du siehst schon viel besser aus..."
„Ja?"
„Bist Du unterwegs? Gehst Du Kaffee trinken?"
"Ja, ich gehe zu einer Freundin hier in der Nähe."
„Gut... sehr gut."
„Also gut, wir sehen uns. Tschüss."
Ich drehe mich zum Gehen um. Mein Gott, was war denn das wieder für eine Begegnung der dritten Art? Während ich versuche, meinen Puls-

schlag wieder auf Normalstand zu bringen, höre ich hinter mir schnelle Schritte, die sich mir nähern.
„Hey Du?"
Verdammt! Haben wir denn heute nichts Besseres zu tun? Ich setze wieder die Maske der freudig Überraschten auf und drehe mich nochmal um.
„Ja? Habe ich was verloren?"
„Ob Dir was 'runter gefallen ist? (Lachen) Nein. Nur, ich wollte Dir noch sagen, dass ich Janni heiße und Student auf der Sportakademie bin und..."
„Und?"
„... und... nichts. Also! Wenn Du Lust hast, können wir ja mal einen Kaffee zusammen trinken..."
„Also..."
„... einen Kaffee, was trinken..."
„Ich weiß nicht..."
„... etwas essen..."
„Freut mich! Thenia!"
Das war es. Das ist das magische Wort. ESSEN. Er schreibt mir seine Telefonnummer auf einen Zettel und geht fast fliegend davon. (Warum eigentlich?) Ich werfe den Zettel in mein Bauchtäschchen, das ich um die Hüfte trage, um den Schwimmring an meinem Bauch zu verdecken. Wie kann ein so winziges Täschchen einen ganzen LKW-Reifen verdecken? Ich komme endlich bei Rea an.
Sie öffnet die Tür. Ihr Kopf versteckt sich unter einer Unmenge bunter Lockenwickler, das Gesicht hat sie eingeschmiert mit einer ekelhaften, undefinierbaren Farbe. Die Gesichtsmaske soll wohl gut gegen Stress sein.
„Bah, dieses Zeug stinkt vielleicht!"
„Dieses Zeug ist gut für die Haut. Es bringt der Haut das natürliche Gleichgewicht zurück, gibt ihr Feuchtigkeit und wirkt der Lichtalterung entgegen."

„Dieses stinkende Zeug macht das alles?"
Bevor ich mich fragen kann, bevor ich es bemerken und vor allem bevor ich widersprechen kann, liege ich bereits auf der Couch, eingeschmiert mit dieser ekelhaften Paste.
„Ist es denn notwendig, diese Gurkenscheiben auf die Augen zu legen?"
„Warum?"
„Na ja, ich überlege, ob ich sie essen könnte."
„Dann iss sie halt, Du wirst schon sehen, was Du davon hast."
Ich nehme die Gurkenscheiben runter und esse sie. „Und Du? Isst Du Deine nicht?"
„Ich will keine Falten um die Augen bekommen, ich habe keinen Hunger. Außerdem will ich ein paar Kilo abnehmen."
„Wenn Du so weitermachst, wirst Du anfangen, Zähne und Haare zu verlieren. In keinem Fall aber Kilos. Du bist ja nur noch Haut und Knochen."
Mit zwei matten Bewegungen schnappe ich mir auch ihre zwei Gurkenscheiben und esse sie, angeblich damit sie mich ansehen kann, wenn sie mit mir spricht – aber tatsächlich, weil das Gemüse taufrisch ist.
„Also war es ein Märchen, die Geschichte mit der Elektrisierung und dem Nagellack? Du hast mich hierher gelotst, um mich in die grausame Welt der Folter einzuführen! Hier werden wertvolle Lebensmittel, die uns die Natur zum Essen gegeben hat, gegen das Altern eingesetzt?"
„Ich habe Angst vor dem Altern, denn ich will nicht als verschrumpelte Alte enden."
„Ich habe Angst vor dem Alter, weil ich dann nicht mehr viel Zeit zum Essen haben werde."
„... und um das alles zu verdauen, was Du bis dahin gegessen hast!..."
Ha. Ha. Ha.
Wir hören auf zu lachen. Absolute Stille. Sie schaut mich an. Sie sieht fast unglücklich aus. Ein Wort noch, und sie wird gleich weinen. Tränen kommen näher... Sie sind schon in der Nähe. Sehr nah. Da sind sie!

„Entschuldige..."
Hey. Das kann doch nicht sein, dass sie ein schlechtes Gewissen hat, nur weil ihre Schwester und ihre beste Freundin sich in Abenteuer verwickeln.
„Rea, hör schon auf. Erst einmal, wenn jemand Schuld ist, dann bin ich das. Ich war einfach unaufmerksam gestern. Ich war in meine eigenen Gedanken vertieft und habe die Gefahr nicht kommen sehen. Iro hätte durch meine Schuld in die Tiefe stürzen und sich alle Knochen brechen können."
„Wenn..."
„Jetzt komm... Schluss. Lass es uns vergessen. Was passiert ist, ist passiert. Hast Du mich deshalb mitten in der Nacht hierher gerufen? Um mir den Tag zu verderben? Und ich dachte schon, Du würdest Zucchinitaler machen, die ich doch so gerne mag!"
„Ha..."
„Außerdem hatte dieses Drama auch etwas Positives."
Aus einem Zimmer höre ich Geräusche. Iro ist gerade aufgewacht. Ich helfe Rea, sie in ihren Rollstuhl zu setzen. Wir kämmen sie, machen ihr kalte Schokolade und setzen sie vor den Fernseher, damit sie sich die Wiederholungen ihrer Lieblings-Reality Show ansehen kann. Ich wische mir inzwischen das grüne Zeug vom Gesicht, angeblich weil ich Iro nicht erschrecken will. Was überhaupt nichts mit der Realität zu tun hat. Ganz im Gegenteil, sie amüsiert sich köstlich darüber. Aber es war die einzige Ausrede, die bei Rea wirkte, um mir endlich das Gesicht waschen zu können.
„Also? Was ist das Positive, das bei der gestrigen Katastrophe herausgekommen ist und Du mir noch nicht erzählt hast?"
„Ich dachte schon, Du hättest es vergessen! Ha."
„Erzähl schon. Ich höre."
„Nichts Besonderes. Ich habe jemanden kennen gelernt."
„Was? Wie? Wer? Wo? Wann? Groß?"

Also erzähle ich meiner Busenfreundin von meiner plötzlichen Bekanntschaft mit einem von Walt Disneys Helden. Sie werden verstehen, dass es sich hierbei um eine reine Frauenunterhaltung handelt, deshalb werde ich an dieser Stelle diesen altbekannten Dialog nicht wiederholen.
(Erstens: Sie kennen das Ereignis bereits und können sich – wenn Sie eine Frau sind – vorstellen, mit welcher Genauigkeit sich dieser Dialog entwickelt, nämlich bis zur ekelhaftesten Kleinigkeit. Zweitens: Da ich nicht möchte, dass dies auch einem Mann bekannt wird, falls sich einer unter den Lesern dieses Buches befinden sollte. Meine tiefsten Geheimnisse verstecken sich in einer rein weiblichen Unterhaltung, um so die ewige Frage der Männer nicht zu beantworten: „Also wirklich, was reden denn die so lange?")
Eine Stunde später...
„Du musst ihn unbedingt anrufen!"
„Geht nicht. Vergiss es."
„Warum?"
„Weil ich in einen anderen verliebt bin. Deshalb."
„Was? Wie? Wer? Wo? Wann? Groß?"
„Lass das, Rea. Ich habe Dir schon sehr viel für nur einen einzigen Tag erzählt. Nicht zu vergessen, dass durch die vielen offenen Fragen schon Deine Maske bricht. Es wird Zeit, sie herunter zu nehmen, meinst Du nicht? Wenn Du sie noch ein bisschen drauf lässt, wird Deine Haut auch gleich mit runter gehen!"
„Was sagst Du da? Ich gehe nirgends wohin. Ich werde hier sitzen bleiben, bis Du mir alles erzählt hast. Lass uns die Sache noch mal von vorne durchgehen..."
Oje. Hoffentlich nimmt sie das nicht so genau und will auch noch wissen, wo ich geboren wurde, wo ich in die Schule gegangen bin, etc...
„... erst einmal, wer ist er, seit wann geht das schon, und vor allem, warum erfahre ich das als Letzte?"
Es sind solche Momente, die mich glauben lassen, dass die Haarfarbe die Intelligenz einer bestimmten Gruppe Frauen beeinflusst. Was meint sie,

wenn sie sagt, sie erfährt es als Letzte? Sie ist die einzige Freundin, die ich habe. Niemand außer ihr will mit einer Dicken befreundet sein. Wer weiß, warum... Vielleicht bekommen sie Angst, ich könnte ihnen was wegessen, wenn sie mich sehen? Was soll's, ich werde ihr antworten, weil ich sehe, dass sie tatsächlich geschockt ist. Gut. Was sagt man jetzt? Das Einzige, was ich ihr mit Sicherheit sagen kann, ist, dass ich keine Ahnung habe, wer er ist.

„Ich weiß nicht, wer er ist und was er macht. Ich habe ihn erst zweimal gesehen. Einmal stehend und einmal sitzend. Während ich ihn stehend sah, habe ich festgestellt, dass er ziemlich groß ist, und das ist die einzige deiner Fragen, die ich Dir mit Bestimmtheit beantworten kann. Während ich ihn sitzend sah, also da könnte ich sagen, er lässt den Stuhl besser aussehen."

„Gibt es denn sonst keine Hinweise, die sein dunkles Dasein erleuchten könnten?"

„Ja, doch! Das erste Mal wurde er gesichtet, als er in der Mensa der Uni seinen Morgenkaffee trank, und das zweite Mal, während er im Luna Park die akrobatischen Kunststücke Deiner Schwester Iro beobachtete! Und beide Male konnte ich mich mit absoluter Sicherheit bis auf die Knochen blamieren. Also vermute ich, dass er mich mit dem Zirkus Mentrano in Verbindung bringt. Hast Du noch offene Fragen?"

„Hast Du ihn mit irgendeinem unserer Bekannten reden sehen?"

„Nein."

„Also überlassen wir euer nächstes Treffen der guten Laune Fortunas oder dem lieben Gott."

„Niemals. Ich habe aufgehört, vom lieben Gott Gefallen zu erbitten."

„Warum?"

„Weil Er in der Lage ist, ein Erdbeben herbei zu führen, damit der fünfte Stock, in dem ich wohne, in die Luft fliegt und zufällig in seinem Garten landet, während er sich gerade Zigaretten holen will. Und ich werde ihn auch noch am Kopf treffen, damit er eine Amnesie bekommt, mit dem Ergebnis, dass er mich eine Minute, nachdem er mich kennen ge-

lernt hat, wieder vergisst. Dann muss ich ihn noch mal treffen und wieder kennen lernen. Also alles von vorne. Nein Rea, lass mal lieber."
„Du übertreibst mal wieder."
„Ich bin Realist. Ich bin in der Lage, so verrückte Dinge zu erleben... Na! Siehst Du, was Du jetzt gemacht hast? Mit dieser Unterhaltung habe ich mich aufgeregt, und nun bekomme ich Heißhunger."
„Ich geh' mal schnell und mache Dir einen Toast, und Du versuchst, Dich zu beruhigen."
„Falsch. Erst werde ich was essen, und dann werde ich mich beruhigen."
Während Rea meinen Toast vorbereitet, nähere ich mich mit den entsprechenden Sicherheitsvorkehrungen Iro, weil es noch zu früh ist für Pirouetten und Ähnliches.
„Wie geht's, Iro?"
Keine Antwort.
„Alles okay?"
Als Antwort Schweigen.
„Was schaust Du da an?"
Keine Reaktion, nicht mal ein Blick.
Iro spricht äußerst selten, und wenn sie es einmal tut, ruft sie bei ihrer Mutter und Schwester Freudentänze hervor. Heute, trotz meiner Versuche, hat sie sich nicht mal eines ihrer eigenartigen „gea" entlocken lassen. Ich habe es nicht einmal geschafft, dass sie mich ansieht. Macht nichts. Vielleicht ist es zu meinem Besten. In der letzten Zeit bin ich ganz schön abenteuerlustig geworden.
Ich setze mich neben sie und vertiefe mich auch ins Fernsehen. Es handelt sich hier um eine Reality Show, bei der sechzig Personen aufgefordert sind, in einem Bus zu leben, der vierundzwanzig Stunden in Bewegung ist. Wer die Schnauze voll hat oder sich mit den anderen anlegt, kann aussteigen, wenn der Bus anhält. Außer natürlich, er wird vorher heraus gewählt, was auch zu einem vorzeitigen Ausstieg führt, und zwar egal, wo sich der Bus gerade befindet. Der letzte, der durch diese Strapazen kommt und vom Publikum nicht heraus geworfen wird, der ge-

winnt zweihunderttausend Euro, einen Bus, ein Mountainbike und eine Kaffeemaschine.

Im Moment befinden sich, wie ich erfahren habe, nur noch zwei Personen im Bus. Es handelt sich hierbei um ein Paar, das sich den ganzen Tag in der Bustoilette bespringt. Die restliche Zeit verbringt es eng umschlungen auf der Galerie des Busses. Es sieht nicht so aus, als könnte sich das Publikum entscheiden, welchen von beiden es in die Wüste schicken soll. Weit weg von der Publikumsentscheidung rauft sich die arme Produzentin die Haare. Ich jedenfalls habe den Eindruck, dass die beiden aus Trotz dabei bleiben, um die arme Produzentin zu zwingen, das Spiel vorzeitig zu beenden und ihnen beiden die versprochenen Gewinne und eine saftige Entschädigung zu bezahlen. Von dem bisschen, was ich gesehen habe, und ohne eine kosmische Meinung äußern zu wollen, tendiere ich zu Theodor, weil er besser genährt ist und selbstverständlich mehr isst als Vangeli. (Kollegiale Solidarität...)

Rea kommt mit meinem Toast und drei Fragen: „Also gut! Thenia, jetzt sag mir bloß nicht, Du schaust diesen Unsinn auch an! Iro, willst Du auch einen Toast? Also wirklich, diese Typen im Bus tun doch nichts anderes als zu schlafen, oder?"

Ich antworte ihr nicht, weil ich esse, und Iro antwortet generell heute nicht. Rea kennt beide Zustände sehr gut, und deshalb nimmt sie es nicht persönlich.

Soweit so gut! Gut auch der Toast und der Tratsch und das Herumliegen, aber morgen habe ich Prüfung im Fach Strafrecht. Ich muss mich in verschiedene Verbrechen von Personen vertiefen, die einen Hang zur Kriminalität haben. Es ist einer dieser Tage, an denen ich gar keine Lust habe, Paragraphen zu büffeln. Es ist einer dieser Tage, an denen mein Gehirn nur einfachste Dinge verarbeiten kann, die lediglich zur Befriedigung alltäglicher, einfacher Bedürfnisse des Lebens gehören. Also gut: essen, kacken..., schlafen.

ESSEN

Was das Essen angeht, bin ich eingedeckt. Was die morgige Prüfung angeht, eher weniger. Es sieht so aus, als müsste ich mich wieder auf meinen alten Sport besinnen: Spickzettel schreiben. Altes Handwerk; kann man immer wieder brauchen. Mein zweiter Verstoß gegen das gute Benehmen bis jetzt, nach der Umsetzung einer mörderischen Überfressung. Anfangs habe ich mir gedacht, ich könnte originell sein im Milieu der Abschreiber und die Informationen auf Kekse mit Erdbeercreme ritzen. Diesen Einfall musste ich unter Berücksichtigung meiner bulimischen Neigungen leider verwerfen. Ich fürchtete, dass die Kekse des Wissens die zur Unterstützung des Gedächtnisses bestimmt sind – bevor sie zum Einsatz kommen – als zerkaute Masse in meinem Magen landen. Da nützen sie weiß Gott niemandem.

Was die Art der Spickzettel angeht, die ich im Verwaltungsrecht benutzt habe, so muss ich zugeben, sie haben sich als unvorteilhaft, zeitraubend, unbequem und nicht wirklich wirkungsvoll entpuppt. Die Spickzettel mit den Antworten in einer Tüte Chips zu platzieren war zwar theoretisch ein supertaktischer Zug, allerdings in der Umsetzung haben sie sich – tatsächlich und auch metaphorisch – als Kartoffeln entpuppt. Ähnlich wie mein Bikini vom letzten Jahr. Wundervoll an der Schaufensterpuppe, grauenvoll an mir. Die Nachteile dieser Vorgehensweise: das ermüdende Suchen zwischen den Kartoffelchips, um den richtigen Spicker zu finden (Verlust kostbarer Zeit) und ständige Geräusche (hochgefährliches Unterfangen). Das Ergebnis: Die Abgabe eines unmöglichen Schriftstücks voller Fettflecken und Oregano-Duft.

Die strenge Aufsicht zwang mich, mir neue Wege auszudenken, um spicken zu können und – warum auch nicht – die Vorzüge meines Aussehens zu nutzen, um mein Ziel zu erreichen. Leider sind die alten, klassischen Arten des Abschreibens schon seit Jahren unter allen Studenten bekannt und wurden bereits von allen möglichen unfähigen Personen umgesetzt. Das Ergebnis war, dass sie auch der gegnerischen Partei be-

kannt wurden, welche sich erfolgreiche Wege der Ermittlung und Unterdrückung eben dieser Phänomene hat einfallen lassen. Das funktioniert aber nicht bei mir. Von dem Moment an, wo sich keiner für die Dicke in der Ecke interessiert, habe ich gut daran getan ihnen zu beweisen, dass ich in der Lage bin, ihnen die besten Noten vor ihren eigenen Augen zu entlocken, und zwar essend.
Irgendwann, mit meinem Diplom in der Hand, hätte ich dann Seminare für dicke Studenten zur Nutzung ihrer körperlichen Vorzüge beim Spicken organisieren können. Die Seminare würde ich „Dicke und Spickzettel" nennen. Lerne, achte, wende an und nutze alle Möglichkeiten zu deinen Gunsten, die dir die Natur gegeben hat. Ich würde die Seminare in der Uni halten, und zwar kostenlos, als eine soziale Geste für den unbekannten dicken Studenten. Während der Schulung würden leichte Snacks und Getränke serviert, freundliche Spende einer bekannten Fastfood-Kette der Stadt.
Der Pott ruft...(bitte entschuldigt mich)
Während der Darmentleerung kam mir die Idee, auf Kaugummipapier zu spicken, phantastisch vor, und ich wunderte mich, dass mir das nicht schon viel früher eingefallen ist – ungefähr drei Jahre früher. Außerdem kann mir niemand was anhaben, nur weil meine Prüfungsunterlagen nach Minze riechen. Die Spickzettel wurden innerhalb einer Stunde geschrieben und sorgfältig in die Kaugummipackung gewickelt. Ich werde ruhig schlafen, so wie jeder Student, der sich wohl fühlt, weil er ausreichend vorbereitet ist. Ich habe den Wecker auf acht gestellt, um noch Zeit für ein stärkendes Frühstück vor der Prüfung zu haben, die für zehn Uhr angesetzt ist und...
... SCHLAFEN

10:30 Uhr
Ort: Mensa der juristischen Fakultät
Apostolos – 5 Thenia – 2

Es ist 10:30 Uhr, und ihr fragt euch sicherlich, warum ich in der Mensa sitze und Würfel mit Toli spiele, anstatt im Prüfungssaal meine Prüfung zu schreiben. Die Wahrheit ist, dass ich mein Glück überschätzt habe, mit dem Ergebnis, dass ich erwischt wurde, während ich abschrieb. Und das von einer dicken Aufseherin. Ich halte es für notwendig, in meinen Seminaren ein ganzes Kapitel dem Entkommen der Aufmerksamkeit des Aufsehers zu widmen, der über die gleichen Waffen verfügt wie du. Das macht ihn sehr gefährlich, weil er doch relativ leicht in deine übergewichtige psychologische Lage eindringen kann.
Während ich manisch einen Kaugummi nach dem anderen kaue, um den passenden Zettel zu finden, der mir eine Zehn auf der Tafel der Glücklichen einbringen wird, wurde ich das Opfer des feigsten Verrats, der einem widerfahren kann, und das auch noch durch eine Person, die der gleichen Fraktion angehört wie ich. Wer sagt Dir, gute Frau, nur weil Du Dein Examen im Strafrecht bereits bestanden hast, dass Du dadurch das Recht hast, dich zu verhalten wie eine gemeine, gewöhnliche, dürre und böse Aufseherin?
Wo bleibt die Ehrfurcht, das gegenseitige Verständnis und der Schutz die Du Deinesgleichen angedeihen zu lassen verpflichtet bist? Nein, mein Fräulein! Die Tatsache, dass aus einer dicken Studentin eine dicke Aufseherin wird, gibt Dir noch lange nicht das Recht, Dich zu benehmen wie eine gewöhnliche Aufseherin. Das erfüllt alle Voraussetzungen des äußersten Verrats und ist ein wichtiger Grund zum Ausschluss aus allen Organisationen der Dicken. Wie konntest Du es wagen, so etwas zu tun? Du, durch die Macht, die Du besitzt, müsstest der Schutzengel aller dicken Studenten sein und solltest die restlichen ungerechten Aufseher ausrotten, die in höchst ärgerlichem Maß Barbies decken, und zwar eine jede daher gelaufene Barbie, die irgendwann entschieden hat, sich außer mit Friseurterminen auch noch mit der Juristerei zu beschäftigen – der Schlag soll sie treffen… Du müsstest jedem blonden oder brünetten Modelverschnitt und jeder übertrieben geschminkten Studentin den Prüfungsbogen zerreißen. Du müsstest ein Veto gegen die Diskriminie-

rung fettleibiger Frauen einlegen, nur weil die anderen über lange Beine und einen knackigen Arsch verfügen. Wie konntest Du das tun? Du, eine dicke Aufseherin?
Hier muss ich den Leser darüber informieren, dass es Jahre dauern wird, bis ich diesen Verrat überwunden habe. Ich informiere weiter, ich werde ihn wahrscheinlich nie verwinden.
Sie näherte sich mir angeblich uninteressiert und fragte mich nach einem Kaugummi (im Hals soll er ihr stecken bleiben), wohl wissend dass ich bereits fünf gleichzeitig kaue und keine Möglichkeit habe abzulehnen. Sie schnappt ihn mir aus der Hand, und während sie den letzten übrig gebliebenen Kaugummi auspackt, fällt ihr genau der Spickzettel in die Hand, den ich die ganze Zeit schon suche. Als ob das nicht genug wäre: nachdem sie den Kaugummi gegessen hat (versteht sich), nimmt sie auch noch den bekannt verschlagenen Gesichtsausdruck einer dürren Aufseherin an und beginnt den Titel laut vorzulesen:
„Der Tatbestand und seine angemessene Bestrafung." Also Fräulein, halten sie mich für blöd?"
„Nein, Frau. Für dick!"
„Raus! Sofort raus hier! Ihre Dreistigkeit und Ihre Art, den Professor zu verspotten, wird weitergemeldet."

Toli würfelt nur Sechsen und geht mir langsam auf die Nerven. Die zwei Typen am Nebentisch reden über den Kommunismus und gehen mir ebenfalls auf die Nerven.
„Ich gehe jetzt."
„Jetzt schon?"
„Ja. Außerdem hast Du mich beim Würfeln geplättet."
„Die Wahrheit ist, dass ich eine erotische Beziehung zu Würfeln habe."
„Wie es aussieht, ist das Deine einzige erotische Beziehung, mein Lieber. Wir sehen uns."

Mein Papa hat gesagt, ich soll mich nicht grämen, ich würde das Fach im September bestehen. Meine Mama meint, dass nur Pralinen Gedächtnisstützen sind, und auf die sollte ich mich beschränken, und nicht auf Spickzettel. Rea meint, dass meine Haut durch diese Aufregung einen Feuchtigkeitsverlust erlitten hat und ich dringend eine Avocado-Maske gegen den Stress brauche. Iro sagt gar nichts dazu. Ich tue, was ich immer tue. Ich esse, bis mir schlecht ist.

Den Rest des Tages werde ich in der süßen Isolation meines Zuhauses in Gesellschaft von Herrn Kühlschrank, Sir Mikrowellenherd, Lord Kanapee, den Hochverehrten Damen Stühle und Lady Küche verbringen und meine Hochwohlgeborene Ruhe genießen, nachdem alle Nachbarn, mit Ausnahme von mir, sich begatten, und wieder, und dann nochmals von vorne. Was mich das angeht? Für jedes Stöhnen eine Schokolade, für jedes Knarren eines Bettes ein Stück Kuchen, für jeden Schrei ein Törtchen. Ich habe wieder eine Tonne gegessen und den Überblick verloren, wie meine Nachbarn auch, vermute ich.
Spät am Abend, als die Liebenden von rechts, die den lautesten Sex hatten, sich frei nehmen, um ihre wohlverdiente Abendruhe zu genießen, lege auch ich mich mit Herrn Federkissen hin und gebe mich den unterdrückten Seufzern des diskreten Paares von links hin, die jetzt den Geschlechtsakt durchführen. Ich wache immer wieder auf und frage mich: Warum, wenn Sex doch so toll ist, wie man sagt, hören unsere Eltern ab dem Tag unserer Geburt damit auf? Und wenn das erste Mal weh tut, wie ich gehört habe, und zwar sehr, was ist es, was einen dazu bewegt, es nochmals zu tun?... und andere ähnlich blöde jungfräuliche Fragen, Fantasieprodukte der Dämpfe eines Topfes, der kocht...

Ruiniert mir meinen Tag nicht

Die gleiche Szenerie setzt sich fort, als ich aufwache. Sex von links, Sex von rechts, aber nichts in der Mitte. Oder besser, Sex an den Seiten und „was ist Sex“ in der Mitte. Wie ein erotisches Sandwich aus frischem Brot mit altem Rostbeef dazwischen. Eine Nachricht auf meinem Handy kommt und bringt Unruhe in meine unerschütterliche Untätigkeit. Reas Klette Sofia kehrt nach kurzer Abwesenheit von zwei Monaten zurück, gerade als ich mich schon freue, dass das Voodoo, das ich gemacht habe, gewirkt hat und Sofia sich in eine grüne indonesische Schnecke verwandelt hat, die im weit entfernten Nationalpark Gunung Palung grünes Gras frisst.

GUTEN MORGEN. STOP. GEHEN EINKAUFEN. STOP. GELEGENHEIT, DASS DU DICH MAL VERÄNDERST. STOP. UM 9:00 KOMME ICH VORBEI UND HOLE DICH. STOP. SOFIA WIRD AUCH DABEI SEIN. STOP.

Sofia. Die Erniedrigung aller Dicken.
Sofia. Die Schmach der übergewichtigen Weiblichkeit.
Ein paar wenige Worte zu „Schmach“: obwohl wenige Worte nicht genug sind um das Phänomen „Sofia“ zu beschreiben. Ich will trotzdem einen würdigen Versuch wagen und bitte um Nachsicht, wenn ich in der

folgenden Beschreibung nicht alle ihre Eigenschaften vollständig wiedergeben kann. Sofia ist eine Person, die wegen ihrer äußeren Erscheinung nirgendwo unbemerkt durchgeht. Sie ist die Verkörperung eines niedlichen schwangeren Wals, der leichte Wind eines Wirbelsturms, die feine Art einer bösen Hexe und hat das Benehmen einer wild gewordenen Stute, die angebunden im Wonnemonat Mai auf der Weide grast.

Ich habe sie gesehen, und zum ersten Mal in meinem Leben fühlte ich mich schön. Ich habe sie reden hören und hielt mich für sehr nobel. Ich habe sie durch die Läden begleitet und fühlte mich als Göttin der Haute Couture. Ich habe sie essen sehen und mir ist der Appetit vergangen. Sie ergriff die Initiative, meinen halb gegessenen Hamburger aufzuessen und ich war ihr nicht böse! Sofia hat überhaupt keine Hemmungen. Ihr Lebensmotto ist: Das Leben ist kurz, der Sünden sind viele, und deshalb müssen wir uns beeilen, wenn wir alle ausprobieren wollen.

Zeitweise verfällt sie sogar der Sünde des Diebstahls, beklaut Kiosks, Supermärkte und sogar blinde Akkordeonspieler, die sich mühsam etwas von den Passanten erbettelt haben, arme alte Menschen, armselige illegale Einwanderer und andere nicht vom Glück begünstigte Menschen, die ihr nicht nachlaufen können, um ihr Geld zurück zu bekommen. Die überhaupt nicht laufen können. Auch räumt sie die Schränke und Schubläden von Rea aus. Da aber letztere ein großzügiger Mensch ist, verzeiht sie ihr im selben Moment, wenn sie das Verschwinden ihrer persönlichen Dinge entdeckt. Ich bin geneigt, diese gute Eigenschaft Reas ihrem schwachen Gedächtnis zuzuschreiben, hervorgerufen durch die vielen Haarfärbungen, denen sie sich alle zwei Monate unterzieht. Als eine Folge der ständigen Blondierung. Nachdem dies bis dato nicht durch wissenschaftliche Untersuchungen bestätigt ist, behalte ich meine Zweifel weiter für mich und lobe ihre Großherzigkeit.

Warnung an den nicht misstrauischen Leser

Achtung! Sofia ist eine tatsächlich lebende Person und bewegt sich frei unter uns. Sollten Sie ihr jemals (was ich Ihnen nicht wünsche) auf der Straße begegnen, laufen Sie sofort zur nächsten Polizeidienststelle und erbitten Sie dort Hilfe.
Sollten Sie mitbekommen, dass sie in das gleiche Hochhaus eingezogen ist, in dem Sie leben (auch das wünsche ich Ihnen nicht), ziehen Sie in eine andere Stadt. Sollte sie in der Nähe Ihrer neuen Wohnung auftauchen, trotz aller Vorsichtsmaßnahmen, für Ihre persönliche Ruhe und Sicherheit (es tut mir wirklich leid, dass ich Ihnen all das erzählen muss, aber Sie werden nirgends sicher vor ihr sein), wandern Sie am besten nach China aus. Denken Sie daran, dass die Globalisierung sich auch positiv auf den Umgang mit politischen Flüchtlingen ausgewirkt hat, und in jedem Fall gibt es Maßnahmen, Sie in die chinesische Kultur zu integrieren und die Schrift zu lernen. Das ist weitaus erträglicher, als Sofia in der gleichen Stadt zu wissen. Ich wünsche Ihnen dabei viel Glück.

(Eigentlich heißt sie Alexandra. Sie ist heute ungefähr zweiunddreißig Jahre alt. Das letzte Mal wurde sie auf der Beerdigung ihres dritten Mannes gesehen, der unter mysteriösen Umständen starb bei dem Versuch, Sofia-Alexandras „defekten" Föhn zu reparieren, und gleichzeitig zu duschen.)

Zurück zum... üppigen Frühstück. Ich bin auch heute dick, hässlich, unleidlich und anziehend wie die Vorderachse eines Lasters. Der einzige Unterschied ist, dass ich wegen des Verzehrs von sechshundert Gramm türkischer Salami, tödlichen Knoblauchatem verbreiten kann. In jedem Fall bin ich noch immer dick. Vor allem dick. Jetzt zu meinen Vorteilen. Ich habe schöne Zähne, weiße, gleichmäßige Zähne, ohne eine Spur von Karies, Plaque, Zahnfleischentzündung und anderen Bakterien. Ich habe

weiche Haut, Backen wie Wassermelonen, einen Hals wie das Bein eines Elefanten... ich bin dick. Egal wo ich anfange, ich ende immer dort. Beim Übergewicht. Darf ich nochmals zu den Vorteilen meines Äußeren zurück kehren, weil, wie ich in einer Zeitschrift gelesen habe (gekauft, nachdem mich Rea dazu genötigt hat), dies ein wirksames Mittel ist, die positiven Seiten unseres Ichs zu entdecken.
Wie im Vorfeld erwähnt, besitze ich ein gesundes und strahlendes Gebiss, Unter- und Oberkiefer aus Stahl, gut trainierte und geschmeidige Kaumuskeln, mit denen ich so ziemlich alles essen kann. Auch das arbeitet gegen mich. Im Klartext bedeutet das, dass mein Gaumen zu Gunsten meines Gewichtes handelt. Als Resultat habe ich Tonnen Zellulitis und eine riesige Fläche Orangenhaut. Soll ich dies einfach übersehen und weiter essen, als wäre nichts? Soll ich verzweifeln und das Essen als seelisches Trostpflaster betrachten? Soll ich in eine Depression verfallen und durch Essen versuchen, sie zu überwinden? Was sicher ist, dass ich essen werde. Was fraglich ist, was ich essen werde.

Es klingelt. Ich frage lieber, bevor ich öffne, nicht, dass mich jemand in diesem Zustand sieht und tot umfällt ähnlich wie vor drei Jahren, als ich mich zum letzten Mal im Bikini am Strand blicken ließ. Im gleichen Augenblick ging weltweit die Nachricht heraus, dass weiße Wale an den Strand von Nordafrika angespült wurden. (Unter uns: die Flutwelle habe ich hervorgerufen, psst...)
„Wer da?"
„Rea."
„Ich bin dick, hässlich und habe die Wale getötet."
„Was erzählst Du da? Spinnst Du? Jetzt mach schon auf!"
Ich öffne. Sie kommt herauf, aufgekratzt und voller Lust auf Leben. Ist doch klar. Mit solchen Beinen hätte ich die gleiche Lust.
„Wasch Dich, kämm Dich, wir gehen."
Rea hat mich so gern, dass sie glaubt, dass nur waschen und kämmen notwendig sind, um mich auf die Menschheit los zu lassen. Manchmal

frage ich mich, ob sie Probleme mit den Augen hat und es uns verschweigt.
„Ich habe keine Lust zu shoppen. Ich habe keinen Bock, Sofia zu treffen."
„Jetzt komm schon. Tu's für mich."
„Unmöglich. Du hast den Weg mich abzuholen umsonst gemacht."
„Jetzt komm schon, Thenia. Sei doch nicht so. Nach dem Shoppen gehen wir essen."
„Gib mir zehn Minuten, und wir sind weg."
„Wir gehen zum Fischessen."
„Gib mir fünf Minuten, und wir sind weg."
„Danach gebe ich uns ein Eis aus."
„Okay, gehen wir gleich. Ich kann mich auch dort waschen!"
Von drinnen höre ich Rea satanisch lachen. Ich weiß ganz genau, dass Rea es hasst, in Tavernen zu essen, und noch mehr hasst sie Fisch. Ich kann die Situation schon vor mir sehen, die sich gleich entwickeln wird. Rea schleppt mich durch die Läden und probiert mikroskopisch kleine Oberteile, die derzeit auf dem Markt sind. Ich laufe schweißgebadet hinter ihr her und wünsche mir, ich wäre in Afghanistan geboren. Nur eine Burqa würde zu mir passen. Nur eine Burqa würde mich retten. Nur eine Burqa würde alle meine Probleme lösen. Eine Burqa, ein Turban und eine Hütte in Kabul. Das ist Mode. Ohne Unterscheidungen, ohne Übertreibungen.
Ich bin fertig. Schwarze Jeans. Weißes Hemd. Die Haare vom letzten Jahr. Die Frisur vom vorletzten. Die seit Jahren eingenistete Zellulitis, und weg sind wir.
Auf der Straße werde ich darüber informiert, dass wir Sofia bei einem ihrer Exfreunde einsammeln müssen. Ich hatte ihn nie gesehen, kannte aber aus ihren akribischen Beschreibungen, die sie zeitweise von sich gab, die genauen Maße seiner physischen Vorzüge (zweiundzwanzig Zentimeter!!!) und seine intimsten Ansichten in Bezug auf Sex, Beziehungen und den Umgang mit dem schönen Geschlecht. Wenn ich natürlich anhand seiner Vorliebe für Sofia urteile, würde ich meinen, dass

seine Begeisterung für das andere Geschlecht einzig und alleine darin liegt, dass es das andere Geschlecht ist! (Keine besonderen Anforderungen, kein Geschmack und keine Vorlieben. Äußerst anpassungsfähiger Mensch. Bravo, mein Junge!) Kosta war einer dieser unsympathischen Menschen mit grauenhaften schwanzgesteuerten Ansichten, die glauben, die Beziehung zwischen Mann und Frau müsse sich auf das Bett, das Spülbecken und die Dusche beschränken, und in jedem Fall soll die Frau dabei nackt sein. Sollte sie emotionalen Umgang brauchen, kann sie sich einen Hund anschaffen.

Nachdem wir sechsundfünfzig Mal geklingelt und noch mal so oft in den Balkon im ersten Stock gespäht haben, in dem der junge Mann wohnt, bemerken wir eine erste Reaktion. Die Läden öffnen sich, und aus der Wohnung erscheint eine Sofia, so wie ich sie bereits unzählige Male gesehen habe, sowohl auf diesem Balkon als auch auf vielen anderen Balkonen dieser kleinen Stadt. Eingewickelt in ein Handtuch, überrascht, aufgewühlt und ohne jegliches Zeitgefühl.

„Bist Du denn schon da? Haben wir nicht um neun gesagt?"

„Es ist schon halb zehn."

„Ah… ist es schon? Also gut, eine halbe Minute und ich komme runter. Thenia? Ach…. Ich habe Dich gar nicht bemerkt!"

(Ja, es ist eine Tatsache, dass ich durch meine äußerst schlanke Silhouette sehr oft unbemerkt bleibe und selten wahrgenommen werde.)

„Hallo Sofia. Was sagt sie?"

„Na ja, Du weißt schon. Wir sind heute mit Appetit aufgestanden und haben uns gesagt, wir könnten etwas die Motoren ölen. Ha, ha, ha, ha."

Ich trete diskret nach Rea, damit sie endlich mit diesem Balkondialog aufhört, der zum einen unnütz und überflüssig ist, und uns zum anderen bei den Passanten unwiderruflich bloßstellen wird.

„Autsch! Gut Sofielein. Mach schnell. Wir warten hier auf Dich."

„Ja, ich gehe jetzt. Ich habe Euch eine Menge zu erzählen, Mädels. Wartet."

Sie geht zurück in die Wohnung des unbekannten Zuchthengstes – ich bitte hier zu beachten: der mit den zweiundzwanzig Zentimetern –, und

schließt hinter sich die Läden. Ich befinde mich bereits in dem Stadium, wieder nach Hause gehen zu wollen.
„Das darfst Du ihr nicht übel nehmen, Thenia. Im Grunde ist sie ein guter Kerl."
In null Komma nichts befindet sich der Schandfleck der Natur neben uns, und wenn ich aus ihrem Äußeren schlussfolgern darf, hielt sie es für unnötig, sich zu kämmen, geschweige denn sich anzuziehen. Ich blicke auf zwei fette Beine, die von einem fast nicht vorhandenen Rock unbedeckt bleiben. Mir wird bewusst, wie schnell und einfach es für einen normalen Menschen ist, in die Vorstufe eines Schlaganfalls zu gelangen. Rea bemerkt mein Entsetzen und versucht, die Wogen zu glätten.
„Wir räumen alle Läden aus. Wir bringen alles durcheinander, bis wir die besten Stücke haben."
Jetzt bin ich wirklich beruhigt.
„Wir werden Röckchen, Höschen, Hemdchen probieren!"
Ich habe bereits drei.
„Wir suchen Accessoires, Taschen, Armreifen, Ohrringe!"
Ja. Ich nehme auch einen für die Nase. Damit ich wie eine Kuh aussehe, einen Schritt vor dem Schlachten. Reas Enthusiasmus kann vielleicht mich nicht berühren, aber das andere Früchtchen zur Rechten kann es kaum erwarten.
„Ach ja! Wir suchen auch nach Unterwäsche. Oder?"
Was redet dieses UFO eigentlich? Sie gibt sich ja nicht mal Mühe, normale Kleidung zu tragen, wofür braucht sie da noch Unterwäsche? Blödes Ding!

Am Anfang waren alle Verkäuferinnen sehr freundlich. Je mehr Zeit verging, desto missmutiger wurden sie. Um ehrlich zu sein, ich habe Bammel vor ihnen – vor allem, wenn man länger als zwanzig Minuten im Laden ist und noch nicht entschieden hat, ob man eine elegante oder schlichte Hose will, eine weiße oder schwarze Bluse, Jeansrock oder Cordrock, und aus diesem Grund überall ein bisschen herum probiert.

Obwohl Rea so ziemlich alle tiefen Geheimnisse der Verkäuferinnen in dieser Fußgängerzone kennt, bin ich da etwas zurückhaltender und versuche nie, einer Verkäuferin, die einen Metallbügel in der Rechten hält, den Rücken zuzukehren.

Rea macht mir ein paar stilistische Vorschläge, um mich mit einzubeziehen, schlägt mir vor, etwas Rückenfreies (!) zu probieren, das diesen Sommer sehr beliebt ist, während im selben Augenblick Sofia versucht, einer erschreckten Verkäuferin ein Blüschen in Small aus der Hand zu reißen. Sie besteht darauf, dass es elastisch genug ist und ihr einwandfrei passen wird. Es ist ungemein spannend, dabei zuzusehen, wie es ein paar Minuten später, nachdem es die Anprobe durch Sofia überstanden hat, sich in Größe Large verwandelt hat und auch in dieser Größe bleiben wird! Wie lustig!

Also, ich kann nichts sagen, wir sind ein super Trio. Rea probiert alles an, Sofia weitet alles aus, und ich trage die Taschen mit den Einkäufen, während die Verkäuferinnen bereits schäumen. Leider kommt irgendwann der Moment, was ganz normal ist, an dem Rea ihr Kreditkartenlimit überschreitet. Sofia hat alles, was es an Kitsch auf dem Markt gibt, und die Aufmerksamkeit richtet sich auf mich.

Meine Busenfreundin schiebt mich in die Umkleidekabine und sucht mir ca. zwanzig Kleidungsstücke ihres Geschmacks aus, die ich probieren soll. Sie hat vergessen, dass ich hundert(und) … Kilo und klein bin, eine Tatsache, die sie hätte bemerken müssen, vor allem, als sie mir das rosa gepunktete Röckchen mit den Plisseefalten bringt. Ich sage natürlich nicht nein, wo sie sich doch in ihrem natürlichen Umfeld bewegt, ihre meisten Bewegungen mechanisch sind und ihre Augen unnatürlich glänzen. (Ich will meine Mami!)

Dass ich es geschehen lasse, in die Läden zu gehen und Klamotten anzuprobieren, die mir Rea vorschlägt, ist so, als würde ich ständig an Deck der Titanic Platz wechseln. Am Ende werde ich aus Verzweiflung doch untergehen. Eine Tragödie! Was kann ich da schon tun? Ich gehe in die Umkleidekabine, mache es mir auf dem Boden gemütlich, öffne meine

Tasche und stopfe mich mit Schokolade voll, während ich zwischendurch tief seufze, angeblich aus Frust, weil mir die Kleider nicht passen. In der Zwischenzeit (ich wahre nicht mal den Schein...) schmeiße ich alle paar Minuten eines der Teile hinaus und sage:
„Gefällt mir nicht“ (stimmt).
„Ich bekomme es nicht zu“ (wie üblich).
„Ich habe keine passenden Schuhe“ (geklaut).
„Schmeichelt mir nicht um die Hüften und an den Beinen“ (wahrscheinlich schmeichle ich ihr nicht an den Beinen).
„Ist mir zu weit“ (Lüüüüge).
„Ich habe schon genau das gleiche“ (noch dickere Lüge).
Und dann komme ich raus und bin auch noch kess:
„Na, siehst Du? Nichts passt mir. Bitte besteh nicht darauf. Komm lass' uns essen gehen. Ich bin schon ganz fertig vom vielen Anprobieren.“
„Einen Moment, Thenia! Was ist das Braune da in Deinem Gesicht?“
„Was?!“ Ich schaue mich im Spiegel an, Schokolade. Oh Mann, sie hat mich erwischt. Das war's. Jetzt kommt die letzte Ölung...
„Thenia? Bist Du Dir sicher, dass Dir die khaki Leinenhose zu weit ist?“
„Ja...“
„Schwörst du's?“
„Ich schwöre...“
„Bei was?“
„Bei Sofias Leben.“
„Schwöre, dass Du nie mehr Chips essen wirst?“
„Äh,... ich schwöre...“
„Schwörst Du auch darauf, nie mehr Windbeutel zu essen?“
„Nein. Tu mir das bitte nicht an...“
„Schwöre.“
„Du kannst mich nicht dazu zwingen.“
Ich habe mich verraten. Sie packt mich am Arm und zerrt mich in die Umkleidekabine. Diesmal kommt sie mit. Ich probiere die Hose. Ich bringe sie lediglich bis zu den Knien. Ich probiere, ziehe, schwitze.

Endlich ist sie oben. Ich muss jetzt beweisen, dass ich sie anhatte und sie mir zu weit war. Ich ziehe meinen Bauch ein. Die Hose lässt sich um nichts zumachen und mich zerreißt es gleich. Auch Rea schiebt. Nichts.
„Das ist die Hose, die Dir vor fünf Minuten zu weit war?"
„Ja. Wahrscheinlich hat mich die Schokolade gebläht."
„Bleib hier so stehen, ich komme gleich wieder."
Sie kommt mit einem Stapel Klamotten zurück und zwingt mich, alle anzuprobieren. Sie zwingt mich sogar, das rosa Röckchen anzuziehen. Erbarmen! Aus Hunger und nur in der Absicht, mich so schnell wie möglich in einem Gyrosladen wieder zu finden, tue ich so, als wäre ich von einer Jeans begeistert (die einzige, die mir ohne Fettabsaugung passt) mit einem dazu passenden, wie sie sagen, Blüschen (für das ebenfalls keine Brustverkleinerung notwendig ist), und ich habe sie genommen. Schließlich ist in meinem Schrank genug Freiraum, den die Klamotten für die nächsten Jahre zu ihrer freien Verfügung hätten – gemeinsam mit den Motten.
Nach all dem machen wir uns schleunigst auf den Weg in die nächstgelegene Taverne, weil ich Spanferkel im Römertopf will, welches, wenn auch mir nah verwandtes Tier, ich entsprechend zu ehren gedenke, indem ich es auf eine geschmackvolle Weise aus diesem nutzlosen irdischen Dasein verabschiede. (Mein herzlichstes Beileid. Wir sollen leben und uns an es erinnern.) Während wir reichlich ungesättigte Fettsäuren essen, stellt Sofia eine interessante Theorie auf, die sie irgendwo am Abend zuvor (!) aufgeschnappt hat, wie sie zugibt, und die sich auf die verschiedenen Arten der Nutzung der männlichen Nase bezieht, außer der allgemein bekannten zum Atmen und Riechen. Es hält sie nichts davor zurück, uns haarsträubende Details zu eröffnen, die einem den Atem verschlagen!
Ich ertappe Rea, wie sie nervös in ihrem Salat stochert und mir diskrete Blicke des Grauens sendet, die ich erwidere, ebenfalls diskret. Wenn jemand genau gelesen hat, dann würde man folgenden stummen Dialog

hören können: „Ich habe es Dir gesagt, Rea. Diese Frau ist das Letzte. Sie ist sexgeil, pervers, und hat nichts mit uns gemeinsam. Jetzt hast Du den Scheiß!“ Die Darbietung verschiedenster Grimassen schließe ich mit dem Gesichtsausdruck einer bestätigten Mutter: „Ich habe es Dir schon immer gesagt. Geschieht Dir ganz recht. Wie man sich bettet, so liegt man. Du hättest auf mich hören sollen…“ und weitere solcher mütterlichen Weisheiten.

„… vielleicht hört es sich für Euch ungewöhnlich und schwierig an, aber ich kann es Euch nur empfehlen. Probiert es aus, und es wird Euch nicht schaden. Es ist ein anderes Gefühl, sage ich Euch. Ein ganz anderes Gefühl!“

Gott sei Dank lese ich ab und an eine Zeitschrift und weiß ungefähr, was zu tun wäre, denn sollte sich meine sexuelle Aufklärung auf Sofias Informationen stützen, würde ich bei meinem ersten sexuellen Kontakt darauf warten, dass er es mir mit der Nase macht!

Die Ausführung geht weiter und wir erfahren, dass dem Nasensex der Balkonsex folgt, wenn die Leute auf den Balkon gehen, um etwas frische Luft zu schnappen – vor allem Kosta. Ihren Erzählungen zufolge ging niemand zur späten Stunde unten auf der Straße vorbei, und die frische Abendluft war wie geschaffen für einen Quicky. Als sie bemerkte, dass ihnen ein Typ vom gegenüberliegenden Hochhaus zusah, störte sie das nicht, auch dann nicht, als er ein paar Kumpels rief, um es sich gemeinsam anzusehen. (Ich bin mir sicher, dass dieses Mädchen ein Problem hat.)

Gut der Tratsch, gut auch der Spaß, gut auch meine Selbstbestätigung, aber langsam mache ich mir Sorgen um Rea. Jedes Mal, wenn sie einen Bissen zum Mund führt, überlegt sie es sich kurz davor anders, bei den Dingen, die ihre Ohren da zu hören bekommen. Was soll's. Ein letztes Danebenbenehmen und dann werde ich ihren Qualen ein Ende setzen.

„Eigentlich hattest Du recht, Rea, mich heute mitzunehmen. Sofia ist immer noch eine sehr unterhaltsame Gesellschaft, genauso wie vor zwei Jahren, als wir sie kennen lernten. Was meinst Du?“

Rea hustet, verschluckt sich und schaut mich flehentlich um Gnade an, also reiße ich mich zusammen. Ich spiele ihr einen Ball zu, um das Thema zu wechseln:
„Was machen wir jetzt, Rea? Meinst Du, wir könnten so einen netten Jungen auch für mich finden?"
„Ja. Du brauchst hier gar nicht reden. Du hast ihn doch bereits gefunden. Ruf endlich Janni an, um ein Treffen zu vereinbaren."
Warum musste ich ihr auch ausgerechnet diesen sch… Ball zuspielen? War es nicht ganz okay, Sofias Vortrag „Kamasutra, von der Theorie zur Praxis" zu lauschen? Jetzt will die auch noch wissen, wer Janni ist. Also bin ich an der Reihe, einen Vortrag zu halten – mit dem Thema „Kamasutra, von der Theorie zur Theorie."
Zehn Minuten später ist Sofia ausführlich über Janni informiert und – oh, was für ein Zufall – sie ist mit Rea einer Meinung. „Du musst ihn anrufen. Auf was wartest Du? Dass ihn Dir eine andere wegschnappt? Diese Dinge überlässt man nicht dem Zufall." Das Gericht hat getagt, sich beraten und einstimmig entschieden, mir als Strafe ein sofortiges Telefonat aufzuerlegen.
„Jetzt?"
Sofia hält meine Frage für unzulässig und reißt ihre Augen auf, bis sie die doppelte Größe erreichen: „Ja, wann dann? Morgen? Jetzt musst Du anrufen. Was Du heute kannst besorgen…."
„Da bin ich der gleichen Meinung. Man muss das Eisen schmieden, solange es heiß ist!" ergänzt Judas – meine Busenfreundin – und ich bereue, dass ich das nicht sofort mit meinem Lieblingssatz richtig stelle: „Manchmal ist es besser zu kauen, als zu reden" oder, was ich ebenfalls liebe, die gute alte Redewendung, „Mit vollem Munde spricht man nicht, und man schaut auf seinen Teller… und wenn er leer ist, machen wir ihn wieder voll!"
Und nun? Wie entkommt man einer Sexbesessenen und einer unheilbaren Romantikerin, vor allem wenn die beiden einer Meinung sind? Es ist ganz einfach. Man entkommt nicht. Du tippst die Nummer „der

Person“ auf deinem Handy, rufst an und hoffst:
Dass hoffentlich besetzt ist.
Tuut... tuut...
Dass es ausgeschaltet ist.
Tuut... tuut...
Dass er schläft und das Handy auf lautlos ist.
Tuut... tuut...
Dass es ihm geklaut wurde.
Tuut... tuut...
Dass er es im Supermarkt vergessen hat.
Tuut... tuut...
Dass er Fußball guckt und ihm der Anruf gleichgültig ist.
Tuut... tuut...
Dass er die Rechnung nicht bezahlt hat und ihm die Nummer gesperrt wurde.
Tuut... tuut... tuut... tuut... tuut... tuut... tuut... tuut...
Er geht nicht ran... Gott sei Dank. Obwohl, wenn ich ganz ehrlich bin, verdirbt es mir etwas die Laune.
„Und was machst Du jetzt?“
„Als erstes bestelle ich mir noch eine Portion Pommes.“
Ich rufe den Kellner und muss vor Gott und Zeugen zugeben, dass, auch wenn mir die Geschichte mit Janni nicht sonderlich nahe geht, mir die Tatsache nicht passt, dass er nicht ans Handy geht, und zwar so wenig, dass ich aus lauter Frust zwei Portionen Pommes bestelle mit dem Ergebnis, dass die zweite Portion kalt wird, bis ich die erste vertilgt habe. Rea bemerkt die Parallelen meiner Enttäuschung wegen den Pommes, aber Sofia klopft mir mitleidig auf die Schulter. Unerwartet fängt mein Handy an zu klingeln, und es ist Janni. Rea und Sofia nehmen Wartestellung ein, ich huste trocken, trinke etwas Wasser, um mich deutlich auszudrücken (schade, dass ich nicht vorher noch auf die Toilette kann) und antworte:
„Bitte?“

„Ja, Sie haben mich angerufen…“
„Janni?“
„Derselbige.“
„Weißt Du, wer ich bin?“ Puh, was rede ich denn da für einen Unsinn. Bei den drei Wörtern, die wir bis jetzt ausgetauscht haben, erwarte ich von ihm, dass er mich am Telefon erkennt.
„Thenia, bist Du das?“
Und trotzdem, geht doch. Manchmal geschehen auch Wunder. Der Kellner kommt an unseren Tisch und wartet, um die Bestellung aufzunehmen. Nachdem niemand was sagt, tue ich es, während ich die Hörmuschel mit der Hand zuhalte.
„Noch eine Portion Pommes, bitte.“
Janni wundert sich:
„Thenia, bist Du es? Von welchen Pommes sprichst Du da?“
Und doch… Wunder sterben schnell…
„Ah… nichts, ich rede so vor mich hin. Ja, ich bin es, Thenia.“
Rea haut ihren Kopf auf den Tisch, Sofia macht eigenartige Zeichen, und der Kellner macht sich auf den Weg um die Pommes zu holen.
„…ich habe Dich angerufen, um zu hören, wie es Dir geht und Hallo zu sagen.“
Rea haut ihren Kopf wieder auf den Tisch und befindet sich bereits kurz vor einer Gehirnerschütterung, Sofia flippt aus und der Kellner, der die Pommes geholt hat, stolpert über einen Stuhl und fällt mit dem Gesicht auf unseren Tisch. Blitzschnell packe ich mit der linken Hand den Teller mit den Pommes, aber nicht den Teller, den er in der anderen Hand hält (bin ich bescheuert und mühe mich für einen fremden Teller ab), mit dem Ergebnis, dass er einen Liter heiße Zwiebelsuppe über die Einkaufstüten von Rea verschüttet. Also wirklich, welcher Idiot bestellt mitten im Sommer Suppe?
Es ist natürlich klar, dass alle Männer, egal welcher Altersklasse zu Rea stürmen, um zu sehen ob sie sich weh (!) getan hat, ob sie sich verbrannt hat, ob sie einen Freund hat und ob sie am nächsten Abend was vor hat.

Alle Frauen jeglicher Altersklasse sehen ihr schadenfroh und fast schon erregt zu, wie sie ihre neuen Sachen zu retten versucht, indem sie aus ihren süßen Klamottchen kleine, wohlriechende Zwiebelscheiben herausfischt.
„Thenia? Was ist los? Bist Du noch dran? Hörst Du mich?"
Oh, Janni! Den hatte ich ganz vergessen!
„Ja Janni, ich höre Dich. Ich wollte Dir vorschlagen, dass wir ausgehen, aber lass' mal, ich rufe Dich später an, weil wir jetzt gerade einen kleinen Unfall hatten." Okay, ich hab es gesagt.
„Aber nein! Wenn Du schon mal dran bist, können wir gleich was ausmachen. Wie sieht es mit morgen um neun am Springbrunnen aus?" Er ist auch noch ungeduldig!
„Okay, wir sehen uns morgen."
Einer der Gäste hat die Tüten genommen und läuft zur Reinigung nebenan, bevor sich ernsthafte Flecken bilden, ein anderer versucht, mit einem nassen Lappen in der Hand einen Tropfen auf Reas Hose zu entfernen, ein Dritter fragt besorgt, ob sie etwas braucht. Was soll sie denn brauchen, guter Mann? Zwiebelsuppe ist über sie geschüttet worden, nicht Salpetersäure! Aber so ist das. Wenn du groß, gut gebaut und blond bist, interessieren sich alle für dich. Im Gegensatz zu einem Monster wie mich, auch wenn mir ein Kronleuchter auf den Kopf gefallen wäre, würde keiner kommen, um zu sehen, ob ich noch lebe...
Als wir bereits die Rechnung bezahlt haben und kurz bevor wir gehen wollen, erzählt uns Sofia von einem Traum und besteht darauf, dass ich ihr eine ernsthafte Deutung gebe. Sie war, sagt sie, zwischen vielen Männern, die sie wegen ihrer unbeschreiblichen Schönheit begehrten, nur war sie bis zum Hals in nassem Zement eingegraben.
„Was könnte das bedeuten?" endet sie panisch mit weit aufgerissenen Augen.
„Dass nicht genug Zement da war, meine Gute!" antworte ich ihr ohne zu zögern. Dann gehen wir auch, weil Iro gleich aufwachen wird.

Zusammenfassung des Tages

Liebes Tagebuch,
heute waren wir in einem fantastischen Restaurant, wo wir Spanferkel im Topf gegessen haben, garniert mit Süßkartoffeln und Karotten. Die Schweinekoteletts, die ich vorab bestellt habe, um eine Kleinigkeit zum Kauen zu haben, waren hervorragend in ihrem eigenen Saft gebraten, genau wie ich es mag. Als Beilage hatte ich Pommes (klassisch), einen Bauernsalat und Rote Beete in Essig, Öl und natürlich Knoblauch!
Ah! Heute habe ich nach langer Zeit Sofia wieder gesehen, die immer noch vollkommen bekloppt ist. Eine Zwiebelsuppe wurde über Rea verschüttet, und morgen habe ich ein Rendezvous mit Micky Maus, der bekannten Zeichentrickfigur.

Das unheimliche Gewicht der Haare

Die Vernachlässigung meiner weiblichen Seite ist mir zur Gewohnheit geworden. Diesmal habe ich es allerdings zu weit getrieben. Es ist eine Tatsache, dass sich die Haare unter meinen Achseln, an meinen Beinen und in meinem Schambereich so stark entwickelt haben, dass sie durchaus gewöhnliche Symptome des normalen Haares zeigen könnten – Schuppen, Spliss, fettige Wurzeln, etc. Ich könnte natürlich weltweit bekannt werden, indem ich eine Wollfabrik gründe, die als Grundsubstanz menschliches Haar verarbeitet, aber einen Mann ködern kann ich damit auch nicht! (Notiz an den männlichen Stadtbären: Ich erhalte mir meine Zweifel).

Zwei Crepes später...

Im Schönheitssalon kann ich praktisch beweisen: 1. mein Durchhaltevermögen bei Schmerzen, 2. dass die erstaunte Kosmetikerin trotz ihrer zehnjährigen Erfahrung noch neue Dinge hat lernen können (dass z. B. ein Haar aus dem Bikinibereich Wachstumspotential von bis zu acht Zentimetern haben kann), 3. dass man durch eine Enthaarung bis zu einem Kilogramm Körpergewicht verlieren kann (aber man wird nicht größer), 4. dass eine Enthaarung soviel kosten kann wie zehn Hamburger, vier Cola, ein Eis und ein Soda, 5. und vieles mehr, das ich mir wegen der Schmerzen nicht merken konnte.

Rea wartet am Empfang mit der Ungeduld eines Ehegatten vor dem Kreissaal auf mich.
„Das war's also! Wie fühlst Du Dich?"
„Leichter!"
„Bist Du bereit für die Verabredung?"
Obwohl ich den Zusammenhang Enthaarung/Verabredung nicht so ganz verstehen kann, werde ich meine Neugier zügeln und mich mit diesem Thema nicht weiter befassen.
„Ehrlich, was hat die Enthaarung mit meiner Verabredung mit Janni zu tun?" Okay, ich bin sehr neugierig. Ich gebe es zu.
„Du wirst Dich wie eine Frau fühlen und nicht wie ein Bär."
„Aber ich fühle mich weiterhin wie ein Bär, nur ohne Haare." Eine Tatsache, die – ich muss die Leser informieren – mir das Gefühl gibt, mich nicht in meinem eigenen Saft zu befinden, wo ich es doch gewohnt war, in der Wärme dieser Behaarung zu leben, die mir mit diesem eigenartigen Zeug entfernt wurde, das an den Sirup einer Creme Brûlé erinnert.
Wir gehen in Richtung Ausgang, und ich muss zugeben, dass meine Ratlosigkeit in Bezug auf Enthaarung/Verabredung immer noch nicht geklärt ist, aber wenn ich jetzt frage, wirke ich naiv, und darauf habe ich keine Lust. In einem Moment, wo alle (Rea, Sofia, Katerina, Toula, die Kosmetikerin und andere Kundinnen) über eine Enthaarung reden, deren tiefe Bedeutung mir verborgen bleibt, ist es wohl besser zu schweigen. Ich werde mein verschwörerisches Lächeln aufsetzen und schlau tun, auch wenn ich keine Ahnung habe, um was es geht. Gott steh' mir bei.
Ich werde in jedem Fall nicht mit diesem Typen schlafen.
Während der ganzen Tour zu den Salons der Schönheit und des Schmerzes, macht Rea Pläne über die Details des heutigen Treffens (die zwei oder drei, die noch übrig geblieben sind, denn die restlichen hundertzweiunddreißig hat sie bereits gestern verplant). Sie bereitet mich auf mögliche Dialoge vor, die bei solchen Rendezvous entstehen. Vor allem

pocht sie auf feines Benehmen – wahrscheinlich vermutet sie, dass dies für mich neu ist – im Umgang mit Janni, wenn er vorschlägt, gemeinsam essen zu gehen (hoffentlich!).

An dieser Stelle bemerke ich, dass sich meine gute Freundin ständig widerspricht. Sie sagt, Janni soll mich in meiner natürlichen Umgebung kennen lernen, schlägt aber gleichzeitig vor, seinen Vorschlag abzulehnen. Für den Fall, dass ich seine Einladung annehme, erinnert sie mich an die barbarischen Regeln des guten Benehmens, die besagen, „Nie zwei Hauptspeisen bestellen", „Spaghetti werden nie mit den Händen gegessen", „Zwiebeln und Tzatziki aus dem Weg gehen" – da bringe ich mich ja lieber vorher um!

Mit anderen Worten, Rea ist so begeistert von der Idee, dass ich mit jemanden ausgehen werde, dass sie sich benimmt, als wäre es Mister Universum und nicht der Janni aus Trikala!!! (Hypothetisch gesprochen. Er könnte auch aus Larissa sein.)

Nachdem ich die Qualen beim Friseur überstanden habe, nur um eine Frisur zu bekommen wie Gemüse mit Spitzen wie geschnittener Blumenkohl (Sie dürfen sich auch einen gerupften Bären mit Haarteil vorstellen), falle ich Rea in die Hände, die mir mehr Farbe verpassen will, um, wie sie sagt, die letzten Widersprüche zu kaschieren.

„Und wo genau sind die Diskrepanzen, wenn ich fragen darf?"

„Kann ich Dir sagen. Ein kleiner Pickel auf der Nase und dunkle Augenringe."

„Und seit wann habe ich dunkle Augenringe?"

„Seit heute."

„Weil Du mich seit neun Uhr morgens von Folter zu Folter schleppst, und dafür habe ich auch noch bezahlt!"

„Irgendwann wirst Du mir dafür dankbar sein."

„Ja. Bitte erinnere mich daran, falls ich es vergesse."

„Du bist immer noch negativ und vergisst, dass Du in einer Stunde frisch, gut gelaunt und willig sein musst."

„Und Du glaubst immer noch, dass ich mit Brad Pitt ausgehe."

Um Sie damit nicht weiter zu langweilen, diese Unterhaltung geht noch ca. zehn Minuten, und während dieser Zeit bekomme ich glatte Haut, rosa Wangen, einen tiefen Blick, dichte Wimpern und volle Lippen. Ich schaue in den Spiegel, und für einen Moment geht mir durch den Kopf, dass ich meinen ersten Schlaganfall erlitten habe.

„UN-MÖG-LICH!"

„Aber warum? Du siehst aus wie eine Puppe."

„Du hast mich ausgelöscht! Soviel Kohle, wie Du mir um die Augen gemalt hast, haben sie nicht mal Stallone bei Rocky 2 hingeschmiert!"

„Das heißt Mascara..."

„Und meine Lippen sind so dick, als wäre mein Großvater Apache!"

„Die Lippen nennt man voll. Ich habe sie Dir mit Rand gemalt."

„Ich hoffe, dass das leicht runtergeht. Das wünsche ich für Dich, sonst..."

„Ha..."

„... bring mir Chlor, Nagellackentferner, Salzsäure, Chloroform, ich weiß nicht, was man in solchen Fällen benutzt, aber egal, was es ist, bring es mir sofort."

„Aber warum? Es ist nur, bis Du Dich daran gewöhnt hast. Du wirst sehen, in fünf Minuten wird es Dir besser gefallen. Sei nicht negativ."

„Das wird mir vielleicht in fünf Jahren gefallen, aber da wird es zu spät sein für diese spezielle Verabredung. Meinst Du nicht?"

Die Wahrheit ist, dass ich entsetzt bin über das, was ich sehe. Ich sehe aus, wie ein heruntergekommener Transvestit. Rea bemerkt mein Entsetzen und nimmt sofort Reparaturhaltung an. Sie wischt was weg, korrigiert, löscht, und mein Gesicht normalisiert sich. Ich sehe nicht mehr wie ein lädierter Boxer aus, meine Lippen gehören wieder mir, und meine Wangen sehen nicht mehr aus wie die Flagge von Tse. Ich presse mich in meine neue Jeans, in meine neue Frisur. Ich brauche mindestens zwei Toast, um wieder mit meinem alten Ich in Kontakt zu treten.

„Wäre es nicht besser, wenn ich das Ganze abblase?"

Dies wäre natürlich eine der Möglichkeiten, diese Geschichte zu beenden, was aber bei Rea überhaupt keine Wirkung zeigt. Während ich sie

so ansehe, wird mir klar, dass Plan B, bei dem wir Kaffee trinken gehen, uns wegen politischer Differenzen prügeln und Ausdrücke ewigen Hasses austauschen, wahrscheinlicher ist als das, was ich soeben vorgeschlagen habe.
„Thenia, das kommt überhaupt nicht in Frage. Du gehst.“

Ich bin unterwegs. Dabei bin ich mir sicher, dass Rea mich vom Balkon aus beobachtet. Wahrscheinlich hat sie irgendwo das Fernglas ihres Großvaters ausgegraben, das früher an der Wand hing. Ich überlege, ab wann ich aus ihrem Blickfeld verschwinde. Ich könnte in eine Gasse abbiegen und in eine Konditorei einkehren, anstatt zu dieser Verabredung, aber das Fernglas durchkreuzt mit Sicherheit meine Pläne. Nur Probleme mit Opas und den Kriegen. (Erinnert mich daran, für den Frieden zu demonstrieren.)
Ich komme ein paar Minuten zu früh beim berühmten Springbrunnen an. Entsetzlich! Ist es nicht der Mann, der als erster ankommt und wartet? So etwas Ähnliches habe ich schon mal gehört. Noch schlimmer ist es, wenn er mit seinen Freunden in einem der gegenüberliegenden Cafés sitzt, mir zusieht und tratscht. Hätte ich mir vielleicht unterwegs ein Teilchen kaufen, essen und gelangweilt tun sollen? Soll ich mir einen Sesamring kaufen, damit ich lässiger wirke? Also diese Rea! Alles hat sie mir gesagt, nur das nicht. Doch die Idee mit dem Sesamring gefällt mir. So habe ich doch eine gute Ausrede. „Ich bin früher gekommen, um mir einen Sesamring zu kaufen.“
Der Springbrunnen ist das Markenzeichen dieser Stadt. Alle Verabredungen finden hier statt. Er befindet sich in der Mitte des Marktplatzes, und um ihn herum sind jede Menge Cafés. Von dem Moment an, wo man hier ankommt, hat man keine Fluchtmöglichkeit mehr, weil man von überall her gesehen werden kann.
Der einzige Tag, an dem der Springbrunnen keine Kundschaft hatte, war letztes Jahr um diese Zeit, als einer für ein strahlendes Weiß und besseres Schwarz eine Packung Waschpulver mit der Hand verteilt hat und

der Platz mit Schaum überflutet wurde. Bis die Stadtreinigung kam, um ihn zu beseitigen, waren mindestens hundert Verabredungen geplatzt, und noch mal so viele wurden abgesagt. Wir haben natürlich einige Knochenbrüche betrauert, aber das nur am Rande, also überspringen wir dies.

Das war die Zeit, als für drei Wochen die Aufschrift angebracht wurde: „BITTE KEIN WASCHMITTEL IN DEN SPRINGBRUNNEN SCHÜTTEN!"

Janni verspätet sich, und der Geruch der Sesamringe macht mich wahnsinnig. Eine junge Frau, die schon vor mir da war, zieht vier Mal in der Minute ihre Lippen nach und schaut unauffällig in den kleinen Spiegel, den sie in ihrer Tasche trägt. An ihrer Aufregung kann ich erkennen, dass sie auf jemanden wartet, für den ihr Selbstbewusstsein in keiner Relation mit ihren Wünschen steht. Sollte ich ihr vielleicht auch einen Sesamring kaufen?

Weiter unten steht ein aufgeblasener Jugendlicher im King-Kong-Verschnitt, der jedes weibliche Wesen, das an ihm vorbeigeht, genauestens ansieht. Er macht den Eindruck, als wüsste er nicht, auf wen er wartet, und dass es sich um ein Blind Date handelt. Janni taucht immer noch nicht auf, und meine Geduld ist erschöpft, auch wenn es ganz angenehm ist, Agatha Christie zu mimen, indem ich mein Umfeld analysiere. Es ereignet sich nichts Ungewöhnliches, und ich fange an, mich zu langweilen. Ach, was soll's, ich kaufe mir jetzt einen Sesamring!

Während ich in meiner Handtasche nach Kleingeld krame, komme ich zu dem Schluss, dass die Idee mit dem Sesamring gar nicht so gut ist, also kaufe ich zwei und kehre auf meinen Posten zurück. Die junge Frau neben mir erneuert weiter ihren Lippenstift, und der Gorilla beobachtet jetzt mich. Ich jedenfalls kaue sorglos weiter. King Kong kommt in meine Richtung. Er kommt gefährlich nah. Unbewusst schließe ich meine Hände fester um meine Nahrung, um einen möglichen Angriff dieses Tieres abzuwehren, und warte ab, was passiert. Seine Stimme hört

sich ängstlich an, und ich muss zugeben, sie passt überhaupt nicht zu seinem Äußeren:
„Entschuldigen Sie... Sind Sie vielleicht Litsa?“
Für einen Moment überlege ich, ob es nicht sinnvoller wäre, Litsa zu mimen und mit ihm ins Café zu gehen, werde mir aber bewusst, dass einem dies nur in Kinofilmen passiert, und beruhige mich wieder.
„Nein.“
„Ah... Entschuldigen Sie bitte.“
Er senkt den Kopf und geht. Ich habe schon richtig vermutet. Der hat ein Blind Date, das, wie es aussieht, in einem Fiasko enden wird, weil ich keine Litsa weit und breit sehen kann. Vielleicht ist sie vorbeigekommen, hat ihn gesehen, und er hat ihr nicht gefallen. Vielleicht haben ihn auch seine Kumpels verkohlt. Wer weiß... Die Seele des Menschen ist unergründlich...
Auf der Seite, auf der die junge Frau steht, kommt im Gegensatz zu meiner nun Bewegung. Zwei Meter von ihr entfernt, steht ein charmanter Dreißiger, der sich ihr zwar lächelnd nähert, aber distanziert. Sie ist so aufgeregt, als stünde sie unter Strom, und zittert wie ein Kompressor. Ich halte ihren Zustand, der ihr im Gesicht geschrieben steht für übertrieben, zur kühlen Haltung des Typs. Er ist wenigstens gekommen... (Ich frage mich, ob man groß und schön sein muss, um nicht versetzt zu werden. Letztendlich ist es eine Tatsache, wenn du dick und hässlich bist, es die einzige Gelegenheit, wo dir so was nicht passiert, ein Termin mit einem Arzt ist.)
Jetzt steht er genau vor ihr. Sie schließt die Augen und bietet ihm ihre Lippen zu einem French Kiss an. Er schaut sie weiterhin uninteressiert an und haucht ihr ein Küsschen auf die Wange. (Blamage!!!) Sie öffnet die Augen, hängt sich bei ihm ein und sie machen sich auf den Weg.
Auch beim Blind Date tut sich was, eine zierliche junge Frau gibt dem Gorilla die Hand und stellt sich als Litsa vor. Er schenkt ihr ein zufriedenes Lächeln, legt seine Hand auf ihren Rücken und sie entfernen sich gemeinsam mit unbekanntem Ziel. Auf halbem Weg dreht sich der Go-

rilla um, zwinkert mir zu und lächelt. Er vermutet, ich nehme Teil an seinem Glück. Ich erwidere das Lächeln und winke. Auch wenn sie äußerlich überhaupt nicht zusammen passen, gefallen sie mir, wie ich sie so zusammen weggehen sehe, und ich vermute, dass diese Bekanntschaft in einer Ehe enden wird.

Letzten Endes ist es ganz lustig, am Springbrunnen zu stehen. Jetzt verstehe ich, warum sich alle hier verabreden. Für den Fall, dass man versetzt wird, kann man sich mit den übrigen Passanten beschäftigen. So vergeht die Zeit auch. Ich werde es in meinen Wochenplan aufnehmen. Jeden Samstag werde ich zur Kosmetikerin gehen, zu Rea, um mich zu kostümieren, und danach werde ich mich am Springbrunnen aufstellen und so tun, als würde ich auf jemanden warten. Und in Wirklichkeit beobachte ich getarnt die anderen. Und dann, wer weiß? Vielleicht bleibt eines Tages einer – nach dreißig Minuten – als Fundsache beim Brunnen übrig wie ich heute. Alle Verabredungen für neun Uhr, außer meiner Wenigkeit, haben einen glücklichen Ausgang genommen, und die Verabredungen für 9:30 Uhr nehmen bereits ihren Platz ein. Und ich stehe immer noch da…

Der Platz ist voller Pärchen und unterschiedlichster Menschen. Zwischen ihnen bin ich wohl der einzige Faktor, der die Gleichförmigkeit negativ beeinflusst. Das unpassendste Teil des Puzzles eines wunderschönen Abends. Die Dicke und die Sesamringe. Ich kratze meine Selbstachtung zusammen und bewege mich zwischen ihnen hindurch. Zufällig gerate ich zwischen eine große Clique, die meine Anwesenheit gar nicht wahrnimmt. Sie biegen um die Ecke und ich bleibe wieder allein, gerade als ich mich ihrem Rhythmus angepasst habe. Ich weiß nicht, ob ich den Erwartungen einer solchen Clique entsprechen könnte, (Sie sehen, noch nie hat mir jemand so was angeboten) aber ich weiß mit Bestimmtheit, dass ich an Abenden wie diesem das dringende Bedürfnis nach einer solchen Gesellschaft fühle. Natürlich gibt es Rea, die soviel wert ist wie zehn Freunde zusammen, aber das allein genügt mir nicht als Ersatz für das, was eine große Clique zu bieten hätte.

Meine Wohnung ist weit weg, wenn aber solche Gedanken mein Hirn beschäftigen, merke ich nichts von der Entfernung. Ich werfe meine Schlüssel aufs Bett und gehe auf den Balkon, um eine Zigarette zu rauchen, nachdem ich nicht den Luxus genießen kann, mich mit Freunden zu umgeben. Dann will ich wenigstens den Vorzug einer einsamen, ruhigen Nacht genießen.

Ich stelle mir vor, dass es da draußen einige gibt, die sich in einem Hochhaus tödlich langweilen und viel dafür geben würden, für fünf Minuten in die Ruhe meines Balkons flüchten zu können.

Ich glaube, dass es Mädchen gibt, die nicht schon bei der ersten Verabredung versetzt werden, wo das erste Tète à Tète sich aber als katastrophal entpuppt hat, und die sich wünschen, dass der Abend bald zu Ende ist, um schnellstens nach Hause zurückkehren zu können.

Ich denke darüber nach, dass Janni nicht zu unserem Rendezvous gekommen ist, weil er seine Meinung geändert hat und sich schämt, mit mir gesehen zu werden, sondern weil er auf der Treppe ausgerutscht ist und sich das rechte Bein und den linken Arm gebrochen hat. (Wahrscheinlich eher das linke Bein und den rechten Arm, denn das ist schlimmer.)

Ich grüble über viele Dinge nach und fühle mich besser. Was ich in diesem Augenblick nicht verstehen kann, sind die Tränen, die mir in die Augen steigen… Vielleicht sind die Bilder daran schuld, die wie Regentropfen einer nach dem anderen in meinem Hirn herunterfallen und eine Wirklichkeit schaffen, bei der ich nur Zuschauer bin, während ich die Hauptdarstellerin sein sollte. Eine eilige Friseurin, sogar der kleine Gorilla hat sein Gegenstück gefunden, eine Kosmetikerin, morgen eine enttäuschte Rea, ein dicker Körper, die Einsamkeit von zwanzig Jahren, eine Clique, die ohne mich um die Ecke biegt, ein Topf, der kocht und sein Wasser Tag um Tag verdampft, ein Vater, der stolz ist auf sein hässliches Entlein, eine Hoffnung, die verloren ist, ein Ende von etwas, das noch gar nicht begonnen hat, ein Springbrunnen, eine Erscheinung, die weder von Spiegeln noch von der Welt akzeptiert wird. Zwei Busse voller Bilder, die frontal zusammenstoßen, und ich in der Mitte…

Rea ruft auf dem Handy an, um Neuigkeiten zu erfahren, aber ich kann jetzt weder reden noch eine Bestellung beim Kellner aufgeben. Ich ziehe mechanisch meinen Schlafanzug an und lege mich hin.
Ich weiß weder wann ich eingeschlafen bin, noch wie lange ich geschlafen habe. Als ich durch das hartnäckige Klingeln an der Tür wach werde, ist es halb eins und ich habe 5 unbeantwortete Anrufe von Rea auf dem Handy, die sich wegen meines plötzlichen Verschwindens wohl Sorgen macht und sich vermutlich mitten in der Nacht auf den Weg hierher gemacht hat, um zu sehen, ob alles in Ordnung ist. Obwohl ich eigentlich nur noch Kraft habe, mich im Bett umzudrehen und weiter zu schlafen, stehe ich auf, um ihr die Tür zu öffnen. So kann sie mich einen Tag früher verhören, als erwartet. Auf der einen Seite die Klingel, auf der anderen Rea, die mich in der Vergangenheit in viel schlimmerem Zustand gesehen hat, übersehe ich meinen Anblick und öffne die Tür. Es ist aber nicht Rea!
„Ja..an..(schluck…) nis…“
Ich bin überrascht, erstaunt, zerrupft, verschmiert, ungepflegt und spreche seinen Namen aus wie ein Kindergartenkind.
„Hallo… Darf ich reinkommen?“
Ich verzeihe ihm im Vorfeld das Zittern in der Stimme. Der Mann hat sich bei dem, was er sieht, erschreckt. Was ich ihm nicht verzeihen kann, ist seine Dreistigkeit. Erst versetzt er mich, und dann kommt er mitten in der Nacht uneingeladen in meine Wohnung und erwartet auch noch, dass ich ihn reinlasse? Ha! Geht's noch?
„Na klar… logisch… Gib mir zwei Minuten…“
Ich knalle ihm die Tür vor der Nase zu und hoffe, dass das Knacken, was ich gehört habe, nicht seine Nase ist. Mir wird bewusst, dass ausgelebte sexuelle Aktivität uns Frauen depressiv, unberechenbar, unendlich lächerlich und vieles mehr macht. Leider bin ich zum jetzigen Zeitpunkt nicht in der Lage, dies genauer zu erklären, nachdem ich nur zwei Minuten zur Verfügung habe, bevor ich in die zweite Runde meiner vollständigen Blamage gehe.

Ich flüchte in das „Unternehmen Besen", während ich alles Überflüssige unter das Bett kehre. Das funktioniert nach dem Schema: K.A.I.N.S. (Klassischer Aufbewahrungsort in Notfall-Situationen). Es eignen sich auch Schubläden, Schränke und praktische Haushaltsgeräte, deren Vorzüge ich bis dahin nicht kannte. (Eine Woche später backe ich bei 180 Grad eine Pizza Cappricciosa zusammen mit meinem verschwundenen rosa Slip!)

Schluss. Was ich geschafft habe, habe ich geschafft. Ich habe keine Zeit mehr, auch noch den Staubsauger anzuwerfen oder noch die Vorhänge in die Reinigung zu bringen. In jedem Fall hatte ich mir den ersten Besuch eines Mannes in meiner Wohnung anders vorgestellt. Aber was soll's. Es stimmt, wenn die Leute sagen, dass Gott lacht, wenn er unsere Pläne hört. Vor allem heute Abend, wo ich Sein Lachen bis hier unten hören kann.

Was Janni angeht, wenn er glaubt, ich lasse ihn draußen, um mir das Haar zu richten, ein verführerisches Negligé mit den passenden Pantöffelchen mit rosa Pompons anzuziehen und ein unwiderstehliches Parfüm aufzulegen, dann täuscht er sich bitter. Da hat er an der falschen Tür geklopft. Diesmal öffne ich dynamisch und entschlossen die Tür. Nachdem ich den ersten Schock überwunden habe, bin ich darauf vorbereitet, wem ich da begegnen werde, es ist ein Heimspiel, und überhaupt habe ich in dieser Geschichte die Oberhand.

„Komm rein."

Er macht ein paar Schritte und entscheidet sich, auf dem Bett Platz zu nehmen. Zu meinem Unglück steigt er auf eine Tüte Erdnussflips, die auf der rechten Seite des K.A.I.N.S. heraussteht. Ich höre ein mir bekanntes Geräusch, das an einen Kinosaal erinnert.

„Ups! Ich bin da auf was getreten."

Auweh! Er bückt sich, um es aufzuheben.

„Nicht! Nicht!"

Er bückt sich. Ich hoffe, er hebt das Laken nicht an. Er hebt die Tüte auf, Gott sei Dank ohne überflüssige Bewegungen, und hält sie nervös in den Händen.

„Super Chips. Die mag ich auch am liebsten."
„Erdnussflips."
„Ja, Erdnussflips, Du hast Recht."
Das war's. Wieder Stille. Was nun? Soll ich warten, bis er sich nach links bewegt und auf die Verpackung der Schokolade tritt, um ein neues Thema für den zweiten Dialog zu haben? Er sagt nichts. Ich muss jetzt was sagen. Bestimmt denkt er auch, dass er jetzt was sagen muss. Der Fernseher! Dass ich da nicht früher daran gedacht habe! Der wird mich retten. Aber wo ist die Fernbedienung? Der Plan Fernseher wird verworfen.
„Hm…"
„Äh…"
„Kann ich Dir was anbieten?" Jetzt schau, dass Du von mir ein chinesisches Bier verlangst…
„He…"
Okay. Ich habe verstanden. Er setzt seinen Zeitvertreib mit den Vokalen fort.
„… Ja… wenn es Dir keine Mühe macht."
Sehr gut, jetzt hat er auch noch Konsonanten dazu genommen. Auch gut. „Was hättest Du denn gerne?"
Meine Frage ist allgemein, ungenau und grenzt an Idiotie, wenn man bedenkt, dass die einzigen nassen Elemente, über die mein Kühlschrank verfügt, eine Flasche Wasser und Urin sind, den ich seit heute Morgen sammle, um ihn in einem Labor untersuchen zu lassen. (Ich muss das nächste Mal daran denken, meinen Gästen nur das anzubieten, was ich auch im Kühlschrank habe.)
„Einen Kaffee, wenn es keine Umstände macht."
Umstände? Was für Umstände? Dafür, dass ich der Blamage so billig entkommen bin, würde ich ihm auch drei Kaffees machen, wenn er es verlangen würde.
„Zucker?"
„Gar nichts. Schwarz. Auch ohne Milch."

Natürlich schwarz. Wie könnte er sonst seine Figur halten. Nicht wie meiner – 5 Löffel Zucker und dreiviertel Milch – der mehr nach einem kleinen Windbeutel mit Sahne und Schokoguss aussieht, als nach Kaffee Frappé.

Ich öffne das Gefrierfach und finde dort die Fernbedienung. Dann kann ich auch den Fernseher anmachen, wenn er funktioniert. Ich kehre mit den Kaffees zurück, während ich diskret versuche, den Fernseher anzumachen, der ein kleines Problem hat, denn er lässt sich nur über die Fernbedienung einschalten. Ich drücke und drücke. Ich höre das bekannte Klick, und das Bild bereitet sich darauf vor zu erscheinen. Und es erscheint in seiner ganzen Pracht, würde ich sagen. Anfangs verstehe ich gar nicht, was das ist, was ich da sehe, aber als das Bild sich komplett aufbaut, dämmert es mir so nach und nach, dass es sich um einen Golf handelt. Es ist nicht der Golf von Mexiko sondern der Golf einer Frau! Mit zehn großen Fernsehsendern und noch mal so vielen lokalen Sendern, muss ich da ausgerechnet aufs Kabelfernsehen stoßen? Nicht dass er meint, ich würde darauf stehen, Hardcore Pornos anzuschauen und mitternächtliche Orgien dieser Art… Und je mehr das Bild erscheint, umso mehr werden die teilnehmenden Personen. Es sind erst zwei, dann werden es drei, dann vier, einer der in einer Ecke an sich herumfummelt, ein Nachbar, der an der Tür klingelt, um sich ein bisschen Zucker auszuleihen, fünf, und irgend etwas sagt mir, dass es sich um das Finale des Pornos handelt, bei dem sich dann das ganze Casting zu einer letzten gemeinsamen Orgie versammelt, also wechsele ich lieber den Sender, weil es mir hier zu viele Menschen werden, und ich hasse Menschenansammlungen. Außerdem hasse ich es, meine Zeit mit etwas zu verschwenden, bei dem das Ende vorhersehbar ist.

Jannilein neben mir ist so in das Thema vertieft, dass der Strohhalm ihm beinahe das Auge aussticht, das berührt ihn aber nicht im Geringsten. Er schaut weiterhin gespannt und mit offenem Mund in die Röhre, obwohl ich auf den nächsten Kanal geschaltet habe, wo die Werbung für ein Massage-Korsett läuft, das in jeder Größe verfügbar ist, vor Krampf-

adern, Zellulitis und Fettpolstern schützt und sie heilt, und wenn es sein muss, kann man es auch als Schnellkochtopf benutzen.
„Sag mal, woher hattest Du meine Adresse und hast mich gefunden?"
Er blickt weiter gespannt in den Fernseher und betrachtet die Bilder des magischen Korsetts. Also ich für meinen Teil habe einen Versuch gemacht. Ich kann ihm ja schlecht einen Kübel Wasser überkippen, damit er wieder zu sich kommt.
„Was sagst Du? Entschuldige, ich habe nicht aufgepasst..."
Halleluja!!!
„Ich habe Dich gefragt, wie Du meine Adresse gefunden hast."
„Ich habe sie mir gemerkt, als Du sie dem Taxifahrer gesagt hast."
„Das hätte aber auch die Adresse einer Freundin sein können."
„Unmöglich. In diesem bejammernswerten Zustand, in dem Du Dich befunden hast, wärst Du nur nach Hause gefahren" (Wenn ich Dir jetzt eine Bratpfanne überziehe, wirst Du gleich wissen, wer nach Hause wollte.)
„Ja. Die Wahrheit ist, dass an dem Abend alles schief gegangen ist, was schief gehen konnte. Gut, dass Du in dem Taxi warst und mich einigermaßen wieder aufgebaut hast. Ich habe geweint, war durcheinander, schmutzig..."
„... Du hast auch erbärmlich gestunken." (Aaaaah, also der Bratpfanne entkommt er nicht.)
„Ja, das. Und Du sagtest, ich soll nicht weinen, und dass die Dinge nicht ganz so schlimm seien."
„Ich habe gelogen, damit Du nicht nach Hause fährst und Dir die Pulsadern aufschneidest."
(Ich werde ihn windelweich schlagen, er entkommt mir nicht.)
„Aha! Also wir lügen auch noch, ja?"
„Nur wenn es unbedingt nötig ist. Wenn ich Dir an dem Abend die Wahrheit gesagt hätte, hättest Du die Taxitür aufgemacht und wärst auf die Straße gesprungen. Sogar der Taxifahrer hatte Mitleid mit Dir und hat Dich nicht rausgeworfen, wo Du ihm doch den Wagen ruiniert hast" (Gut, das habe ich mir auch gedacht. Gehen wir zum nächsten Thema.)

„Was war also die Wahrheit?“
„Außer dem was Du vorhin bereits selbst gesagt hast…“ lieber Gott, halte mich zurück! ... „war auch Dein Benehmen in der Gondel seltsam. Mit einem behinderten Kind neben Dir hättest Du besser aufpassen müssen und nicht Sperenzchen in der Luft machen dürfen. Ich stand unten und habe die ganze Szene beobachtet. Die Kleine stand kurz davor herauszuspringen, und Du hast neckisch Dein Haar geschüttelt.“
Oh! Das hat er auch beobachtet?
„Ich weiß auch nicht, was mit mir los war.“
„Wir haben von unten versucht, Dich darauf aufmerksam zu machen, aber Du warst in Deiner eigenen Welt verloren. Du hast uns zwar angesehen, aber überhaupt nicht reagiert.“ (Als ob ich Euch angesehen hätte. Ich hatte nur Augen für den Ein- und Einzigen in dem Moment.)
„Aber noch mal, es war, als ob Du uns angesehen hättest. Wenn ich nur wüsste, an was Du da dachtest.“ (Also unterbreche ich hier die Unterhaltung, weil, so wie der redet, wird er gleich beginnen, meine heimliche Liebe zu beschreiben, meinen persönlichen Topf und das Muttermal, das ich von Geburt an auf dem Hintern habe.)
„Ich glaube, es ist nicht notwendig, uns weiter mit diesem Thema zu beschäftigen. Außerdem ist die Geschichte vorbei, Gott sei Dank ohne Opfer.“ (Jetzt, wo ich geladen bin, können wir uns auch mit dem Rendezvous beschäftigen, zu dem er nicht gekommen ist. Hier habe ich die Oberhand, jetzt teile ich ein bisschen aus… jetzt bin ich an der Reihe.)
„Ja, Du hast Recht. Außerdem bezweifelt niemand, dass es einfach ein unglückseliger Moment war, und dass so etwas jedem von uns passieren könnte.“
(Da ist er schon wieder. Er hat mich wieder rumgekriegt. Gerade als ich so richtig in Rage bin und ihn frontal angreifen könnte. Also fange ich jetzt lieber an zu reden, und je nachdem, was er sagen wird, werde ich schauen, was ich tue …)

„Also gut, aber meinst Du nicht, Du müsstest mir ein paar Erklärungen geben?“
„Ich vermute, Du sprichst von unserer Verabredung, zu der ich nicht erschienen bin?“
„Ja, da vermutest Du richtig. Die Verabredung, bei der ich drei Stunden gewartet habe.“
„Also, jetzt mach' mal langsam!“
„Ich habe bereits eine halbe Stunde abgezogen. Wir hatten ausgemacht, um neun am Springbrunnen, und Du bist um halb eins bei mir zu Hause aufgetaucht. Habe ich unrecht?“
„Überhaupt nicht. Aber Du kannst nur sagen, Du hättest drei Stunden gewartet, wenn Du bis jetzt am Springbrunnen gestanden hättest.“
Was soll das nun wieder für eine Argumentation sein? Ich reiße die Augen auf, um ihm zu verstehen zu geben, dass er ein viel zu großes Kind ist, um solchen Unsinn zu verzapfen. Mein Gesichtsausdruck ist ziemlich deutlich, und ein paar Sekunden später fällt er fast um vor Lachen. Ich lache mit ihm, nicht über das, was er gesagt hat, sondern weil ich seit einiger Zeit beobachte, dass sich, wenn er lacht, seine Ohrläppchen rhythmisch auf und ab bewegen und er komische Geräusche mit seiner Nase macht.
Nun erklärt er mir, dass die Freundin eines Freundes aus London zurückgekommen ist, die dort studiert, und er und sein Freund sind zum Flughafen gefahren, um sie abzuholen. Der Flug hatte Verspätung und er sein Handy nicht dabei, um mir Bescheid zu geben, dass er sich verspätet. Ich habe keinen Grund, ihm nicht zu glauben, weil ich in seinem Mäuseblick keine Spur von Lüge entdecken kann. Außerdem, hätte er es sich anders überlegt, wäre er jetzt nicht in meiner Wohnung und versuchte sich zu rechtfertigen. Ich werde ihm seine Sünden vergeben.
Je mehr Zeit vergeht, desto mehr stelle ich fest, dass er ein toller Typ ist. Er ist nicht müde und ehrlich gesagt, ich auch nicht. Wir setzen uns auf den Balkon, unterhalten uns über alles Mögliche und lachen Tränen, als wir den Nachbarn von nebenan dabei zuhören, wie sie sich lieben, und

zwischen dem Stöhnen schreit sie: „Nimm mich, mein Pascha, überall!" Der Aschenbecher quillt über von den Kippen, die wir geraucht haben; die Bierflaschen, die er nebenan am Kiosk schnell geholt hat – er ist rund um die Uhr offen – sind leer, und es fängt schon an, hell zu werden. Er wünscht mir leicht angetrunken einen guten Morgen, und bevor er geht, bleibt er kurz in der Tür stehen, dreht sich nochmals zu mir um und versucht, sich das Lachen zu verkneifen.

„Was?" frage ich.

„Nichts. Guten Morgen", dreht sich um und geht.

Ich überlege, ihn zu fragen, was das wieder für ein Ding ist, aber er kommt mir zuvor. Er dreht seinen Kopf zu mir um, zeigt mit dem Finger auf mich und sagt:

„Um es nicht zu vergessen... Toller Schlafanzug!"

Ich schaue an mir herunter, und was sehe ich. Ich habe meinen Schlafanzug verkehrt herum an. Mit dem Inneren nach Außen und nicht nur das, mit den Knöpfen hinten am Rücken! Wie habe ich das wieder geschafft, ich Trottel!

Wegen der Aufregungen der letzten Nacht kann ich nicht einschlafen. Ich verfolge die Morgensendungen, um mich über die politischen Entwicklungen zu informieren. Leider ist immer noch alles beim Alten, und ich wundere mich, dass man es Entwicklung nennt. Gegen neun gehe ich zu Toli rüber, um ein Blech voll frischer Käsetaschen zu vertilgen, die jeden Moment dort frisch geliefert werden müssten. Ich treffe ihn allein hinter der Bar, während er ein paar Studentinnen des ersten Semesters beobachtet, die bereits am Morgen angezogen sind, als würden sie in einen Nachtclub gehen. Ich werfe ihnen einen verächtlichen Blick zu, und sie erwidern ihn voller Abscheu. Ich meine zu hören, wie die eine von ihnen mich einen Elefanten nennt, und die Gutmütigere von ihnen sagt: „Schade um das Mädchen..."

„Ja, soweit kommt es noch, Du halbe Portion, dass Du auch noch Mitleid mit mir hast!"

Toli macht mir Zeichen, leiser zu reden, weil sie mich sonst hören könnten, und ich antworte ihm, dass genau das meine Absicht ist. Er geht schnell in seine kleine Küche und bringt mir ein paar dampfende Käsetaschen.
„Direkt aus dem Ofen!"
„Ja, Toli, ich weiß. Hätte ich alte gewollt, wäre ich erst am Nachmittag gekommen."
Er macht mir noch einen Kaffee mit sechshundert Kalorien und kommt zu meinem Tisch. „Der geht aufs Haus."
„Ah! Deswegen hast Du mir die Käsetaschen so hoch berechnet?"
„Mit Dir ist doch heute was. Was ist passiert? Bist Du mit dem linken Fuß aufgestanden?"
„Nein, Toli. An sich habe ich überhaupt noch nicht geschlafen, und mein psychischer Zustand war einwandfrei, bis ich deren Visagen gesehen habe."
„Die sind doch noch jung. Ich wundere mich, dass Du Dich überhaupt mit ihnen abgibst."
„Ich bin auch jung. Ich bin nur nicht so unterernährt wie sie."
„Und stört Dich das? Du bist natürlich besser. Was wissen die schon übers Genießen. Jeden Morgen kaufen sie sich einen Toast und teilen ihn sich zu fünft. Wenn ich von diesen Magersüchtigen leben wollte, hätte ich längst wieder schließen müssen!"
„Und ich, wenn ich so weitermache, mache ich Dich bald zum Besitzer einer Yacht. Willst Du das sagen?"
„Ich will damit nur sagen, dass die gar nicht den Genuss kennen, ein Sandwich ohne schlechtes Gewissen zu essen, weil sie schon Angst haben, auch nur ein Gramm zuzunehmen."
„Mal ehrlich, Toli, sehe ich wirklich so schlimm aus?"
„Was soll ich Dir sagen, Thenia. Ich kenne Dich schon seit drei Jahren, und es ist das erste Mal, dass ich Dich so reden höre, dass Du solche Zweifel hast. Was ist los? Hast Du Dich vielleicht verliebt, und er beißt nicht an?"

„Toli, Du wechselst das Thema."
Nach kurzer Zeit, als sie den durch fünf geteilten Toast gegessen und dazu schwarzen Kaffee getrunken haben, sind die Magersüchtigen voller Anmut aufgestanden und in die Vorlesung gegangen. Ich höre sie noch sagen, dass sie vor ihrem eindrucksvollen Eintritt in den Hörsaal noch auf die Toilette gehen müssen, um ihre Schnäbel zu pudern. (Erbarmen!) Endlich, denn mir wird schlecht, wenn ich sie sehe. Sie haben meine Sinne beleidigt, was soll ich sagen? Während sie in ihren Taschen nach Kleingeld suchen, das auch als Gewicht dient, damit der Wind sie nicht davon weht, überlege ich, dass ich soviel wiege, wie alle fünf zusammen. Wohin führt nur diese Welt? Wo ist die archaische, knusprige Schönheit geblieben? Bin ich in der falschen Epoche geboren? Wäre ich früher geboren, hielten sie mich für eine Göttin. Aber heute, Knochengestelle überall. Wo man auch hinsieht. Auf der Straße, im Fernsehen, in den Zeitschriften. Überall Ärschchen, die knochig, unterernährt und mager sind, abgewrackte, dürre Models. In Zukunft werden die Wissenschaftler keine Mäuse mehr für ihre Versuche benutzen, sondern Models, weil es einfach mehr davon geben wird. Der einzige Nachteil wird sein, dass man Schwierigkeiten haben wird, die Ergebnisse auf die Reaktionen des menschlichen Organismus zu übertragen! Wie auch immer, ich werde es auf der nächsten Tagung von Greenpeace vorschlagen.
Ich gehe direkt zu Rea. Der Gedanke, dass es ein dünnes, zartes Individuum gibt, das immer noch Mensch ist, gibt mir Kraft. Ich erzähle ihr von der Versetzung am Springbrunnen, meiner Enttäuschung, meinen nächtlichen Tränen, und sie schreit auf:
„Ah! Der Esel!"
Dann erzähle ich ihr von seinem unerwarteten Besuch, und sie ergänzt:
„Ach, so ein Süßer..."
Ich beschreibe ihr auch noch die Szene an der Tür, als er ging, und sie jault:
„Ach! Dieses Schwein!"

Ich halte es für ein großes Glück, eine Freundin zu haben, die mit einem leiden kann. (Ich darf nicht vergessen, für Rea ein Geschenk zu kaufen, weil sie doch so eine mitfühlende Freundin ist.)
Wir wollen jetzt auf einen Kaffee und Rea zieht sich zurück, um ihr morgendliches Make-up aufzulegen. Iro sitzt wie immer vor dem Fernseher und hat sich seitdem ich hier bin nicht einmal zu mir umgedreht. Sie verfolgt gebannt eine dreistündige Wiederholung dessen, was die ganze Woche in der Reality Show passiert ist, die sämtliche Einschaltquoten gesprengt hat. Der Bus fährt langsam aber sicher seinem Ende zu, und die Spannung der Zuschauer befindet sich bereits auf dem Höhepunkt des Vorstellbaren.

Der Bus – BEST OF –

Ein Fernsehgericht läuft derzeit über unseren Sender mit dem Publikum als Geschworene und dem Moderator auf dem Platz des unparteiischen Richters. Die Rolle des Angeklagten spielt der Busfahrer, der von den Insassen beschuldigt wird, wiederholt Körpergase ausströmen zu lassen. Die Ankläger/Businsassen berufen sich auf die barbarische Beleidigung ihrer Empfindsamkeit und drohen mit Ausstieg, wenn der Fahrer nicht entlassen wird, oder sie nicht mit Gasmasken und Sauerstoffflaschen ausgestattet werden.

Zur selben Zeit, als der Fahrer darauf beharrt, dass die Ankläger/Businsassen lügen, und dass er niemals in der Arbeitszeit gefurzt habe, sorgt die Regie der Fernsehproduktion dafür, dass Tonaufnahmen der Fürze immer und immer wieder gesendet werden, die von einem Mikrophon über dem Fahrer aufgenommen wurden. Die kleinen Reisenden unseres Alltags sind nun gegenüber dem Publikum bestätigt und bringen ihre Freude mit Klatschen zum Ausdruck, während sie der Regie dazu gratulieren, die Wahrheit ans Licht gebracht zu haben. Das Fernsehpublikum ist nun aufgefordert zu entscheiden, inwiefern und ob überhaupt der gewissenlose Fahrer bestraft werden soll, indem sie die vierstellige Nummer 0123 anrufen oder eine SMS mit folgenden Angaben schicken:
FURZ1, wenn der Busfahrer bleiben soll
FURZ2, wenn seine Entlassung gewünscht wird.

Rea hat sich für unseren Morgenspaziergang leicht geschminkt, und ihre Stimme bringt mich Gott sei Dank in die Wirklichkeit zurück, obwohl es fast zu spät ist, weil sich der Ekel bereits in mein Gehirn brennt. Mit einem Knopfdruck macht sie dem Fernseher der Gase ein Ende und sagt Iro, dass wir alle gemeinsam einen Spaziergang machen. Iro beginnt zu brüllen und wirft sich hin und her, als würde man sie mit Elektroschock behandeln. Als ob sie uns sagen wollte, eure Gesellschaft ist zwar ganz gut, aber im Vergleich zu den Telefürzen nichts wert! Rea, die ihr nie einen Wunsch abschlägt, macht den Fernseher wieder an und setzt sich neben mich auf die Couch, bis die Sendung zu Ende ist und wir endlich gehen können.

Vernehmung Teil 2

„Jetzt sag mal ehrlich Thenia, gefällt Dir dieser Janni wirklich?"
„Netter Junge, würde ich sagen…"
„Ich frage nicht, ob Du ihn als Bruder haben willst. Ich meine, ob er Dir als Mann gefällt, Mensch. Ob er Dich erregt. Wie soll ich das denn sonst sagen?"
„Überhaupt nicht."
„Also, Du meinst, es haut nicht rein?"
„Nee… gar nicht, leider…"
„Aber irgendwo musst auch Du beginnen. Du bist jetzt dreiundzwanzig und immer noch Jungfrau. Auf was wartest Du? Fang mal was mit ihm an, und danach sehen wir weiter."
„Geht gar nicht. Geht sich nicht aus."
„Das Thema ist, es soll rein gehen! Also wirklich. Das haben andere vor Dir auch schon erzählt. Triff Dich ein paar Mal mit ihm, und dann wirst Du schon merken, wie schnell Du Dich verliebst!"
„Ich habe mich in diesem Monat bereits verliebt, und ich kann mir kaum vorstellen, dass es ein zweites Mal passiert, außer ich soll eine Gehirnerschütterung bekommen."

„Von wem sprichst Du? Von dem großen Unbekannten?"
„Ja, von dem spreche ich. Sehr wohl. Das ist ein Mann!"
„Ich denke, das solltest Du Dir aus dem Kopf schlagen und endlich wieder in der Wirklichkeit landen."
„Du hast Recht. Als ob so ein Mann sich nach mir umdrehen würde."
„Das habe ich nicht gemeint. Ich meine, Du beschäftigst Dich mit jemandem, von dem Du nicht mal weißt, wer und wo er ist. Letztendlich könnte er ein Besucher gewesen sein, und ist längst wieder aus der Stadt."
„Sag mir bitte nicht so was…"
„Aber es könnte doch so sein, oder?"
„Ich weiß nicht warum, aber irgendetwas in mir sagt, dass er hier in der Nähe ist und ich ihn sehr bald wieder treffen werde. Ich hoffe nur, Du bist dann in meiner Nähe, um mich aufzusammeln, denn ich falle sicher in Ohnmacht. Wenn Du ihn siehst, wirst Du mich verstehen."
„Du meinst, man sieht ihn, und es haut einen um?"
„Ja. Das ist mir zum ersten Mal passiert. Normalerweise passiert mir so was, wenn ich Lamm am Spieß rieche."
„Für alles gibt es ein erstes Mal. Erzähl weiter…"
„Was soll ich Dir sonst erzählen. Ich sehe ihn und will ihn gleich packen und ihn mit Zungenküssen niederstrecken!"
„Also, mit dem würdest Du ins Bett gehen. Du willst, dass er Dein Erster ist?"
Plötzlich hagelt es in meinem Gehirn Bilder.
Ich sehe nicht nur Küsse, oder dass ich mit ihm im Bett wäre. Nein, ich sehe mich bereits im Brautkleid, wie ich neben ihm auf den Stufen einer Kirche stehe, dass ich bereits schwanger bin und unsere ersten Drillinge erwarte. Mein Umfang kann natürlich auch an dem vielen Tüll liegen, der fürchterlich aufträgt.
Ich habe das Gefühl, dass meine Fantasie für einen längeren Zeitraum mit mir durchgeht, als gedacht. Als ich ins Jetzt zurückkehre, sehe ich nicht nur Rea, die gespannt auf eine Antwort von mir wartet, sondern auch Iro, die dieses Thema weitaus interessanter findet, als die Fürze im Fernsehen.

„Jaaaa", schreie ich. „Ich will, dass er mein Erster ist. Und dann darf er auch mein Letzter sein. Es ist das erste Mal in meinem Leben, dass ich Sex will!"

Rea, begeistert darüber, dass endlich die Frau in mir geweckt wird, umarmt und küsst mich wie verrückt. Sie schmiert mich mit ihrem rosa Lippenstift voll, und Iro, die unsere Freude spürt, beginnt auf die bekannte Weise zu klatschen, bei der sie sich vor und zurück bewegt, allein durch die Aufregung des Moments, auch wenn sie dem Sinn unseres Gesprächs nicht folgen kann. In ihrem Gehirn hat sie wahrscheinlich eher das Bild einer tollen Geburtstagsparty – ohne Torte und Kerzen –, als das Erwachen einer Frau, weil sie sich zu mir bückt, mich umarmt und mir leise zuflüstert: „Herzlichen Glückwunsch."

So sehr Rea Iro auch bittet, das zu wiederholen, was sie gerade gesagt hat: keine Antwort. Iro hat sich wieder dem Bus zugewandt. (Ich weiß nicht, ob ich es bereits erwähnt habe, aber wenn Iro ein paar Wörter sagt, ist das ein historischer Moment, der in die Familiengeschichte als ein Zeichen der Hoffnung eingeht, dass Iro irgendwann beginnt, normal zu sprechen, auf die Uni geht und Staatsanwältin wird.)

Es ist das erste Mal, dass ich Iro was sagen höre, und um ehrlich zu sein, war ihr Einwand äußerst treffend. Unbewusst und ohne es zu merken hat sie mir zum Geburtstag gratuliert, in dem Moment, als ich meinen ersten Tag als richtige Frau feiere.

(Anmerkung: Die Mehrzahl der Zuschauer hat entschieden, und zwar mit 70%, den furzenden Busfahrer zu behalten, indem sie FURZ1 wählten.)

Kein Sex mehr, aber Prügel

Wir gehen in Richtung des Cafés „Averel." Alles in meinem Kopf ist wie Musik aus dem schönsten Liebeslied aller Epochen, das noch kein Komponist bis jetzt komponiert hat. Ein erotisches Puzzle aus wunderschönen alltäglichen Klängen streichelt mein Trommelfell und bringt mich in Orte des Wohlbefindens und des inneren Friedens: Das Zwitschern der Vögel, das Rauschen der Blätter, das Bellen der herrenlosen Hunde, der süße Klang der Hupe eines Lasters, der rhythmische Klang einer Betonmischmaschine, der streichelnde Klang eines Presslufthammers...

Einen übersüßten Frappé für mich, einen kalten Cappuccino für Rea, ein doppeltes Milkshake Schoko-Erdbeer-Vanille für Iro, eine große Kelle für uns alle drei. Wir beginnen mit dem Pärchen zu unserer Rechten, das unter dem Tisch unanständige Gesten macht. Dann kommentieren wir den übertrieben kurzen Rock der Bedienung, und wenn wir schon mal dabei sind, auch ihre krummen Beine. Wir vervollkommnen unseren Verriss mit ihrem überzogenen Verhalten dem Typen gegenüber, der gerade ins Kaffee gekommen ist, dessen versteckte Vorzüge unsere Aufmerksamkeit auf sich ziehen. Einer vorläufigen Schätzung nach müssten es in stehendem Zustand ca. fünfundzwanzig Zentimeter sein – ich lege aber nicht unbedingt meine Hand dafür ins Feuer, nein. Ich will euch da nicht aufregen.

Und ich wollte schon behaupten, dieser Morgen würde ungewöhnlich ruhig verlaufen. Die Tür zum Café geht auf, und Janni kommt rein, der mich sofort erkennt und sich in meine Richtung bewegt, mit einem vollkommenen Lächeln im Gesicht – dieser Junge war mit Sicherheit beim Kieferorthopäden.
„Guten Morgen!“ sagt er fast schrill, während er sich zu mir herunterbeugt, um mich zu umarmen. Er macht den Eindruck, als hätte er zufällig seine Lieblingstante Euterpi aus seinem Dorf getroffen.
Ich begrüße ihn auch, allerdings nicht mit der gleichen Begeisterung, weil ich mich automatisch versteife, wenn mich jemand unerwartet berührt. Als wir mit den Begrüßungsformalitäten fertig sind, stelle ich ihm Rea vor, die ihn gebannt ansieht, als hätte sie ein geflügeltes Rhinozeros gesehen, und Iro, die ihn keines Blickes würdigt und weiter in ihren Strohhalm pustet, um im Milkshake Blasen zu machen. Er erklärt mir, dass er sich hier mit einem Freund auf einen Kaffee treffen will, der eigentlich schon da sein müsste. „Ah! Da ist er!“ sagt er und zeigt in Richtung der fünfundzwanzig Zentimeter – des weltlichen Spiros. Rea überwindet den ersten Schock und schließt ihren bis zu diesem Augenblick offenen Mund. Sie schlägt ihm vor, sich mit seinem Freund zu uns zu setzen. Ich gebe ihr unbemerkt mit dem Ellbogen einen Stoß in die Seite, aber sie reagiert überhaupt nicht darauf, im Gegenteil, sie besteht darauf. Janni gibt Spiro ein Zeichen, dass er zu uns kommen soll, – ich will zu meiner Mami –, Rea schwebt auf Wolke sieben, und Iro macht weiter Blasen. Erinnert mich, wenn diese Szene vorbei ist, meine Busenfreundin zu ermorden.
Wir sprechen über das Wetter, die Schule und unsere Sternzeichen, und verfallen anschließend in nervöses Schweigen. Wir vertreiben uns die Zeit, indem wir alle gleichzeitig in unserem Kaffee rühren. Ich versuche fieberhaft, darauf zu kommen welcher Teufel Rea geritten hat, wo sie doch sonst so gesellig ist, hier unbewegt und mit dem Blick eines geklonten Huhnes wie unter Einfluss eines Medikaments, dazusitzen. Unglaublich.

Iro fühlt die Spannung in der Luft und beginnt, sich hin und her zu wiegen. Dies ist ein schlechtes Zeichen. Janni und Spiro werfen ihr unmerkliche Blicke zu, und Rea streichelt sie beruhigend am Bein, damit sie sich entspannt. Anstatt sich aber zu entspannen, bewegt sie sich noch spastischer, während sie unter großer Anstrengung versucht, etwas zu sagen. Vielleicht hat Reas Gelübde an Allerheiligen gewirkt, und Iro wird nun beginnen zu reden? Immer noch besser, als wenn gar keiner spricht. Wir versuchen alle gebannt herauszufinden, was Iro uns zu sagen versucht. Am meisten daneben ist Spiro, der Iro diskret fragt, ob sie auf die Toilette will. Rea fleht sie an, es noch einmal zu versuchen, aber langsamer und klarer, damit wir sie verstehen können. Sie hört ausnahmsweise auf ihre Schwester, holt tief Luft, um zum ersten Mal ein ganzes Wort auszusprechen: „The...nia!" schreit sie ganz klar. Der ganze Laden blickt auf uns, die wie vom Donner gerührt verharren. Einzige Ausnahme Rea. Sie kniet vor Iro und schreit begeistert:

„Danke Dir, mein Gott! Danke, Danke, Danke, oh Gott!"

Auch mich lässt diese Szene nicht ungerührt, weil doch ihr erstes Wort mein Vorname ist. Rea motiviert sie, weiter zu machen, und sie ist gerade so gut in Fahrt, dass sie nicht mehr stoppen kann.

„The..nia w...ill..."

Oh, Scheiße! Sie versucht, etwas über mich zu sagen.

„Was will Thenia? Komm Iro, sag es schon. Komm mein Liebling!" bettelt Rea sie an.

„Thenia w...ill..."

„Ja? Sag es. Wir hören Dir zu. Was will Thenia?"

Der ganze Laden hat jetzt nur noch eine Frage im Sinn: „Was will Thenia?" Geschweige denn, dass sich bereits Zuschauer wie die Fliegen um uns versammelt haben, die rhythmisch klatschen, um sie seelisch und moralisch zu unterstützen.

„Thenia w...ill..."

„Ja?"

„Ja?“
„Ja?“
„Ja?“
Tief einatmen…
„Thenia will Ssss…ex!“
Mich trifft der Schlag! „Thenia will Sex!“ und alle haben es gehört. Und die, die es zu meinem Glück nicht gehört haben, für deren Information sorgt Rea in ihrem Enthusiasmus, indem sie es nochmals laut wiederholt:
„Iro, meine Schwester“ – und zeigt auf Iro – „hat heute zum ersten Mal gesprochen und hat gesagt, dass Thenia“ – sie zeigt auf mich – „meine Busenfreundin“ – bitte sag es nicht – „Sex will!“
Janni steht da wie vom Blitz getroffen, keine Frage. Spiro hält an sich, um einen Lachanfall zu unterdrücken, und ich bin dunkelrot angelaufen. Wenn mich jetzt jemand mit einem spitzen Gegenstand berührt, explodiere ich. Als ob die ganze Blamage nicht genug wäre, ist da auch noch Rea, die Geistesgestörte, die voller Stolz immer und immer wieder wiederholt, was Iro gesagt hat, als hätte diese die Theorie Pythagoras analysiert, und versucht sie dazu zu bewegen, es nochmals zu wiederholen. Könnt ihr das verstehen? Wenn wir schon mal nass sind, können wir uns auch gleich ertränken. Als wäre das, was sie gesagt hat, nicht schon genug, um jemanden in den Selbstmord zu treiben, will sie noch mehr hören:
„Und was noch, Iro? Erzähl uns noch mehr. Wir hören Dir zu. Sprich mit uns.“
Und während alle gebannt darauf warten, um zu hören, was Thenia sonst noch will, bekomme ich mehrere Schlaganfälle hintereinander. Leider kann ich Rea nicht zurückhalten, die durch ihr unermessliches Glück anscheinend einen Dachschaden gekriegt hat. Trotz aller Versuche, Iro noch mal zum Reden zu bewegen, hat sie damit kein Glück. Iro hat sich wieder in ihre Welt zurückgezogen und bleibt still. Gott sei Dank bleibt mir eine weitere Blamage erspart. Habe ich ein Glück.

Janni übernimmt zum zweiten Mal seit dem Tag, an dem wir uns kennen gelernt haben, Feuerwehr-Aufgaben, und versucht, die Neugierigen zu verscheuchen.
„Okay, Kinder, die Party ist zu Ende. Jeder wieder an seinen Platz. Ende. Das war's. Es gibt nichts mehr."
Keiner macht Anstalten, sich wieder zu entfernen, und so bleiben sie um uns herum stehen. Ganz im Gegenteil, ich habe den Eindruck als wären sie noch mehr geworden. Einer von ihnen, ein Superarschloch, sagt:
„Hey, sag mal, warum willst Du uns den Spaß verderben? Ich verstehe das nicht. Lass die Behinderte doch reden. Lass uns doch mal hören, was Thenia noch will. Willst Du uns das Beste vorenthalten? (Gelächter) Wenn ich eine Frau wäre, ich würde keinen Sex wollen. Ich würde den ganzen Tag vor dem Spiegel sitzen und meinen Busen streicheln. Und wenn er so groß wäre wie Thenias, würde ich ihn auch noch abschlecken!" (Noch mehr Gelächter.)
Janni steht auf und betoniert ihm eine, dass sich sicherlich ein Backenzahn verabschiedet hat. Was seine Sicht betrifft, weiß ich nicht, ob die sich bessert, aber was seinen gebrochenen Zahn betrifft, kann Janni ihm mit Sicherheit einen hervorragenden Kieferorthopäden empfehlen. Die Verantwortlichen des Cafés werfen uns alle raus, und somit muss ich mich ein für alle Mal von meinem Lieblingslokal verabschieden. Mein seit Jahren unangetastetes Ansehen und die Wahrscheinlichkeit, dass Janni mich noch mal anruft, schwinden nach diesem Theater dahin. Wenn er nicht auch noch zu fünf Jahren Haft verurteilt wird, weil sie ihn doch mit zur Polizei genommen haben, um dort auszusagen.

Wer den Schaden hat, braucht für den Spott nicht zu sorgen

Ich muss über sechsundzwanzig Stunden geschlafen haben. Von gestern Mittag bis heute Nachmittag. Nicht, dass ich Schlaf nötig hatte, nein, mein Unterbewusstsein wollte nicht aufwachen. Und obwohl ich in der letzten Zeit weniger schlief, um mehr essen zu können, habe ich Diät in Form einer Schlaftherapie gemacht.

Was wird Janni jetzt von mir denken, wo er mir doch helfen wollte und bei der Polizei gelandet ist. Ein Mann hat sich gefunden, dem ich gefalle, und ich schicke ihn beinahe ins Gefängnis. Und das andere? Er kommt zu mir nach Hause und ich mache den Fernseher an, und zwar den Sender, auf dem ein Porno läuft. Iro redet zum ersten Mal in ihren dreiundzwanzig Jahren, und was sagt sie? „Thenia will Sex." Nicht zu vergessen, dass er mich zum ersten Mal in einer Gondel im Luna Park sah, verrückt und durchgedreht, mein Haar schüttelnd, mit den bekannten Verwicklungen…

Ich möchte nicht wissen, was für eine Meinung sich dieser Junge über mich gebildet hat. Und auch, wenn er mich in seinem Leben nicht mal mehr gemalt wiedersehen will, bin ich verpflichtet, ihn anzurufen, um herauszufinden, was danach passiert ist. Hätte ich eigentlich längst tun sollen, aber ich habe ja geschlafen. Ich nehme meinen ganzen übrigen

Mut zusammen und wähle seine Nummer. Er antwortet nach dem ersten Klingeln:
„Bitte?"
„Janni? Ich bin's, Thenia..."
„Hallo Mädchen..."
Hallo Mädchen? Klingt bis jetzt ganz gut. Gott sei Dank.
„Ich rufe an, um zu fragen, ob es Dir gut geht."
„Das fällt Dir aber früh ein. (...) Du rufst an, um herauszufinden, ob ich im Gefängnis bin, um mir Zigaretten zu bringen?"
„Du bist nicht gut auf mich zu sprechen, was?"
„Ach, was. Ich mach doch nur Spaß. Es ist ja nichts Schlimmes passiert. Ich musste eine Aussage machen, mich bei diesem Idioten entschuldigen, und das war's dann auch schon. (...) Thenia, hörst Du mir zu? Bist Du noch dran?!"
„Ja. Entschuldige. Ich hatte erwartet, dass Du mich ausschimpfst."
„Oder dass ich Dich darum bitte, vorbei zu kommen, um die Kaution zu bezahlen, damit ich freikomme (Gelächter). Jetzt komm schon, beruhige Dich. Ich habe es regelrecht genossen, ihm eine reinzuhauen. Ich würde es noch mal tun, wenn es sein müsste."
„Also alles okay?"
„Ja. Sie haben mir natürlich schon einen Vortrag gehalten. Meine Emotionen in Zaun zu halten und ähnliches. Wann sehe ich Dich?"
„Bitte?"
„Was ist? Hast Du Angst, ich könnte auch Dich verprügeln?"
„Normalerweise haben die anderen Angst vor mir, dass ich sie verprügele."
„Also gut, das hätten wir geklärt. Du hast keine Angst vor mir und ich keine vor Dir. Wann können wir uns sehen?"
„Wann meinst Du?"
„Heute Abend."
„Am Springbrunnen um neun."
„Okay, bis nachher."
„Janni?"

„Ja?“
„Am Springbrunnen.“
„Ja.“
„Um neun.“
Ich unterdrücke ein Lachen. Er auch.
„Um neun. Diesmal werde ich pünktlich sein. Ich verspreche es Dir.“
Es ist unglaublich. Janni hat mich in kürzester Zeit von meiner lächerlichsten und dümmsten Seite kennen gelernt, aber das hat ihn zu keinem Zeitpunkt daran gehindert, zu mir zu halten. Vielleicht bin ich strenger zu mir selbst als ich sollte? Vielleicht sehe ich gar nicht so fürchterlich aus? Ich glaube, jetzt ist die Zeit für eine Veränderung gekommen. Ich kann die Dinge, die geschehen, nicht immer beeinflussen, aber ich kann die Art, wie ich über diese Dinge denke, beeinflussen. Deshalb werde ich mich ändern. Ich werde beginnen, anders zu denken. Und ich werde bei den schwierigen Sachen beginnen. Als erstes ändere ich mein Bild. Ich gehe bei Rea vorbei und frage sie, wo dieser tolle Fitnesscenter ist, und werde mich dort einschreiben. Ich habe die Schnauze voll, dass jeder auf der Straße mich ansieht, als hätte ich eine ansteckende Krankheit. Ich habe genug davon, dass hinter meinem Rücken getratscht wird (WIRKLICH!).
Früher, erinnere ich mich, sagte Rea, dass das einzige Programm, das ich machen könnte, die Lamage-Methode wäre, so dick wie ich bin. Und was hatte ich davon, dass ich nicht wollte? Meine Weigerung führte mich ins Nirgendwo. Es ist Zeit, mich nicht mehr auf meinen Fettpolstern auszuruhen und endlich mit der Arbeit zu beginnen.
Ich ziehe meinen XL-Trainingsanzug an und gehe kampfbereit zu Rea. Sie empfängt mich mit Begeisterung und Umarmungen. Sie rügt mich, dass ich mich nach den gestrigen Geschehnissen nicht gemeldet habe und mein Handy obendrein aus war. Ich sage ihr, dass ich geschlafen habe, und sie beruhigt sich wieder. Also wirklich! Manchmal kommt sie mir wie eine Schwiegermutter vor...
„Fitnesscenter?“ Ihre Überraschung ist berechtigt.

„Ja, Rea, Du hast richtig gehört. Fitnesscenter. Es ist wirklich höchste Zeit."

„Bravo! Das ist wunderbar! Ich mache mich schnell fertig. Heute werden wir zusammen trainieren."

Sie zieht diese göttlichen Leggings mit dem Streifen an der Seite und ein kurzes weißes T-Shirt an, und mir wird bewusst, welchen unermesslichen Wert Lycra hat. Wir nehmen Iro mit, weil sie nicht alleine zu Hause bleiben darf – sie ist von Haus aus sehr gesellig und genießt es, raus zu kommen. Auf dem Weg ins Fitnessstudio würdigt sie uns keines einzigen Wortes. Ich nehme es ihr nicht übel, denn wie jeder Star braucht sie das entsprechende Publikum, um zu sprechen. Wir lassen sie im Empfangsraum des Centers sitzen, gegenüber von einem gigantischen Fernseher. Während der ganzen Zeit, in der ich mich mit den Einschreibemodalitäten beschäftige, kann ich durch die Glasscheibe beobachten, dass Iros Gesellschaftsleben im Fitnesscenter umfangreicher ist als meines in meinem ganzen Leben. Die Sekretärin bietet ihr frisch gepressten Orangensaft an, die Aerobic-Trainerin setzt sich neben sie, und ein Haufen Muskelprotze leisten ihr Gesellschaft, sobald sie die Gewichte zu einer kleinen Pause niederlegen, und unterhalten sich mit ihr. Letztere haben natürlich einen Grund, sie zu verwöhnen. (Iro ist das Mittel zum Zweck, um an Rea ranzukommen.) Rea lässt sich davon nicht beeindrucken, und wenn die sich noch so sehr um ihre Schwester bemühen; nutzt sie aber schamlos aus. So fühlt sich Iro wohl in der fremden Umgebung, während sie auf Rea wartet. (Iro ist den Leuten natürlich gleichgültig, aber das spielt keine Rolle.) Rea ist nicht so blöd zu glauben, dass alle plötzlich so an der Gesundheit ihrer Schwester interessiert sind. Sie ist einmal darauf reingefallen, aber das war genug, um sie für immer zu heilen. Damals ist sie mit diesem Typen, Jimmy, ausgegangen, der es angeblich liebte, den Rollstuhl zu schieben, wenn sie Kaffeetrinken gingen. Als eines Abends Iro krank wurde und Rea jemanden mit Auto suchte, um sie ins Krankenhaus zu bringen, rief sie ihn an, um ihr zu helfen. Er sagte, er könne

nicht, weil er schlafen müsse, da am nächsten Tag Training sei. (Wer weiß, mit wem er trainierte.)
Als beste Freundinnen nehmen wir uns zwei Laufbänder nebeneinander. Meines stelle ich auf Anfänger. Es ist, als ob du mit langsamen Schritten über einen Strand läufst, um das Essen zu verdauen, wenn man sich überfressen hat. Rea stellt ihr Laufgerät auf Fortgeschrittene. Sie läuft mit einer Geschwindigkeit, dass sie in einer halben Stunde von Athen nach Thessaloniki kommen würde, wenn sie draußen wäre, und ich wäre nicht einmal bis zur nächsten Straße gekommen. Trotz allem hat sie auch noch Kraft zum Reden. Sie schlägt vor, Janni zum Essen einzuladen, um uns bei ihm zu bedanken, weil er sich doch wie ein richtiger Mann verhalten hat. Obendrein sollen wir auch noch ordentliche Hausmannskost vorbereiten. Ich erinnere sie daran, dass wir zwei nicht mal einen Kochtopf von einer Pfanne unterscheiden können. Das letzte Mal, als wir versuchten, einen Salat zu machen, haben wir ihn verbrannt. Das beeindruckt sie überhaupt nicht. Sie macht weiter Vorschläge und zwar bis zu einem Grad, dass ich anfange mich zu fragen, warum sie so darauf besteht, sich bei Janni erkenntlich zu zeigen. Und das so bald.
„Wir werden sehen", sage ich, während ich mich durchgeschwitzt und außer Atem vom Band des Grauens entferne. Der Trainer macht mir Zeichen, dass es Zeit wird, mit dem schwierigen Teil zu beginnen. Ich bitte ihn, sich auf die Bodenübungen zu konzentrieren, weil ich es mit den Luftübungen nicht so hätte. Schließlich bin ich keine Salami. Auf dem Boden könnte ich vielleicht auch mal zwischendurch ein kleines Nickerchen machen. Der, anstatt auf mich zu hören, gibt mir Zehn-Kilo-Hanteln, um meine Armmuskeln zu trainieren.
Auf dem Heimweg sprüht Rea vor Elan. Ich will nur noch bis zur nächsten Couch, um in Ruhe zu sterben. Sie schlägt vor, dass wir einen Joghurt essen sollen. Ich erkläre ihr, dass ein Joghurt nicht ausreicht, um meinen Hunger zu stillen. Nicht mal das ganze Tier, aus dem er stammt, wäre da genug.

In einer Ecke des Wohnzimmers sehe ich drei Einkaufstüten stehen. Als ich sie nach deren Inhalt frage, sagt sie, dass es sich um ein paar Klamotten handele, die sie heute Morgen gekauft habe, und dass sie dazu meine Meinung will. Als ich die Tüten vom Boden aufhebe und beginne sie durchzusehen, sehe ich zu meiner Überraschung nicht die bekannten kleinen Fetzen, für die sie für gewöhnlich ein Vermögen ausgibt, sondern etwas, das mir die Sprache verschlägt: Ein weites weißes Hemd, ein blaues, ein schwarzes und eine ebenso weite schwarze Jeans. Das einzige, was ich schaffe zu fragen, ist, ob sie vorhat, irgendwo als Straßenarbeiter anzufangen, und dafür meinen persönlichen Stylisten nach Tipps gefragt hat. Sie meint, sie müsse auch ein paar Änderungen in ihrem Leben vornehmen, wenn sie endlich einen anständigen Mann kennenlernen will. Sie hat die Schnauze voll von denen, die sie nur wegen ihrer äußerlichen Vorzüge anmachen. Es wird Zeit, dass sich mal jemand für ihre inneren Vorzüge interessiert. Deshalb würde sie sich nicht mehr aufreizend anziehen, um die Typen nicht wie die Fliegen anzuziehen.

„Ich habe entschieden, mich nicht mehr so stark zu schminken, mich nicht ständig aufzutakeln, und überhaupt etwas legerer zu werden…"

Ich erkläre ihr, dass man den Dämon mit einem einfachen Exorzismus austreiben kann. Wir könnten am Sonntagmorgen Pater Georg besuchen und ihn bitten, ein paar Gebete für sie zu sprechen. Um noch glaubwürdiger zu sein, zieht sie das erste Ensemble an und geht mit Model-Schritten durch das Wohnzimmer, während sie die neue Schwangerschaftskollektion „Frühjahr-Sommer 2005" vorführt. Ich fühle, wie sich mir der Magen umdreht. Durch einen Schmerz weiter unten realisiere ich, dass ich durch den Schock meine Periode früher bekomme. Was wird mir noch widerfahren, lieber Gott? Ich habe mich aufgeregt, ich Vollweib!

„Jetzt sag mal ganz ehrlich, hast Du wirklich vor, Dich in dieser Aufmachung draußen blicken zu lassen?"

Ihr Schweigen ist mir Antwort genug, die Entschlossenheit in ihrem Blick, die Enttäuschung über alle Männer dieser Welt. Was bleibt da noch übrig zu sagen, außer:

„Herzlichen Glückwunsch zum neuen Look. Ich bin mir sicher, er wird Panik hervorrufen. Wenn Du den Umhang mit Ärmeln wieder ausgezogen hast, komm bitte und mach mir die Haare, weil ich heute Abend ausgehe."

„Ausgehe? Mit wem?"

„Mit Janni, ich habe vergessen, es Dir zu sagen."

„Ah... Mit Janni..."

Besondere Freude kann ich weder sehen noch hören. Unter normalen Umständen müsste sie Räder in der Luft schlagen und Pirouetten drehen. Was ist jetzt los? Habe ich was verpasst?

„Nachdem, was geschehen ist, ist es das Mindeste, ihn auf einen Kaffee einzuladen, meinst Du nicht?"

„Ja, natürlich. Hast Du ihm das vorgeschlagen?"

„Nein, er. Und er hat auch noch darauf bestanden."

„Und es war Dir zu peinlich abzusagen, was?"

„Jetzt hör mal, nein. Ganz im Gegenteil, ich fühle mich sehr wohl in seiner Nähe. Warum sollte ich ein Problem damit haben, mit ihm auf einen Kaffee zu gehen!"

Ich nehme vor dem Spiegel Platz und warte, bis sie den Föhn holt. Wie es aber aussieht, habe ich noch nicht all ihre offenen Fragen beantwortet.

„Und soll ich Dir die Haare richten, damit Du Janni gefällst?"

Ah... Also das geht zu weit. Was sind das hier für Fragen? Man fragt doch nicht das Offensichtliche. Hier gibt es nur zwei Möglichkeiten. Erstens, sie glaubt, dass ich mich in Janni verliebt habe und es nicht verrate, oder zweitens – was ich allerdings nicht glauben kann, weil es bei aller Phantasie jenseits des Möglichen liegt – dass sie sich in Janni verliebt hat und Angst hat, ich könnte ihn bekommen. (Lieber Gott, hilf!) Ich werde aber jetzt noch nichts sagen, weil es wirklich Einbildung sein kann, und sie ist dann womöglich beleidigt. Außerdem glaube ich, wäre dies der Fall, würde sie es mir beichten. Wir hatten noch nie Geheimnisse voreinander.

„Selbstverständlich nicht! Ist doch mir völlig egal, ob ich Janni gefalle. Ich will lediglich gut aussehen."

Ich weiß nicht, ob es ein Produkt meiner Phantasie ist, aber nach meiner Antwort habe ich das Gefühl, dass sie erleichtert wirkt, bei Gott.
„Falls Du den Supertypen siehst, sozusagen. Oder?"
„Nein, ich werde mich nicht mehr mit ihm beschäftigen. Wie Du gesagt hast, er könnte längst aus der Stadt sein. Soll ich mich mit Geistern beschäftigen?"
Da ist es wieder. Das, was sie hört, gefällt ihr gar nicht. Sie ist blass geworden. Ihre Stimmung schlägt Wellen. Einmal wirkt sie gut gelaunt und im nächsten Moment gestresst, dann wieder enttäuscht, und so weiter und so fort.
„Also was? Warum?"
„Hast Du mir nicht gesagt, ich soll nicht in den Wolken schweben und wieder auf der Erde landen? Du siehst, ich habe mich entschlossen, Deinem Rat zu folgen."
„Ja, aber wirst Du denn so leicht aufgeben?"
AAAAHHHHHH, also dieses Mädchen treibt mich noch in den Wahnsinn! Jetzt muss ich es wissen.
„Schau mal, was ich mir überlegt habe. Auch wenn dieser Jemand noch da wäre, glaubst Du wirklich, dass ich Chancen habe, dass er sich in mich verliebt? Das glaube ich nicht. Warum soll ich also nicht Janni eine Chance geben, wie Du mir früher schon geraten hast, einfach nur, um einen Anfang zu machen, und später sehen wir weiter..."
Wie ich sie so durch den Spiegel betrachte, habe ich das Gefühl, sie wird gleich in Ohnmacht fallen. Ihr Kinn wird gleich am Boden ankommen, und die Haarsträhne, mit der sie sich derzeit beschäftigt, wird gleich von meinen Kopf gerissen, weil sie so sehr daran zieht. Jetzt bin ich mir hundert Prozent sicher. Sie hat sich in ihn verliebt, mit Sicherheit. Was meine Vermutung noch mehr bestätigt ist die Tatsache, dass sie mir Gründe aufzählt, bei meiner anfänglichen Entscheidung zu bleiben und den zu suchen, den ich wirklich will. Janni soll ich außer Acht lassen, weil er doch ein „Mäusegesicht" hat. Ha. Ha.

Springbrunnen, 21:00 Uhr

Da kommt er. Er ist pünktlich. Diesmal ist er zur richtigen Zeit da. Wir überlegen, ob wir nicht in ein neues Lokal gehen, denn dort, wohin wir gehen wollten, stehen wir auf der schwarzen Liste. Ich entscheide mich, Janni auszufragen, was er über Rea denkt. Vielleicht versuche ich, die beiden zusammen zu bringen. Auch wenn sie ein sehr ungleiches Paar sind, hätte ich doch meine Freude daran, sie irgendwann zusammen zu sehen. Ich bestelle einen Frappé mit fünf Löffeln Zucker, weil es da doch ein paar Gewohnheiten gibt, die ich trotz meiner Entscheidung, eine Diät zu machen, nicht so ohne weiteres aufgeben will.

Aber egal wie viele Versuche ich auch bis jetzt gestartet habe, ich habe es bisher noch nicht geschafft, ihm auch nur ein Wort über Rea zu entlocken, das auch nur einen Hauch von Verliebtheit, geschweige denn ein bisschen Bewunderung enthält. Ganz im Gegenteil, ich erwische ihn oft dabei, wie er mir nachdrücklich in die Augen blickt, während ich versuche, woanders hinzusehen. Ich versuche, den tiefen Sinn des Bildes an der gegenüberliegenden Wand zu enträtseln, zähle die Schuhe der Gäste im Lokal, teile die Anzahl durch zwei, um herauszufinden, wie viele Personen da sind, und andere solche hirnrissigen Dinge. Und plötzlich, als ich durch das Fenster die Passanten beobachte, sehen meine Augen „weiße Mäuse", oder Rea ist völlig durchgedreht.

„Sind das nicht Deine Freundinnen?" fragt Janni, und ich frage mich, ob wir jetzt schon zu zweit sind, die weiße Mäuse sehen.

„Ist Rea heute komisch angezogen oder täusche ich mich?"

Ach wo. Er täuscht sich gar nicht. Rea ist verrückt geworden!

Sie trägt das neue Modell „Hallo – ich bin schwanger – und werde bald Siebenlinge bekommen" und hat ihr Haar zu einem komischen Knoten gesteckt, der an altmodische Shampoo-Werbung erinnert. Sogar Iro hat sie nicht sonderlich hergerichtet, vermutlich, um ihre Veränderung zu unterstreichen, und fährt sie rum mit Haaren wie eine Satellitenschüssel zum Kabelfernsehempfang. Sogar Janni ist von ihrer Veränderung überrascht, hat aber bereits so viel mit uns erlebt, dass er gar nichts mehr ungewöhnlich findet. Iro hat uns sofort entdeckt (wegen der Satellitenschüssel, vermute ich mal) und zeigt in unsere Richtung, um Rea über unseren Aufenthaltsort zu informieren. Als sie sich unserem Tisch nähern, erkenne ich im Gesicht meiner Freundin deutliche Zeichen von Nervosität.

„Hey! Wohin des Weges, Ihr beiden?", frage ich sie, um ihr aus der peinlichen Situation zu helfen.

„Wir machen einen Spaziergang… Hallo Janni."

Zu mir gar nichts. Als hätte sie mich gar nicht gesehen.

„Iro, sag „Hallo" zu Janni."

Rea klebt offensichtlich an Janni. Das Witzige an der Situation ist, dass die Arme sich so angezogen hat, um ihm zu imponieren. Sie denkt wohl, was hat Thenia, was ich nicht habe? Ein paar hundert Kilo vielleicht und ein paar Lumpen. Wenn es das ist, was Janni gefällt, das kann ich ihm auch bieten. Oder so ungefähr. Sollte man Rea mittags an einen Baum hängen, kann man die Sonne durch sie hindurch scheinen sehen, so zart ist sie, wenn man aber mich mittags an einen Baum hängt, fällt höchstens der Baum um.

Janni antwortet wie immer sehr freundlich, zögert allerdings gefährlich lange, ohne sie zu bitten, sich zu uns zu setzen. Entweder hat er vor, mich heute Abend zu verführen, oder er hat Angst, dass Iro wieder anfängt zu reden. Ich für meinen Teil habe eher Angst vorm ersten, also schlage ich ihnen vor, sich zu uns zu setzen und einen Kaffee zu trinken. Rea muss ich das nicht zweimal sagen, sie zieht sofort einen Stuhl heran und setzt sich neben den Gegenstand ihrer Begierde. Sie schaut ihn mit derartiger Hingabe an, dass ich befürchte, sie wird sich ihm gleich an den Hals werfen. Er konzentriert seinen Blick auf meine Wenigkeit, und wenn ich richtig rate, hat er bereits vergessen, dass sich zwei weitere Personen an unseren Tisch gesetzt haben.

Meine Busenfreundin macht herzzerreißende Versuche, seine Aufmerksamkeit auf sich zu ziehen, indem sie um Aufmerksamkeit hüstelt.

„Ich ersticke, kann mir jemand auf den Rücken klopfen, am liebsten Janni." Und auch, indem sie ihre Tasse geräuschvoll auf den Tisch zurück stellt, nach dem Motto „Schauen wir mal, wie viel diese Tasse aushält." Und indem sie mitteilt, dass der Song, der gerade gespielt wird, ihr Lieblingssong ist – nachdem sie das von den letzten Fünf behauptet hat, reagiert niemand mehr – usw... Weil die Komödie zu weit geht, ziehe ich mich an den Ort zurück, wo auch der Kaiser allein hingeht und Janni mir nicht folgen kann. Rea kann endlich mit ihm ins Gespräch kommen.

Ich schließe den Toilettendeckel, setze mich bequem darauf und zähle von fünfhundert rückwärts, nachdem ich nichts Besseres zu tun habe. Ab und an verzähle ich mich und fange noch mal von vorne an. Ich muss über eine halbe Stunde drin gewesen sein, denn die Dame, die mit dem Nähzeug im Flur sitzt, klopft an die Tür und fragt, ob ich irgendetwas brauche. Als ich von der Toilette zurück komme und zwischen den Leuten durchgehe, habe ich das Gefühl, dass mich alle komisch ansehen und sich denken: „Das ist das Mädchen, das Durchfall hat." Schon bevor ich am Tisch ankomme, bemerke ich, dass Janni gar nicht da ist. Kurz darauf informiert mich Rea darüber, dass er sich Zigaretten holt. Klasse. Bin ich umsonst solange in dem Mief gewesen?

„Jetzt wo wir alleine sind, hast Du mir irgendetwas zu sagen?"

„Was sollte das sein?"

„Was das alles soll! Die Aufmachung, dieses Haar, das Bedürfnis, sich in etwas zu verändern, das überhaupt nicht zu Dir passt?"

Okay, ich habe es gesagt. Jetzt ist es heraus und ich fühle mich wohler. Leider hat der Apfel der Sünde – der Trottel – Zigaretten gefunden und kommt zurück. Ich kann meine Befragung nicht fortsetzen.

„Über was unterhaltet Ihr euch?"

„Nichts. Ich erzähle Rea gerade etwas über die Uni."

„Sag mal, was hast Du so lange auf der Toilette gemacht?"

Wenn ich ihm jetzt erzähle, die Schüssel hätte mich festgehalten, wird er mir das glauben?

Nach etwa zehn Minuten gehen wir alle nach Hause. Jeder zu sich.
Janni mit der Liebe in seinem Kopf.
Rea mit der Liebe in ihrem Kopf.
Ich mit der Liebe in meinem Kopf.
Iro mit Sicherheit ohne Liebe in ihrem Kopf.
Keiner mit der Liebe an seiner Seite…
Mit der Liebe ist das so eine Plage! Alle warten wir auf sie, doch sie kommt nie. Sie sollte uns sagen, wann sie Zuhause ist, dann warten wir halt dort…

In der Nacht habe ich einen Alptraum, beeinflusst von den Geschehnissen. Ich habe mich in einen unsichtbaren Geist verwandelt und verfolge unbemerkt Rea, die völlig durchgeknallt ist. Sie hat eine eigenartige Frisur, hat sich braune Kontaktlinsen rein getan und sieht die Welt nun mit völlig anderen Augen. Sie trägt ein übergroßes Hemd, eine weite Hose und ein breites Lächeln. Sie geht zum Kiosk, um sich Zigaretten zu kaufen.
Rea, du rauchst doch gar nicht.
Sie öffnet die Tür und geht auf die Straße.
Rea, wo gehst du ohne deine hochhackigen Pumps hin? Was sagst du? Du holst dir Zigarillos? Ich kann dir auch die Wasserpfeife bringen, die bei mir zuhause herum steht. Katastrophe!
Oh Herrje! Sie geht über die Straße zur Konditorei gegenüber.
Rea, das Fitnesscenter ist nebenan und der Kosmetiksalon an der Ecke.
Sie geht entschlossen hinein.
Wie viele? Ein Pfund Nussecken? Und eine Eistorte? Und zwei Windbeutel? Rea, reiß dich zusammen! Man hat Voodoo mit dir gemacht. Bisher dachtest du, dass Nussecken quadratisch sind.
Der Geist Thenia verfolgt Rea, um sie vor dem Desaster zu retten.
Der Geist Thenia ist der schwächste dicke Geist in der Weltgeschichte.
Der Geist Thenia will wieder ein Mensch werden. Sie will auch einen Windbeutel. Okay, zwei!

Ich erwache mit einem intensiven Verlangen nach Essen. Leider habe ich dafür gesorgt, dass aus meiner Küche alles Essbare verschwindet. Die Diätkinder werfen alles weg, bevor sie Hunger bekommen …

… erwischt

Ich habe ungeheuren Hunger und, um noch genauer zu werden, ich sterbe vor Hunger, wenn man überlegt, dass ich vorher sieben Hauptmahlzeiten und sieben Zwischenmahlzeiten am Tag vertilgt habe. Jetzt habe ich sie auf drei reduziert. Das schlimmste ist, dass alle Mahlzeiten ziemlich langweilig und monoton sind, alle in einem tiefen Grün. Mal davon abgesehen, dass mir durch den Wegfall von zwölf Mahlzeiten soviel Zeit übrig bleibt und ich keine Ahnung habe, wie ich sie füllen soll.
Ich habe bereits eine Woche strengster Diät und Gymnastik hinter mir, und trotz alledem habe ich kein Gramm verloren. Durch diese grüne Ernährung ist die Wahrscheinlichkeit, dass ich anfange zu brüllen wie eine Kuh, größer als abzunehmen.
Es sind Tage vergangen, seit ich Janni das letzte Mal gesehen habe. Wir unterhalten uns nur noch per SMS. Vielleicht wartet er darauf, dass ich ihn frage, ob wir uns treffen wollen, aber ich bin durch die Diät zu schwach, mich zu bewegen. Nach sechs Uhr brauche ich Räder und jemanden, der mich schiebt. Was Rea angeht, sie besteht auf ihrem neuen Look und sieht von Tag zu Tag mehr dem Klempner, Herrn Vangeli, ähnlich, den ich immer rufe, wenn die Toilette verstopft ist.
Nichtsdestotrotz steht sie in diesen schweren Stunden wie ein Fels an meiner Seite, und jedes Mal, wenn ich eine Unterzucker-Krise bekomme, Anfälle von Bulimie oder Lust, ein ganzes Rind zu vertilgen, es mit flüssiger Schokolade zu begießen und es dann zu verschlingen, zeigt sie mir ein Foto mit meinem nackten Hintern darauf, das sie an dem Tag geschossen hat, als ich beschloss, eine Diät zu machen. Auf dem Foto

steht „VORHER." Ich habe keine Ahnung, wie das helfen soll, weil doch auf dem Foto nicht nur das „VORHER" zu sehen ist, sondern auch das „JETZT"!

Sie verfolgt mich auf Schritt und Tritt, und wenn wir mal nicht zusammen unterwegs sind, nötigt sie mich, ohne Portemonnaie zu gehen (sehr geschickt!). Der letzte Schritt gegen die Fettleibigkeit wurde vor drei Tagen getroffen, als das Gesetz über Geheimessen entschieden und ich gezwungen wurde, zu ihr zu ziehen, wo sie mich besser beaufsichtigen kann. Aus diesem Grund hat sie das Gästezimmer grün gestrichen, neue Gardinen aufgehängt und Teppiche legen lassen, neue dazu passende Bettwäsche und Kissen gekauft. Alles in grün. Während der ganzen Diät und bis zu deren Abschluss ist es mir verboten, propagandistische Filme mit antidiätischen Botschaften, wie etwa Chocolat oder Unsere kleine Farm anzuschauen. Stattdessen darf ich mir Grüner Apfel oder Gebratene grüne Tomaten ansehen. Zuletzt haben wir unseren Wortschatz mit „Zucchinitrommeln", „Grüne Pferde" oder „Grüner Kohl" erweitert, damit wir zu jeder Zeit daran erinnert werden, dass „wir" uns auf Diät befinden. Den Plural hat Rea gewählt, um der Diät einen Touch von Revolution zu geben. Ich habe trotzdem Hunger!

Ich weiß nicht, ob die Gehirnwäsche meine Träume beeinflusst hat, oder ob Rea im Schlaf an meinem Kopf steht und mich beschwört, aber ein Schreckensbild verfolgt mich unbarmherzig und bringt mich dazu, schweißgebadet aufzuwachen. Ich befinde mich in einer riesigen Konditorei und betrachte die Kuchen in der Vitrine. Aus einem nicht nachvollziehbaren Grund wird mein Eintreten in die Konditorei durch eine unsichtbare Wand verhindert, während andere Menschen ungehindert ein- und ausmarschieren. Ich schreie, aber keiner nimmt Notiz von mir. Ich packe ein Brecheisen und attackiere die Wand, aber es geschieht nichts. Nachdem der Versuch mit großen Steinen, die ich von der Straße einsammle, auch nicht fruchtet, entscheide ich mich, noch drastischer vorzugehen. Ich entferne mich etwas, nehme Anlauf und stoße mit meinem Kopf gegen die große Wand. Am ersten Tag meiner Diät ist die

Wand nach einem Anlauf zerbrochen. Am zweiten musste ich es schon zweimal versuchen, usw. (Das bedeutet, je mehr ich mich von meinen geliebten Süßigkeiten entferne, umso mehr Anläufe muss ich nehmen. Das rechtfertigt auch meine Migräneanfälle, die ich beim Aufwachen habe. Ich hoffe, dass ich nicht einmal mit einer Beule aufwache – anscheinend gibt es psychosomatische Symptome von der Diät, die sich auf mein seelisches Gleichgewicht auswirken.)

Ich fahre mit der Beschreibung meines Traumes fort:
Als ich es endlich schaffe, die Wand zu zerbrechen, und ich im Paradies der Kalorien bin, steigt mir der Geruch von gekochtem Blumenkohl in die Nase. Ich ignoriere das und strecke meine Hand nach einem Stück Kuchen aus, das sich aber in Auberginengemüse verwandelt. Als ich versuche, nach einem Windbeutel zu greifen, verwandelt der sich in Rosenkohl. Bevor ich überhaupt dahinter komme, was los ist, befinde ich mich auf einem Feld und pflücke Löwenzahn. Plötzlich öffnet sich der Himmel und ich höre Reas Stimme, die die Schallmauer durchbricht und mir durch das Weltall mitteilt: „Thenia, hier ist eine Gurke… Thenia, hier ist eine Gurke… Thenia, hier ist eine Gurke…"

Heute habe ich festgestellt, dass mein Trainer absolut dreist ist. Das eine Mal benimmt er sich, als wäre ich der Weltmeister im Gewichtheben und lässt mich eine Hantel mit zweihundert Kilo heben, und dann wieder verlangt er von mir, dass ich einen Handstand an die Wand mache, als wäre ich ein Trapezkünstler. Der ist schon fast wie Rea, und vielleicht noch ein bisschen schlimmer. Der eine will mich für die Olympischen Spiele fit machen, die andere für einen Schönheitswettbewerb. Wenn die so weiter machen, werde ich tablettensüchtig, und dann werden beide rennen, um mich auf einen Entzug zu schicken.
Ich verkünde Rea, dass das Triptychon „Gymnastikbank – Couch Zuhause – Plastiksitz der Toilette" mich bereits ungemein ermüdet hat, deshalb gedenke ich, meinen dicken Hintern zu nehmen und mich mal

wo anders hinzusetzen, um mal ein bisschen Abwechslung zu haben. Sie glaubt, ich will mit ihnen auf einen Kaffee ausgehen, und freut sich schon, ich aber erkläre ihr, dass das zum zweiten Triptychon gehört, das mich inzwischen ebenfalls langweilt und das aus ihr, Jimmy dem Trainer und dem Waschbecken gegenüber besteht. Deshalb werde ich nicht mit ihr ausgehen, sondern mit Janni. Sie reagiert genau so, wie ich es erwartet habe. Sie verzieht das Gesicht. Dezent natürlich. Ich erkläre ihr, dass ich nicht vorhabe, darüber zu diskutieren, dass ich aus der Routine heraus will und dass – schließlich darf man nicht lügen – ich mich nach ihm sehne.

(Da solltet ihr mal sehen, wie sie sich nach ihm sehnt... Das ist offensichtlich. Als sie seinen Namen hört, bekommt ihr Gesicht einen dämlich verträumten Ausdruck.) Mit Absicht frage ich sie nicht, ob sie auch mit will. Wenn sie sich entschließt, mir ihre Liebe zu ihm zu beichten, werde ich ihre Verbündete. Bis dahin werde ich sie quälen, so wie sie mich gequält hat mit dieser Hungerdiät und der Zwangsarbeit, zu der sie mich verurteilt hat. Ich vermute, dass dieses leidenschaftliche Verlangen von dem Wunsch herrührt, mich in ein Model zu verwandeln. Am besten mit Idealmaßen, damit Janni nichts mehr von mir wissen will. Wie auch immer, all das arbeitet derzeit für mich, und dafür liebe ich sie. Aber heute kommt sie nicht mit, Schluss und Aus. Ich gehe soweit, dass ich mit ihm per SMS kommuniziere, um ihr nicht die Freude zu gönnen, seine Stimme zu hören. Hihi. Es soll sie vor Neugierde zerreißen. Hihihi.

Janni aber, der sich vor Freude kaum halten kann – damit hatte ich wirklich nicht gerechnet – ruft direkt an und lädt mich zu einem ruhigen Abend bei sich zu Hause ein. Rea, die Zeugin des Telefonats wird, versucht, nachdem sie ihr Ohr vom Hörer genommen hat, ihr Entsetzen wie folgt auszudrücken:

„Ah, ja. Bei ihm zu Hause!“

„Ja.“

„Es ist doch offensichtlich, dass er mit Dir alleine sein will.“

„Meinst Du?"
„Das ist doch offensichtlich."
„Ja, also, wenn Du das sagst."
„Und, stört Dich das nicht?" fragt sie und wartet auf eine Antwort, die wohl „Ja" lauten soll. Ich werde ihr aber einen Strich durch die Rechnung machen.
„Natürlich nicht! Warum sollte mich das stören? Er ist doch kein Menschenfresser."
„Aber wenn er versucht, Dich…"
„Was?"
„… wenn er versucht, Dich zu küssen, Mensch, wenn er über Dich herfällt. Was willst Du dann tun?"
„Was redest Du da von über mich herfallen und grünen Monstern? Janni ist nicht so ein Mensch."
„Wie kannst Du das mit solcher Sicherheit sagen. Es passiert jeden Tag soviel da draußen."
„Also, sollte er wirklich über mich herfallen, ist das sein Pech. Dann werde ich ihn windelweich prügeln. Das wäre doch gelacht."
Ein bisschen wegen dieser letzten Aussage, ein bisschen, weil sie sich nicht verraten will, bietet sie mir an, meine Haare zu machen. Ich lehne freundlich ab, weil ich da ein mörderisches Funkeln in ihrem Blick entdeckt habe, und ich will nicht wie die Sängerin mit Glatze enden.

19:00 Uhr. Ich habe die dritte Mahlzeit des Tages gegrast. Gekochte Zucchini, eine Tasse Blattsalat mit einem Teelöffel Olivenöl und eine Scheibe Vollkorn-Zwieback.
19:05 Uhr. Ich habe verdaut.
19:10 Uhr. Ich habe wieder Hunger.
19:11 Uhr. Mir ist schon ganz schlecht vor Hunger.
Kurz vor neun ziehe ich was Leichtes an und werde genötigt, den Diätschwur zu erneuern, bei dem ich jeglichem Fett entsagen muss. Ich schließe die Tür hinter mir und lasse Rea zurück, die sich jetzt in Ruhe

die Augen ausweinen kann und vor allem noch mal über die Entscheidung nachdenken soll, vor ihrer besten Freundin Geheimnisse zu haben. Janni empfängt mich hocherfreut in einer Wohnung, die wirklich nicht nach Studentenbude aussieht – mit steinernem Kamin und einer Marmortreppe, die vermutlich nach oben zu den Schlafzimmern führt. Es liegt auch ein leichter Vanilleduft in der Luft, was darauf hindeutet, dass der Raum, kurz bevor ich gekommen bin, beduftet wurde. Ich schäme mich, dass ich ein paar Minuten zuvor darüber nachgedacht habe, dass ich sofort wieder gehen würde, wenn die Wohnung nach Fußschweiß oder schmutzigen Socken stinkt. Das riesige Wohnzimmer schmückt ein ebenfalls riesiger Fernseher, auf dem ein Sender mit Videoclips läuft. Für einen Moment bin ich etwas perplex, als ich in einer Nahaufnahme sehe, wie weiß Michael Jackson ist.

Mit Freude bemerke ich, dass an den cremefarbenen Wänden weder ein Riesenposter des Playmate Sommer 2005 noch das neueste Modell von Ferrari hängt. Es gibt lediglich ein Bild mit einer freundlichen Reisedarstellung der Familie Maus. Mit der Zeit mag ich diesen Jungen immer mehr…

„Kann ich Dir ein Donut anbieten? Sie sind total frisch."

… er findet aber auch immer einen Vorwand, mich aus dem Konzept zu bringen. Ich habe noch vor ein paar Minuten einen Eid abgelegt, habe in den letzten Tagen unmenschliche Versuche gemacht, mich an meine Diät zu halten, aber diese Worte kommen verdammt schwer über meine Lippen:

„Donuts? Nein, danke. Hast Du vielleicht Mineralwasser?"

Jetzt habe ich ihn geplättet. An seinem Blick erkenne ich, dass ich ihn weniger geschockt hätte, wenn ich brennende Pottasche verlangt hätte, als mit dem Mineralwasser. Aber was soll ich tun? Schuld an allem ist Rea und der blöde Schwur, aber vor allem ich, die sich darauf eingelassen hat. Gehen wir zum nächsten Thema.

Wir setzen uns auf die bequeme Couch und mein Hintern gibt Freudenzeichen – Gott sei Dank leise – an meinen restlichen Körper. Endlich bekommt er Kontakt zu etwas unbekanntem, neuem und weichem. Janni bemerkt mein Vergnügen und verliert langsam seine anfängliche Nervosität. Er macht auch keine verdächtigen Bewegungen in meine Richtung. Ganz im Gegenteil, er benimmt sich besonders freundlich. Ich kann auch keine Anzeichen von schlechter Laune entdecken. Könnte es sein, dass, nachdem er Rea als Klempner verkleidet gesehen hat, sich sein Interesse doch ihr zuwendet? Hoffentlich, lieber Gott!

Heute scheint er große Lust auf Reden zu haben, und in mir hat er mit Sicherheit eine gute Zuhörerin. Nach den Tagen im häuslichen Gefängnis habe ich ein großes Bedürfnis nach neuen Geräuschen und neuen Geschichten. Er spricht über seine Schulzeit, und dass ihn seine Schulkameraden Micky Maus nannten (ich frage mich, warum), und dass er ein begnadeter Fußballer war. Er hat aber mit dem Training aufgehört, weil es ihn beim Rauchen und anderen solcher netten Dinge störte. Auf jeden Fall, und wenn es sich auch noch so komisch anhört, glaube ich, dass ich zwanzig Minuten lang sogar meinen Hunger vergessen habe. Es ist schon fast zwölf, und wenn da nicht Nachrichten im Fernsehen wären, hätte ich es nicht mal bemerkt.

„Meine Damen und Herren, guten Abend. Wir unterbrechen unser Abendprogramm, um Ihnen eine wichtige Nachricht zu übermitteln, die uns soeben aus der Redaktion unseres Senders erreicht. Es wurde uns mitgeteilt, dass der Bus, in dem derzeit die bekannte Reality Show gedreht wird, gekidnappt wurde. Die drei letzten Insassen, die zwei Spieler und der Busfahrer, wurden als Geiseln genommen. Wir haben telefonischen Kontakt zu unserem Reporter vor Ort, Ari Stathmaki, der uns über die aktuelle Lage informiert. Ari Stathmaki, wir hören Dich…"

„Guten Abend, Donia Michalopoulou. Die Lage ist so, wie Du sie eben beschrieben hast. Vor ungefähr einer Stunde, um genau zu sein um 23:00 Uhr, während der Bus einen vorprogrammierten Zwischenstopp machte um aufzutanken, sind zwei bewaffnete Maskierte mit Gewalt in den Bus eingedrungen und haben ihn in ihre Gewalt gebracht. Bisher

wurden noch keine Forderungen bekannt, aber aus verlässlicher Quelle erfahren wir, dass die zwei Kidnapper ihre Forderungen innerhalb der nächsten zwölf Stunden stellen werden."
„Steht der Bus noch dort, wo er gekidnappt wurde?"

....

„Ari Stathmaki, kannst Du uns hören?"
„Ja, Donia Michalopoulou, ich kann Dich hören, ich habe nur eine leichte Verzögerung in der Tonübertragung. Wie ich bereits gesagt habe, der Bus bewegt sich in Richtung Stadtmitte von Athen, unter Polizeischutz natürlich."
„Ari Stathmaki, es gibt Gerüchte, dass es sich um einen geplanten Übergriff von Al Kaida-Mitgliedern handelt, und vor allem sollen sie beide mit Sprengstoff bepackt sein?"
„Die Wahrheit ist, Donia Michalopoulou, dass derartige Informationen haufenweise an uns herangetragen werden, aber bis jetzt sind sie von keiner offiziellen Stelle bestätigt worden. Sobald wir mehr wissen, werden wir Euch sofort informieren. Wir wollen natürlich keine voreiligen Schlüsse ziehen, bevor nichts Genaueres von polizeilicher Seite bestätigt ist."
„Ari Stathmaki, wir danken Dir und beenden hier unsere Sonderausgabe der Spätnachrichten. Wir werden Sie in der Nacht mit Sondersendungen auf dem Laufenden halten. Sobald sich was Neues ereignet, melden wir uns, und hoffen, dass diese Geschichte so schnell wie möglich gewaltfrei zu Ende geht. Für Sie, liebe Zuschauer, berichtete Donia Michalopoulou von TV SEVEN."

„Schalt doch mal auf ASTRA, um zu sehen was die sagen."
(Klick) ASTRA CHANNEL.
Es sieht so aus, als hätte dieser Sender keinen eigenen Journalisten für die Sonderausgabe der Nachrichten und hätte deshalb den Erstenbesten genommen, der zufällig über den Flur ging. Eine verängstigte Frau mit einem karierten Hemd, die Ärmel aufgerollt bis zu den Ellbogen, wühlt

in einem Haufen Blätter, die vor ihr liegen, und mit Mühe versucht sie, der Informationsflut des aufgeregten Reporters zu folgen. Auch hier ist die Übertragung telefonisch. Ihr Haar ist durcheinander und das Make-up ist offensichtlich von der japanischen Kultur beeinflusst. Es gibt ihrem Gesicht einen Hauch von elfenbeinblassem Glanz. Also, ich wette eins zu zehn, dass diese Dame die Putzfrau des Senders ist, und wenn die Kamera nach unten zeigen würde, steht da unten ein roter Putzeimer.
„Ja... ja..." sagt sie mit zittriger Stimme. „Wir danken Dir, Manoli Lech... Manoli Lech... Manoli Lechriti..."
„Ich danke Dir auch, Sofia Kirtsou. Aus dem Herzen Athens, Manoli Lechraki", antwortet er, während er seinen demolierten Nachnamen betont. Er schreit regelrecht: „Lechraki, meine Dame! Lechraki!"
„Auf Wiedersehen, Manoli Lechritaki." (Sie ist völlig weggetreten!)
„Für all diejenigen, die erst jetzt zu uns geschaltet haben, wiederhole ich, dass die Öffentlichkeit außer sich ist über das Kidnapping des uns allen bekannten Busses durch Kämpfer der Kubanischen Freiheitsfront. Sobald wir Neueres wissen, werden wir Sie umgehend informieren." (Ja. Und Ihr könnt sicher sein, dass wir Euch bevorzugen werden!)

„Was ist das für ein Blödsinn! Schalte auf einen anderen Kanal, um zu sehen, was wirklich los ist."
(Klick) Ein anderer Kanal.

„... aus sicherer Quelle der Polizei erfahren wir, dass es sich um einen organisierten Terroranschlag handelt, und die Organisation zur Befreiung Kurdistans sehr bald die Verantwortung übernehmen wird..."
(Er sprachlos)
(Sie sprachlos)

(Klick) CHANNEL ELEVEN

„… Bin Laden hat sich bis jetzt nicht zu diesem Anschlag bekannt, außerdem ist es noch zu früh, Mutmaßungen anzustellen. Soeben erfahren wir, dass der amerikanische Präsident dem griechischen Volk sein Mitgefühl in einem Telegram zum Ausdruck gebracht hat, während er betonte, dass die Gedanken der Amerikaner bei uns sind.“ (Das beruhigt mich außerordentlich…)

(Klick) DELTA NEWS

„Anesti Kavalari, wie Du uns mitteilst, befindest Du Dich in diesem Moment neben dem Bus.“
„Ja, Damiane Tristo. In diesem Augenblick übermittle ich Euch die Neuigkeiten, während ich mit einer Tausender Kawasaki Modell ’85 neben dem Bus herfahre und per Handy mit Euch in Verbindung bin.“
„Was siehst Du in dem Bus, Anesti Kavalari?“
„Leider kann ich derzeit niemanden im Bus erkennen, vermute aber, dass sich sowohl die Täter als auch die Insassen zwischen den Sitzen versteckt halten, um nicht zur Zielscheibe zu werden.“
„Wie sieht der Fahrer aus, Anesti Kavalari?“
„Er sieht in jedem Fall nicht verschreckt aus. Ich würde sogar sagen, er ist total ruhig.“
„Das ist sehr erfreulich, Anesti. Beschreibe uns bitte, was Du sonst noch siehst.“
„Das einzige, was ich sagen kann, ist, dass auf den Straßen Chaos herrscht. Innerhalb von Sekunden hat sich vor meinen Augen eine riesige Autoschlange gebildet, wie sie noch nie da gewesen ist. Vor dem Bus, mit Sicherheitsabstand, befinden sich zwei Streifenwagen, die die Straßen frei machen, während dahinter der Bus kommt. Hinter dem Bus sind ca. fünfzehn Streifenwagen, zwei Krankenwagen und ein Feuerwehrfahrzeug. Wie Ihr hört, kreisen über uns zwei Hubschrauber des Heeres. An dieser Stelle wäre es interessant zu erwähnen, dass sich in der Autoschlange, die ich zuvor erwähnt habe, der kugelsichere Mercedes

des albanischen Botschafters befindet, der sich, sobald er vom Kidnapping gehört hat, sofort auf den Weg hierher gemacht hat für den Fall, dass seine Anwesenheit notwendig wird."
„Was Du uns da erzählst, ist wirklich unglaublich, Anesti Kavalari. Wie lange, glaubst Du, wirst Du noch neben dem Bus herfahren können?"
„Bis mir das Benzin ausgeht, natürlich."
„Also bist Du ein zuverlässiger Anhänger der Information, Anesti Kavalari, bis zum letzten Tropfen Benzin..."

„Du wirst sehen, dass es sich um Maßnahmen der Produktion handelt, um die Einschaltquoten nach oben zu bringen."
„Sollte das wirklich gestellt sein, um die Einschaltquoten zu erhöhen, befürchte ich, dass der einzige Nutzen unsere internationale Blamage sein wird."
Danach Stille. Wahrscheinlich sind wir beide geschockt, wollen es aber nicht zeigen. Ich für meinen Teil bin gestresst. Und was tue ich, wenn ich gestresst bin? Ja, ich weiß, dass ich schwitze. Was noch? Ja, es schießt mir das Blut in den Kopf. Was noch? Ich bekomme Herzklopfen. Weiter? („Thenia, Du bist auf Diät." Wer hat denn mit dir gesprochen Rea? Was mischt Du Dich in alles ein... mein Gott...) Was noch? Meine Knie zittern ein bisschen. Was noch? Meine Hände schlafen ein. Weiter, weiter. Vergesst meine Frage. Also gut, ich werde euch die Antwort selbst geben. Ich bekomme Unterzucker, und wenn ich Unterzucker bekomme, habe ich Hunger, und wenn ich Hunger habe, brauche ich was Süßes. Nach dem Süßen was Salziges, und weil das alles eine Kettenreaktion ist, brauche ich wieder was Süßes, dann was Salziges, usw. (Die Geschichte meines Lebens) Und was mache ich jetzt? Diät? Ha, ha, ha! Träumt weiter oder wechselt das Buch. Bevorzugt die heilige Schrift! Dort werdet ihr viele Heilige finden und über Wunder lesen. Hier nicht.
Ich mache mich wie der Teufel über die Donuts her. Ich beiße in das erste mit Erdbeerfüllung und lege es wieder zur Seite. Ich fühle, wie ein

süßer Schauer meinen Körper durchfließt. Jetzt will ich eins mit Schokoladenfüllung aber – Teufel! – sie sehen alle gleich aus. Macht nichts, ich beiße in alle, bis ich eins mit Schokoladenfüllung erwische. Das nächste hat Aprikosenfüllung, aber das macht mir nichts. Meine Spannung erreicht ihren Höhepunkt, während ich in den dritten Donut beiße: Himbeere. Der Puderzucker und der federleichte Teig gehen durch meine Kehle wie die neunte Symphonie von Beethoven, während Töne des Entzückens zu hören sind. Meine Gedanken, von jeher der ewigen Suche nach Schokolade gewidmet, erleben den Höhepunkt des Geschmacks, bei dem kein Broccoli und kein gekochter Zucchini sich jemals mit dem unwiderstehlichen Geschmack eines Donuts messen kann. Die sympathischen Gurken verblassen vor der außergewöhnlichen Schönheit der schneeweißen Donuts und sind dazu verurteilt, grün vor Neid zu werden.

Und plötzlich, beim zehnten Biss, berühre ich das wahre Paradies. Das Paradies, in das mich gewöhnliches Grünzeug niemals schicken kann, nicht mal eine Tomate aus biologischem Anbau. Ich bin angekommen. Im Garten Eden der Gefühle. Beim Höhepunkt des Geschmacks. Die unbeschreibliche Pracht zerlaufener Schokolade. Ich durchlebe einen Höhenpunkt der Menschheit. Ich fühle mich wie ein weibliches Mitglied eines Kannibalenstammes, während sie das erste Mal einen kleinen Afrikaner isst. Meine Gefühle erreichen den Höhepunkt, und ich will schreien. „Aaahhhhh, ich komme… ich komme…!“

„Immer… mit der Ruhe…“ flüstert Janni leise und bemüht, mich nicht zu unterbrechen. Ich blicke in seine Richtung, erwache aus meiner Lethargie und bemerke, was ich angerichtet habe. Vor mir steht ein Teller mit angebissenen Donuts. Ich sehe fürchterlich aus, meine Kleidung, meine Haarspitzen, alles ist voller Puderzucker. Ich schlecke weiter meine Finger ab.

Mein Gott! Ich bin gefährlich. Das sieht man auch in Jannis Gesichtsausdruck. Er schaut mir entsetzt in die Augen, und ich kann Furcht darin erkennen. Auf dem Tisch ist nichts Salziges, und er hat Angst, dass ich ihn auch verschlingen könnte. Mit Sicherheit verflucht er sich, weil er nicht auch noch ein Kilo Käsetaschen gekauft hat. Und wie man einem tollwütigen Hund einen Knochen hinwirft, ohne in seine Nähe kommen zu müssen, macht er ängstlich eine langsame Bewegung und schiebt mir die Schachtel mit den Keksen hin.

„Sind die mit Pistazien aus Aigina?“ frage ich angriffslustig. Er hat keine Ahnung. Er kennt sich damit nicht aus. Er entschuldigt sich, weil er nicht danach gefragt hat. Er sieht richtig niedergeschlagen aus. Er bittet mich um Verzeihung. Beim nächsten Mal wird er besser aufpassen. Er verspricht es mir. Okay, ich lasse es ihm durchgehen. Was soll's. Die Diät ist so oder so beim Teufel, was macht es da noch, ob die Pistazien aus Aigina sind oder nicht. Es ist nur so, dass mir jemand gesagt hat, dass Nüsse während einer Diät gar nicht gut sind. Ich denke mal, es macht nichts aus, wenn ich noch ein paar Kekse esse. Auch wenn ich alle zwanzig esse, sie sind doch so klein, dass, wenn man daraus einen einzigen großen machen würde, er nicht groß genug wäre, um mich zu erschrecken. Ich stecke meine Hand in die Schachtel und hole sie im Fünferpack heraus. Sie sind traumhaft. Ich habe nicht mal Zeit, sie zu kauen, und schlucke sie so runter. Meine Kehle ist ganz trocken, aber ich mache unbeirrt weiter. Wenn ich könnte, würde ich sie mir sogar über die Ohren reinstopfen, um schneller essen zu können. Ich bin eine gewöhnliche Fresssüchtige. Ich bin eine gebrandmarkte Büffelart. Das ist mir aber egal, denn auch wenn sich niemand findet, der mich lieben will, und ich alleine bleibe, habe ich immer noch die Schokolade als Gesellschaft. Und die Schokolade hat mich. Ich werde mir mit ihr die Nächte um die Ohren schlagen. Morgens, wenn ich aufwache, wird sie in mir sein, und so werde ich keinen Stress haben, ob sie mich am nächsten Tag anruft oder nicht. Ich werde sie am Abend essen, wann und so oft ich Lust habe, ohne dass sie mir sagen kann, sie ist müde und kann nicht mehr …

Ich strecke mich auf der Couch aus, als würde ich mich dem Gott der Süßigkeiten grenzenlos hingeben – mit dem ewigen Schwur des Glaubens –, jawohl. Durch Jannis leichte Schläge in mein Gesicht komme ich wieder zu mir. Ich muss für einen Moment meine Sinne verloren haben. Er steht über mir, immer noch in Sicherheitsabstand, mit einem Glas Wasser in seiner rechten Hand.

„Thenia, geht es Dir gut? Ich glaube, Du bist ohnmächtig geworden."

Ich bin nicht ohnmächtig geworden. Innerhalb einer Woche bin ich gestorben und wieder geboren. Aber wie soll ich ihm das so erklären, dass er es auch verstehen kann? Wie soll er verstehen, dass ein Kind bei seiner Geburt aussah wie ein aufblasbarer Ball und nicht wie sein Großvater. Seine Mutter fütterte die Kleine, damit sie eines Tages ein Schwan würde, aber sie wuchs auf und sah aus wie eine Boje im Meer. Die Schwimmer gingen ihr aus dem Weg, weil es schwierig und auch gefährlich war, in ihre Nähe zu kommen. Nur ab und zu, während sie am Strand Beachball spielten, warfen sie ihr zufällig einen Blick zu. Nur wenige wagten sich in ihre Nähe. Nur ein paar waghalsige Schwimmer.

„Warum kann ich nicht das einzige, was mir wirklich Spaß macht, genießen, ohne dass es mich bestraft und meinen Körper entstellt?"

„Komm Thenia, weine nicht. Du musst Dich nicht schlecht fühlen wegen Deines Äußeren."

„Ab und zu hasse ich mich. Ich schaue mich im Spiegel an und mag das, was ich sehe, ganz und gar nicht. Aber ich kann nicht anders…"

Ich weiß nicht, wann es passiert ist, aber er sitzt neben mir auf der Couch und hält mich umarmt, während ich weine. Mit Schluchzern, Schluckauf und all dem. Ich hasse mein Leben, aber dafür kann er nichts. Trotzdem, seine Umarmung ist warm, und ich habe das Gefühl, als würde ich sie seit langem kennen.

„Ich verstehe Dich, mein Herz, ich verstehe Dich…"

Und während er mich festhält, ich seinen Atem an meinem Kopf spüre, ist es, als hätte sich mein Herz mit seinem abgestimmt, und ich beruhige mich. Ich beruhige mich sehr.

Ich öffne meine Augen und schaue auf die Uhr an der Wand gegenüber. Beide Zeiger zeigen auf die Fünf. Und hebe meinen Kopf und sehe, dass er noch schläft. Wir sehen aus wie eine Insel nach dem Sturm. Ruhig und friedlich. Es ist das erste Mal, dass ich ihn aus dieser Nähe betrachte. Sein Gesicht kommt mir noch knochiger vor, und seine Haut unreiner als ich dachte. Er hat überall Pickel, sogar am Hals. Und trotzdem, nichts von alldem kommt mir hässlich vor. Ich könnte ihn mir anders gar nicht vorstellen und will es auch gar nicht. Wenn er anders wäre, hätte er vielleicht nie gelernt, sich selbst so zu lieben wie jetzt. Er ist wie ich. Nur dass er sich weiter entwickelt hat.
Ich schließe wieder meine Augen. Es ist ein Moment, den ich noch länger erleben will. Ich schlafe wieder ein.

Jannis Wohnzimmer
11:00 Uhr

„Janni, Mädchen, aufwachen. Es ist schon hell. Janni? Komm Junge, wach auf. Wir haben Unterricht."
Ich öffne die Augen etwas, aber das Bild ist noch verschwommen. Jemand hat die Fenster aufgemacht, und das starke Sonnenlicht im Raum macht mich schwindelig. Janni schläft noch, hält mich aber weiter fest in seinen Armen. Alles ist verschwommen, das, was in meinem Kopf herumschwirrt, aber auch das, was meine Augen sehen. Ein Kopf bückt sich über uns und sagt mit einer sanften Stimme guten Morgen. Es ist ein anderer guter Morgen, mit Vogelgezwitscher, dem gleichzeitigen Erwachen des Ostens und des Westens. Er ist über mir im Abstand eines Atemzugs. ER. Der unbekannte Mann, der mich dazu gebracht hat, mich das erste Mal in meinem Leben zu verlieben, auch wenn ich seinen Namen nicht kannte. Er lächelt mich an mit seinen wunderschönen, vollen Lippen, und schlaftrunken wie ich noch bin, sieht er aus wie ein Engel, der nur für mich auf die Welt gekommen ist. Mein Traum ist so lebendig, dass ich Jannis Anwesenheit vergesse. Und als das Bild des un-

erreichbaren Mannes noch frisch in meinem Gehirn ist, bilde ich mir ein, in seinen Armen zu liegen, schmiege ich mich fester an ihn und schlafe wieder ein.

„Jetzt komm schon, Blödmann. Wach auf, sag ich. Wir verpassen noch die erste Unterrichtsstunde."

Es ist die gleiche Stimme, die mir Guten Morgen gewünscht hat, nur dass sie diesmal nicht mehr so rücksichtsvoll ist. Dann greift eine Hand zwischen mich und Janni und schüttelt uns nervös, damit wir wach werden. Wir springen plötzlich auf. Es ist das erste Mal, dass der eine sich vom anderen entfernt. Wir schauen uns an, als wüssten wir für einen Moment nicht, wie es dazu kommen konnte. Warum waren wir fest umarmt? Etwas schläfrig noch wegen des plötzlichen Aufweckens versuchen wir uns zu erinnern, wie wir in diese Stellung geraten sind. Die Stimme hinter der Couch hört sich jetzt schon etwas milder an:

„Endlich. Seid Ihr aufgewacht, meine Vögelchen?"

Janni, der vor mir richtig wach ist, dreht seinen Kopf um, begrüßt Ari und fragt, wie spät es ist.

„Halb zwölf ist es schon, und in einer halben Stunde haben wir den Panagiotidi. Es tut mir leid, dass ich Euch so brutal geweckt habe, aber wenn wir noch mal beim Unterricht fehlen, fliegen wir raus", antwortet die Stimme.

Janni steht ganz eilig von der Couch auf, als hätte er Federn im Hintern, und schnappt sich einen der zwei wunderschönen Frappés, die vor uns stehen. Ich vermute, der zweite ist für mich bestimmt. Ich vermute ebenfalls, dass ER, Ari, sie gemacht hat, um sich vom brutalen Aufwecken wieder rein zu waschen. Ich hoffe, dass er, nachdem er mich gesehen hat, weiß, dass ich ihn süß und mit Milch mag, weil, wenn ich ihn probiere und er nach Gift schmeckt, ich drei Kilo Donut- und Keksmasse über die schöne Couch kotzen werde. Ich reibe mir die Augen, damit sich die Wimpern lösen, und drehe mich nach hinten, um zu sehen, wer uns geweckt hat. Janni versucht zur gleichen Zeit, uns einander vorzustellen.

„Thenia, das ist mein Mitbewohner Ari. Entschuldige, dass ich Euch nicht schon früher miteinander bekannt gemacht habe, aber wie Ihr wisst, habe ich geschlafen. Ari, das ist Thenia, von der ich Dir erzählt habe."

Ari, der uns bis zu diesem Augenblick seinen Rücken zugedreht hat und im Bücherregal nach einem Buch sucht, dreht sein Gesicht zu mir und lächelt mich an. Und Gott sprach: „Es werde Licht", und es wurde Licht und Sonne und Mond. Und Wiesen mit Bienen und rosa Schmetterlingen und Vögelchen, die zwitschern. Und das Zirpen des Sommers, das Plätschern der Bäche und das Rauschen der Blätter in den Bäumen in den wilden unergründeten Wäldern, die erwachen...

„Ich freue mich sehr, Dich endlich auch mal aus der Nähe kennen zu lernen, Thenia."

„Und ich erst", antworte ich zitternd. Ich bin so rot, dass ich das Gefühl habe, mein Blut kommt mir schon bei den Ohren raus. In Bruchteilen einer Sekunde erwische ich mich, wie ich die Treppen in Richtung Toilette hoch laufe. Ich fühle mich gejagt. Ich sperre die Tür ab, klappe den Toilettendeckel zu und setzte mich drauf. Während ich mir die Hände vors Gesicht halte, versuche ich vergeblich zu erfassen, was soeben passiert ist.

Ich will verschwinden. Wenn ich kleinwüchsig wäre, wäre ich nicht in dieser ausweglosen Situation. Ich könnte über das Toilettenfenster flüchten und aus dem dritten Stock springen. Spitzhacke und Axt sind nicht zur Hand, um die Mauer soweit einzureißen, dass ich Platz habe, hinaus zu springen. Also bleibt mir nur eine Möglichkeit. Ich muss mich IHM noch mal aussetzen, indem ich durch den Haupteingang gehe. Liebe Mutter Gottes, bitte hilf mir! Ich sterbe. Gib mir Mut und Kraft. Jesus Christus, ich glaube es einfach nicht, dass all das mir passiert. Ich glaube es einfach nicht.

Ich drehe den Wasserhahn am Waschbecken auf, um mir etwas Wasser ins Gesicht zu schütten, aber das, was ich da erblicke, würde sogar einen Toten in Angst und Schrecken versetzen. Die Haare durcheinander und in alle Richtung weg stehend, über und über mit Puderzucker beklebt (hätte er mir nicht in Gottes Namen etwas vorsetzen können, das nicht so einen Dreck macht?), Augen mit dunklen Ringen und geschwollenen Unterlidern und ein Gesicht verschmiert mit eingetrockneter Schokolade und Puderzucker. Ich spritze mir wütend Wasser ins Gesicht, aber leider nützt es gar nichts. Ich stecke meinen Kopf unter den Wasserhahn. Das ist schon etwas besser. Ich trockne mich mit einem frisch gewaschenen Handtuch ab und wringe meine Haare in der Dusche aus. Der Boden sieht aus wie Sau, aber ich sehe nicht mehr ganz wie Sau aus. Ich beginne die bekannte Zählung und gelange bis sechshundertzweiunddreißig, weil die tausend sehr weit weg ist, und die beiden es eilig haben und zum Unterricht müssen.

Als ich die Treppe runter gehe, sehe ich zu meiner Erleichterung, dass Janni alleine ist. Wie hat er es geschafft, sich so schnell umzuziehen und in Ruhe Kaffee vor dem Fernseher zu trinken. Er lächelt mich an und will mir signalisieren, dass auch für mich ein Kaffee da ist. Ich will nur noch zur Tür raus und verschwinden, bevor ich wieder auf Ari treffe. Er aber, als könnte er meine Gedanken lesen, teilt mir mit, dass der Unterricht auf zwei Uhr nachmittags verlegt wurde und Ari weg ist, um etwas zu besorgen. Und das nachdem er Janni gebeten hat, ihn bei mir zu entschuldigen, dass er gegangen ist, ohne sich bei mir zu verabschieden. (Danke, lieber, lieber Gott.) Um nicht unfreundlich zu erscheinen, gehe ich nicht sofort wie vom Teufel gejagt, sage ihm aber, dass ich nicht mehr lange bleiben kann, weil ich auch einiges zu erledigen habe (von wegen!). In der Zwischenzeit will ich seine Aufmerksamkeit auf ein unwichtiges Gesprächsthema lenken, damit er nicht auf die Idee kommt, meine Flucht aus dem Wohnzimmer zu kommentieren, während er mir Ari vorstellte. Nennt man diese Taktik nicht amerikanisch? Weiter…

„Also wirklich, was ist das für ein Unterricht, den Ihr am Sonntag habt, und das mitten in den Prüfungen?" frage ich voller Interesse.

„Nur eine Ausnahme. In einer Woche haben wir Prüfung, und wir sind noch nicht mit dem Stoff durch. Es ist zum Schreien."

„Dickes Ding", antworte ich, und zeige, dass ich an seinen Problemen teilhabe.
Danach Stille und Nervosität.
„Also manchmal überrascht Du mich wirklich mit Deinem Verhalten."
Als ob ich ihm entkommen könnte.
„Was meinst Du damit? Erkläre mir bitte, was Du damit meinst."
„Na, in einem Moment bist Du relaxed, superlustig und bester Dinge, und dann wieder bist Du grundlos deprimiert…" (Ach so, er will mit gestern beginnen…)
Also wirklich, sieht er die hundertzwei Kilo Gründe nicht, die ich mit mir herumtrage und deretwegen ich mich wie eine Bekloppte benehme? Keiner sieht das.
„… um nicht zu sagen, dass Du manchmal grundlos in Panik gerätst."
(… um beim Heute zu landen.)
Der Grund „ARI", wie hört der sich an? Ich glaube, dass ich diese Rechtfertigung in unserer Unterhaltung nicht anbringen kann.
„Bin ich das alles? Wahrscheinlich brauche ich einen guten Psychiater."
„Einen Psychiater vielleicht nicht, aber ein guter Psychologe, glaube ich, könnte Dir helfen."
Warum versucht er, mich auf diese Weise zu beleidigen? Was will er damit bezwecken? Er besitzt auch noch die Frechheit, mir ins Gesicht zu lachen. Hätte ich jetzt Unrecht, wenn ich ihm ins Gesicht sage, dass er wie Micky Maus aussieht?
„Sei nicht gleich beleidigt. Ich mache nur Spaß. Musst Du immer alles so ernst nehmen?"
Man darf keine Späße mit dem seelischen Gleichgewicht der anderen machen, du blöde Maus!
„Deine Späße sind nicht sonderlich komisch heute."
„Also gut, dann nehme ich es zurück."
„Bravo. Dann nimm auch meinen Kaffee zurück und bringe mir einen mit viel Zucker, weil man den hier nicht trinken kann." Brave Maus.

Also, den Schock habe ich immer noch nicht überwunden. Ich sitze weiter auf glühenden Kohlen. Allein der Gedanke, dass die Tür aufgehen und Ari hereinkommen könnte, schlägt mich in die Flucht. Ich habe aber jetzt die einmalige Möglichkeit, Janni auszufragen und Informationen zu bekommen über diesen Gott auf Erden. Wenn man mir das erzählt hätte, ich hätte es nicht geglaubt. Er lebt vor meiner Nase und ich habe nichts mitbekommen. Also Zufälle gibt es. Im Himmel suchte ich ihn, und in Jannis Wohnung habe ich ihn gefunden. Ich frage mich, warum ich mein Gehirn mit unnötigen Gedanken zermartere. In Aris Augen bin ich eine gewöhnliche Sterbliche, die einen Unfall mit dem Auto hatte und beide Airbags verschluckt hat.
Janni kommt mit frischem Kaffee aus der Küche. Wenn man diesen Kaffee neben einen Fluss verschüttet, wächst Zuckerrohr. Ich kann es nicht lassen und bringe die Zicke zum Vorschein, die in jeder von uns steckt.
„Kennst Du Ari schon lange?"
„Ja. Wir sind seit unserer Kindheit miteinander befreundet. Wir sind zusammen in Rethymnon aufgewachsen."
Also, was für Jungs dieses Kreta hervor bringt!
„Er scheint sehr nett zu sein..." und ich glaube, dass ich mich unsterblich in ihn verliebt habe.
„Ja, das ist er. Ich kann mich nicht beklagen."
Jawohl. Die Informationen, die ich bisher bekommen habe, sind etwas unbrauchbar, aber ich kann ihn ja schlecht fragen, ob Ari eine Freundin hat, wie groß sie ist, ob er verrückt nach ihr ist und ob er beabsichtigt, ihr einen Verlobungsring zu kaufen.
„Wohnt nur Ihr zwei hier oder gibt es noch einen dritten Mitbewohner?"
Nein, liebe Leserinnen und Leser. Lasst euch durch meine Frage nicht täuschen. Sie ist überhaupt nicht philosophisch. Es besteht die Möglichkeit, dass Janni Saki Rouva (Sänger und Moderator beim Grand Prix d' Eurovision de la Chanson 2006 in Athen. Anm. d. Übers.) als Mitbewohner hat und es mir nicht sagt, bis ich ihn selbst sehe, wie er in Lederkluft aus der Besenkammer springt und mich der Schlag trifft.

„Eigentlich ist nur Ari mein Mitbewohner, aber tatsächlich wohnen wir hier zu dritt in dieser Wohnung."

Wenn die dritte Person Aris Freundin ist, drehe ich bestimmt durch. Oder ist Saki Rouva der dritte, und ich drehe in jedem Fall durch?

„Und wer ist die dritte Person?"

„Spiro, Du hast ihn schon kennen gelernt. Er hat ein Zimmer im Studentenwohnheim aber meistens schläft er hier, weil, wie Du mit Sicherheit weißt, dort nicht unbedingt der schönste Platz zum Wohnen ist."

Jawohl. Also Janni, Spiro und Ari. Ich bin mir sicher, dass ich bei allen Dreien den besten Eindruck hinterlassen habe. Ich habe mich mit großem Erfolg bei den drei Freunden bis auf die Knochen blamiert. Der eine hat gehört, wie Iro sagte, ich will Sex, der zweite hat mich gesehen, wie ich mit Puderzucker und Schokolade beschmiert auf einer teuren Couch schlafe und wie eine Geisteskranke zur Toilette renne und Janni... Janni hat alles gesehen! In seinen Augen bin ich eher wie ein dicker Stuntman, ständige Mitarbeiterin von Jackie Chan, als eine Jura Studentin. Ich informiere ihn darüber, dass es Zeit wird, meinen ausgiebigen Besuch bei ihm zu beenden, denn wenn ich noch länger bleibe, dann hat er einen weiteren Mitbewohner. Ich stehe auf und suche nach meiner Tasche. Kaum habe ich sie gefunden, höre ich wie sich der Schlüssel in der Tür umdreht. Mein Gott, bitte lass es Spiro sein. Aber nein, soviel Glück habe ich nicht. Ich starre auf die Tür, die aufgeht und durch die Ari hereinkommt, in Begleitung all des Federviehs, das ihn verfolgt, wann immer ich ihn sehe. Ich werde von einem Anfall von Angst und dem Bedürfnis zu flüchten überwältigt. Am Ende hat Janni vielleicht doch Recht und ich benötige dringend einen Psychiater? (Plus Elektroschocks und den bekannten weißen Einteiler mit den ausgeleierten Ärmeln!) In meinem Gesicht zeichnet sich ein breites eingefrorenes Lächeln ab – schaut mal, wie weiß ich meine Zähne mit der neuen Zahnpasta bekommen habe – und meine Bäckchen verwandeln sich in Wassermelone ohne Schale.

Ari kommt herein und geht direkt auf mich zu. Ja, auf mich! Ich mach mir gleich in die Hose vor Freude! Er sagt mir, dass er sich beeilt hat nach Hause zu kommen, weil er mich besser kennen lernen will. MICH! Mich besser kennen lernen! Ab morgen werde ich mich mit Windeln ausstatten und sie rund um die Uhr tragen. Er sagt noch etwas, aber ich habe ja das Gezwitscher in meinen Ohren und höre nicht so gut. Ich höre aber, dass er irgendetwas über eine Athanasia sagt, sonst nichts. Ich antworte nicht. Ich lächle ihn weiter dämlich an, während sich in meinem Gesicht sämtliche Rottönungen abwechseln. Und wie ich ihn so beobachte, wie eine mit Motorschaden stehen gebliebene Walze, den Mann meiner Träume, sehe ich, wie durch die offene Tür...

„Athanasia! Athanasia, ich muss Dir Thenia vorstellen, die Freundin von Janni." Wer hat ihm denn gesagt, dass ich Athanasia kennen lernen will? Jetzt werden wir hier aber ganz schön unverschämt. Sie ist schlank, dunkel, gut angezogen und süß. Ich hasse sie. Ja, ich mag sie jetzt schon nicht. Okay, aber vorher muss ich meinen Mund zumachen. Ich habe den Eindruck, dass ich ziemlich blöd schaue. Ich muss jetzt unbedingt etwas sagen, sonst denken die noch, ich bin stumm. So ein Pech aber auch! Jetzt muss ich schon wieder lügen.

„Sehr erfreut."

„Ich freue mich auch, Thenia. Bleib noch ein bisschen, damit wir uns etwas kennen lernen können. Wo willst Du denn hin, jetzt wo wir da sind?"

Bevor ich sie kennen lernte, wollte ich nur nach Hause gehen, jetzt denke ich, es ist besser, ich gehe und ertränke mich... Wie soll ich da die Wahrheit sagen, in der Verfassung, in die du mich gebracht hast...

Zweite Lüge:

„Ich habe eine Verabredung mit einer Freundin, sie wartet auf mich, um mit mir Kaffee trinken zu gehen."

„Wenn das so ist. Wenn sie auf Dich wartet, dann quatschen wir eben ein anderes Mal miteinander."

Ja. Aber dafür solltest du nicht deine Hand ins Feuer legen...

Dritte Lüge:
„Ja. Wir können was ausmachen."
„Auf jeden Fall hast Du einen hübschen Namen. Woher kommt er?"
Wenn ich dir eine klatsche und dich zehn Meter in den Boden stampfe, weißt du ganz schnell, dass du das nur einmal fragst. Wie, soll ich auch hier wieder lügen? Sie müsste blöd sein, wenn sie glaubt, dass mein Name von Maria abstammt.
„Von Parthena", sage ich, ärgere mich und gehe.
Ich weiß nicht mehr wie. Seht es mir nach.
(Nicht, dass ihr Name besser ist. Ab sofort taufe ich sie in Euthanasie um. Mein Beileid.)

Anatomie einer Fressorgie

Spielzeugladen „Der Specht."
Sie sind alle dort. Donald, Dagobert, die Schlümpfe, Lucky Luke, Popeye, der kleinste Dalton, die Turtles, Tweety, Kater Sylvester, Tom und Jerry, Goofy, Kermit der Frosch – und dieses Miststück mitten drin. Mit dem Gesichtsausdruck einer Gewinnerin. Ohne Jessica Rabbit, Olivia, Miss Piggy, Minie Maus oder Daisy Duck. Sie hat seit Jahren die perfekte Technik, jedes weibliche Wesen um sich herum zu vernichten. Tyrannin und Monarchin. Rosa eingewickelt. Ein gleichgültiges, widerspenstiges, glückliches Luder in einer Welt, die einen in den Selbstmord treibt, wenn man aus Fleisch und Blut ist und nicht aus Plastik. Ein bisschen weiter drüben, mit dem Gesichtsausdruck eines Finanzbeamten mit Verdauungsstörungen, schauen Ken und John-John sie entgeistert an – der Idiot und der Vollidiot.
Mein Blutdruck schlägt Alarmstufe rot. Ich fühle meine Zellulitis im Samba Rhythmus kämpfen – Karneval in Rio, Fasching in Patras. Ich setze den Ausdruck auf „meine Tante aus dem Dorf ist zu Besuch gekommen und hat tolle Geschenke mitgebracht" und trete siegessicher ein.
„Guten Morgen! Kann ich Ihnen behilflich sein?"
„Ja. Ich interessiere mich für die Barbie, die sie im Schaufenster haben."
Die Verkäuferin betrachtet mich mit einem durchdringenden Blick und

ich weiß, in ihrem Kopf sitze ich bereits im rosa Baby Doll auf einem rosa Teppich, esse rosa Bonbons, während ich die kleine, süße Barbie kämme und mir gleichzeitig Ken reinstecke. Ich gebe ihr etwas Zeit, ihre perversen Phantasien zu Ende zu bringen, und hole sie dann unsanft in die Wirklichkeit zurück.

„Ich will sie meiner Nichte schenken, die hat heute Geburtstag."

„Ah, sehr schön! Ich kann Ihnen versichern, dass Sie wirklich ein passendes Geschenk ausgesucht haben."

Ich habe große Lust ihr zu erklären, dass Jugendliche durch solche Spielsachen in die Drogenabhängigkeit geraten, tu es aber nicht, weil ich zum einen keine Veranlassung sehe, zum anderen bin ich nicht diejenige, die die Welt retten wird.

„Warten Sie bitte einen Moment. Ich hole Ihnen eine Neue aus dem Lager."

„Ich würde diese eine Puppe aus dem Schaufenster bevorzugen, wenn es Ihnen nichts ausmacht."

„Aber die, die ich Ihnen holen will, ist exakt die gleiche und außerdem auch noch original verpackt. Sie ist noch in der Schachtel."

Wirst du blöde Kuh mir jetzt die aus dem Schaufenster holen oder muss ich dich erst mit meinen Fäusten bearbeiten?

„Hören Sie. Gestern früh, als wir hier vorbei gegangen sind, hat die Kleine diese Puppe im Schaufenster gesehen und war ganz aus dem Häuschen. Sie wissen doch wie Kinder sind. Sie bemerken auch nur die kleinste Kleinigkeit. Sie ist meine einzige Nichte, und ich kann ihr keinen Wunsch abschlagen. Ich bitte Sie… tun Sie mir den Gefallen…"

„Gut, wenn Sie darauf bestehen… ich werde die Dekoration für Sie auseinandernehmen."

Nimm sie auseinander. Zum Teufel damit… Dumpfbacke…

Während die einsichtige Verkäuferin sie ein für alle Mal den weiblichen impertinenten Pascha aus dem Umkreis ihrer unterwürfigen Verehrer holt, betrachte ich andere Barbies mit wieder anderer Ausstattung, in einem anderen Regal: Auf einem Pferd (hier muss sie Calamity Jane ausgestochen haben), in der Küche mit einer Schürze (hier hat sie Olivia gepackt), als Lolita mit gepunkteter Schleife (da war Mini dran), als Sexbombe in einem roten Kleid (hier hat sie Jessica aus dem Rennen geworfen), süß und elegant als Lehrerin auf dem Land (mit Sicherheit musste hier Schlumpfine ins Gras beißen), während sie vom Regal in meine Hände fällt (jetzt bin ich dran!).

„Soll ich sie als Geschenk einpacken?“

„Ach wo. Ist nicht notwendig. Egal wie, sie wird die gleiche Freude haben.“

Uups! Ich muss meine Begeisterung im Zaum halten, weil sonst die Fantasie der Verkäuferin mit ihr durchgeht, nur dass diesmal der Ritt so laut war, dass ich das Gefühl habe, ein Wiehern gehört zu haben. Jetzt ist sie sicher, dass ich Barbie als Vibrator benutzen werde – ohne Batterien. Diese perversen Gedanken finde ich lustig und überlege, ob ich die Beklemmung der jungen Dame etwas in die Länge ziehen soll.

„Könnte ich mir auch diesen Herrn da ansehen, bitte sehr?“ frage ich so überfreundlich, dass ich selbst von mir überrascht bin.

... Keine Antwort.

„Haben Sie mir zugehört?“

„Entschuldigung, ich war gerade woanders. Selbstverständlich.“

Während sie den Idioten aus der Schachtel nimmt, fragt sie: „Sie müssen Ihre Nichte sehr lieb haben“, während sie an die Orgien denkt, die ich heute Abend mit den Plastikteilen veranstalten werde.

„Ja, stimmt. Ich habe eine große Schwäche für sie.“

„Wie heißt Sie denn?“

„Thenia, von Parthena“, sage ich ein zweites Mal an diesem Tag.

„Also wirklich, gibt denn heutzutage noch jemand seinen Kindern solche Namen? Kann man ihnen denn keine normalen Namen geben? Was soll sie denn sagen, wenn sie groß ist? Thenia von Parthena? Unglaublich. Schade. Schade um das Kind...“

„Ja, tatsächlich“, bestätige ich und beschließe, erst sie zu quälen und dann Barbie.

Ich entdecke hoch in einem Regal eine Barbie Ballerina und bitte sie, mir diese runter zu holen. Sie holt eine Metallleiter aus dem Lager, und ihr Alptraum beginnt.
Bis zu diesem Augenblick hat sie mir bereits das halbe Regal heruntergereicht, aber ich zeige keine Entscheidungsfreude. Sie ist sichtlich genervt, vor allem als ich sie bitte, mir auch aus dem Regal gegenüber etwas herunter zu holen. Ich bitte sie, mir von dort ein zwanzig Kilo schweres Kinderklavier herunter zu reichen, mit dem man gleichzeitig auch das Alphabet lernen kann. Tief in ihrem Inneren ärgert sie sich darüber, dass sie nicht auf ihren Vater gehört und die Schule geschmissen hat. Da hätte sie aufpassen müssen. Hätte sie ein besseres Abschlusszeugnis mit Abitur in ihren Händen, könnte sie als Sekretärin arbeiten und wäre nicht gezwungen, für ein paar Cent in diesem Scheißladen zu arbeiten, der sogar am Sonntag geöffnet hat. Ab morgen, entscheidet sie, wird sie auf die Abendschule gehen. Sichere Sache. So wahr ich hier stehe...
Sie läuft Gefahr, dass sich ihr dritter Wirbel ausrenkt, und nicht nur das, sie streckt sich, holt das Klavier herunter und zieht es unter größter Anstrengung aus seiner Schachtel. Bevor ich meinen Blick auf sie richte, fällt mir siedend heiß ein, dass meine Nichte in die dritte Klasse geht und das Alphabet fließend kann, also war das Ganze umsonst.
„Ich glaube ich werde bei meiner ersten Entscheidung bleiben. Ich will Sie nicht unnötig herumhetzen. Gehen wir doch gleich zur Kasse, damit ich Sie bezahlen kann“, sage ich voll Mitgefühl und bewege mich bereits in Richtung Kasse.
Während sie mir folgt, stolpert sie über ein paar Schachteln, die im Laden verstreut liegen. Ich habe sie selbst gebeten, die Schachteln nicht gleich wieder aufzuräumen, bis ich eine endgültige Entscheidung getroffen habe. Sie fällt auf das Kinderklavier, das bei dem Aufprall mit dem Unterricht beginnt. Alpha, Beta, Gamma, Delta, Epsilon...
So ein Trampel! Muss sie denn gleich hinfallen?

Sie steht auf, klopft sich den Staub von ihrer Kleidung und legt die Barbie in eine Tüte mit Werbeaufdruck.

... Kappa, Lambda, Mi, Ni...

Sie tippt den Preis in die Kasse, ich bezahle ... Ypsilon, Fi, Chi, Psi, Omega. An dieser Stelle fängt das Kinderklavier mit einem Stück aus dem Nussknacker an. Die Verkäuferin versucht, ihre Wut zu unterdrücken, und gibt mir die Tüte, während sie sich sichtlich Mühe gibt, mich nicht niederzustauchen:

„Hier, Ihre Barbie, und hoffentlich kommt sie in gute Hände."

„Vielen Dank. Ich werde sie links hinlegen, weil ich selbst rechts schlafe. Auf Wiedersehen!"

Das Kinderklavier entpuppt sich als unermüdlich. Nicht umsonst heißt es im Altgriechischen, dass die Wiederholung die Mutter des Lernens ist. Alpha, Beta, Gamma, Delta...

Ich überlege, ob ich da noch meinen Senf dazu geben soll, glaube aber, dass es nicht nötig ist. Es wird jetzt das Klavier sein, das ihr auf die Nerven geht, während sie die Spielsachen wieder in die Regale räumt. Zeta, Eta, Theta, Iota, Kappa...

Geständnis an den Leser

Das volle Regal mit du-weißt-schon-wen-ich-meine hat sich in einen riesigen Barbie-Wurm verwandelt und zerfrisst mir mein Gehirn und meine Seele.

Wenn ich könnte, würde ich sie mir alle kaufen und vernichten. ALLE!

Aber es ist unmöglich – weder finanziell noch praktisch.

Wenn ich mal groß und reich bin, werde ich vielleicht die Barbie-Fabrik kaufen und einen weltweiten Holocaust gegen diese Ausgeburt der Hölle organisieren. Mit dem verflüssigten Gummi werde ich kostenlose, dreistufige Vibratoren für alle bauen. Für alle...

Bis dahin, hilf mir bitte auch du ein bisschen.

Vernichte eine Barbie, du kannst es!

Brauchbare Anleitung für Anfänger

Zutaten
1. Schritt
Man kauft eine Barbie. Am besten das Modell, das einem am meisten auf die Nerven geht. Persönlich bevorzuge ich die Barbie, die reitet (das können Sie halten wie Sie wollen).

2. Schritt
Leihen Sie bei Ihrer nähbegabten Tante (oder der „Goldenen Nadel" ihres Viertels) die schärfste Schere, Stecknadeln, Nadel und Faden aus. (Die letzten zwei sind prophylaktisch, sollten Sie aber vergessen, die ausgeliehenen Sachen zurückzugeben, dann haben Sie wenigstens ein kleines Nähset.)

3. Schritt
Klauen Sie aus dem Badezimmerschrank eine neue Rasierklinge Ihres Vaters. (Man kann auch ein Taschenmesser benutzen und in der Not auch ein gut geschliffenes Messer.) ACHTUNG! Falls die Abwesenheit des scharfen Gegenstandes bemerkt wird, versichern Sie Ihren Mitbewohnern, dass Sie nicht vorhaben, Ihrem Leben ein Ende zu setzen. Sollten Sie unter Druck geraten, bei Gott, verraten Sie niemals Ihr wahres Vorhaben, außer Sie wollen, dass zu Ihrem Tagesprogramm noch eine Besprechung mit einem Psychiater/Psychologen, den die beste Freundin Ihrer Mutter empfiehlt, hinzukommt. Auch wenn bestätigt wird, dass dieser dem Sohn der Nachbarin geholfen hat, als der den Tick hatte, Damenstrümpfe von der Wäscheleine der Nachbarschaft zu klauen und sie abends anzuziehen und Rudolf Nurejew nachzuahmen.

Umsetzung
4. Schritt
Was die Ausführung angeht, es gibt keine Anleitung für Seefahrer. Erwarten Sie nicht, alles vorgekaut und vorgemacht zu bekommen. Ein bisschen Kreativität ist hier schon gefragt, Mädels! Ihr Jungs übrigens auch! Ihr habt so viele Filme gesehen. Ihr habt bereits so viel gelesen. Da wird doch was hängen geblieben sein. Ein bisschen bleibt doch immer hängen. Irgendwann mal hat eine Barbie auch Ihr Leben durchkreuzt und Sie bereuen es, dass Sie sie nicht schon damals gepackt und kahl rasiert haben. Ein bisschen Sadismus steckt doch in jedem von uns. Oder? Es kann doch nicht sein, dass die ganze Welt normal ist, nur ich nicht. Also...

Barbie hat heute Abend eine Verabredung. Nach zwei arbeitsreichen Wochen hat sie endlich mal wieder ein bisschen Zeit, die sie ihrem Liebsten widmen will. Wissen Sie, in der letzten Zeit wurde sie zur Managerin der internationalen Firma befördert, bei der sie beschäftigt ist. Ihre Freizeit wird zu knapp, um ins Fitnesscenter zu gehen, Molekularbiologie zu studieren und gleichzeitig ein Studium der Chemie zu absolvieren. Außerdem besucht sie ihre Schneiderin und ihre Friseurin und nimmt an Seminaren zur Selbsterkenntnis und der Astronautik teil.
Sie sehen, wenn man sich optisch, sozial und vom Intellekt her von den anderen Frauen dieses Planeten abhebt, ist das gar nicht so leicht. Deshalb habe ich mir überlegt hier einzugreifen. Ich habe Ken aus den Mottenkugeln befreit, Barbies Schloss vom Speicher herunter geholt, ein Candle-Light-Dinner für die beiden vorbereitet und zwei Kerzen angezündet, nachdem ich natürlich den Raum mit wilder Orchidee beduftet hatte. Die Zeit in dieser fantastischen Welt dürfte 10:00 Uhr abends sein, und die Szene spielt in der Wochenendvilla von Barbie, der eigenen Barbieinsel sozusagen.
Ken, wie immer Gentleman, kommt pünktlich mit seinem Porsche zur Verabredung. Barbie sieht ihn vom Balkon des fünften Stockwerks aus,

kontrolliert ihr Äußeres, das in all den Jahren keine Veränderung erfahren hat, so wie das erotische Interesse des schönsten und reichsten Junggesellen der Welt. Sie schließt ihren Laptop, während sie noch schnell den Auftrag an ihren Börsenmakler gibt, die Aktien zu kaufen, die er ihr wärmstens empfohlen hat, und beginnt, mit langsamen Schritten die Treppe herunter zu schreiten, die sie in den Salon führt, wo sie ihren Liebsten empfängt. Die gute Seele des Hauses, Thenia, hat bereits dafür gesorgt, dass sich Ken dort befindet und geduldig auf sie wartet, in Gesellschaft des imposanten teuren Kronleuchters, der teuren Perserteppiche, der chinesischen Ming-Vasen und des böhmischen Kristalls. (Wollte schon bulimisch sagen, anscheinend habe ich Hunger).
Barbie geht langsam die Stockwerke hinunter, und benutzt dabei die Treppe und nicht ihren persönlichen Aufzug, um ihrem Körper auch hier ein bisschen Gymnastik zu gönnen und um ihre Energiedepots aufzufüllen. Außerdem ist es unmöglich, dass sie schwitzen könnte, auch ebenso wenig wie sich in ihrem Selbstbewusstsein zu verlieren. Sie weiß ganz genau, dass sie nicht irgendeine Frau ist. Sie ist Barbie. Was redet ihr da? Egal was sie tut, wo sie auch ist, sie ist immer jung, frisch, glänzend, luftig, perfekt enthaart. Eben anders, und vor allem, sie ist Barbie.
Ken beobachtet sie, wie sie die Treppe herunter kommt, und will lachen, hält sich aber zurück. Für einen Moment überlegt er, ihr das bekannte Märchen zu verkaufen, sie zu ficken und zu verschwinden. (Um der Wahrheit genüge zu tun, muss man zugeben, dass er nach so langer Zeit in den Mottenkugeln sogar vor lauter Entzug Toilettenpapier ficken würde.) Diesmal hat er entschieden, mit ihr Klartext zu reden. Er hat die Schnauze voll von dieser Geschichte, die ihm langsam aber sicher auf den Zeiger geht.
Sie bemerkt, dass sich Ken kühl verhält, glaubt aber, dass es lediglich eine Phase ist, weil er sich vernachlässigt fühlt, deshalb will sie keine voreiligen Schlüsse ziehen. Sollte er Lust auf Streitereien und Eifersuchtsszenen haben, wird sie ihn gleich wieder wegschicken, weil ihr überhaupt nicht danach ist sich aufzuregen, vor allem, weil sie sich doch

gerade auf ihr Tennisturnier konzentrieren muss, um dort eine gute Figur zu machen. Sie küsst ihn links und rechts auf die Wangen und bittet ihn zu einem Aperitif in den Salon. Sie geht voraus, um ihn durch ihren festen runden Po zu reizen. Er konzentriert sich auf ihre schwarzen Sandalen mit den Riesenabsätzen und fragt sich, wie sie es mit solcher Leichtigkeit schafft, auf zwei Nägeln zu laufen, und ob sie sich irgendwo festhalten muss, wenn sie von da oben herunterkommen muss, um ihre Hausschuhe anzuziehen.

Sie bietet ihm einen Martini mit zerstoßenem Eis an und wirft ihm Blicke zu, die ihm signalisieren, dass sie jetzt bereit ist, seine Komplimente zu empfangen. Er kriegt das mit, hat aber überhaupt keine Lust auf solche Spielchen, weil er nichts an ihr sieht, das ihn reizen könnte.

„Also, Barb. Wie ist es Dir denn ergangen in all‘ der Zeit, seit wir uns das letzte Mal gesehen haben?“

„Oh, Ken, ich arbeite viel, trainiere, studiere und pflege mein Äußeres. Aber wenn ich mal ein bisschen Zeit finde, an Dich zu denken, fehlst Du mir.“

„Zu dem anderen Idioten, hast Du da noch Kontakt?“

„Oh Ken, bitte erinnere mich nicht daran. John-John war überhaupt kein Gentleman. Er hat versucht, mich zu erobern, indem er mir einen Haufen Lügen über Dich erzählt hat. Dass Du mich mit der fetten Piggy betrogen hast, dass er Dich in einem bekannten Club gesehen hat, wie Du mit Jessica geknutscht hast, dass Du mit Mini beim Käsefestival warst und vieles mehr.“

„Weißt Du Barb, in diesem Zusammenhang wollte ich Dir etwas erzählen…“

„Oh Ken, wenn Du mir versichern willst, wie treu Du mir bist und wie unbeschreiblich meine Schönheit ist, spare Dir die Mühe. Das wird mich nur unnötig ermüden. Ich weiß es bereits.“ (Barbie muss endlich aufhören so dämlich zu sein.)

„Nein, das wollte ich Dir nicht sagen.“

„Oh Ken, bitte sag mir nicht, dass Du mir schon wieder einen Heiratsantrag machen willst. Ich habe es Dir bereits erklärt, und wie es aussieht,

ohne dass Du es verstanden hast. Alle meine Sonntage der nächsten vier Jahre sind ausgebucht. Ich habe nicht mal Zeit, eine Hochzeit zu organisieren, geschweige denn anwesend zu sein."
„Nein, auch das wollte ich Dir nicht sagen."
„Oh Ken, Du machst mich neugierig. Ich höre zu. Was willst Du mir sagen?"
Ken hustet, klärt seine Stimme und spuckt es aus:
„Weißt Du, Barb, ich glaube, dass jetzt der Preis der Zeit gekommen ist. Es wird Zeit, dass wir uns trennen."
DOING!
„Oh Ken, Du versuchst mich in die Enge zu treiben. Du wirst nicht gewinnen."
„Also gut, ich werde es noch mal sagen, damit Du es verstehst. Lies es von meinen Lippen. WIR TRENNEN UNS!"
„Oh Ken, Du meinst es ja ernst. Darf ich nach dem Grund fragen?"
„Es gibt viele Gründe, der Hauptgrund ist aber der, den Dir der Trottel John gesagt hat."
„Was? Die anderen Frauen? Oh Ken, bitte sag mir nicht, dass es wahr ist. Wie konntest Du?"
„Obwohl ich die Damen nicht bloßstellen mag, muss ich Dir gegenüber die Konsequenzen ziehen. Ich habe Dich wiederholt betrogen."
„Also stimmen die Gerüchte, dass Du eine Beziehung mit Piggy hattest?"
„Nicht ganz. Mit Piggy war es rein körperlich und nichts weiter."
„Aber wie?"
„Was wie? Sie schlief mit Kermit dem Frosch, da wird sie doch mich nicht von der Bettkante stoßen. Es war zu der Zeit, als ich auch was mit Olivia hatte."
„Mit Olivia? Was sagst Du da! Sie ist ja fast doppelt so alt wie ich."
„Was spielt das für eine Rolle. Weißt Du, was es für eine Vierzigjährige bedeutet, einen Mann zu haben, der spinatabhängig ist und die ganze Nacht furzt?"

„Und mit Jessica Rabbit?"

„Also, Jess war eine der besten. Ich war geblendet von ihrem Geist und ihrer Dynamik."

„Hast Du mich auch mit ihr betrogen?"

„Wiederholt. Sie vögelt wie ein Hase und ist auch noch sehr lustig dabei."

„Oh Ken, ich will nichts mehr hören. Ich hoffe, dass es nicht noch mehr sind. Es dürften jetzt wohl alle ausgeschöpft sein… Oder?"

„Ja. Wir haben Oma Duck vergessen, Schlumpfine und Klarabell die Kuh."

„Oma Duck? Mein Gott, wie konntest Du? Was hast Du denn an Oma Duck gefunden?"

„Sag das nicht. Auf einem alten Fahrrad lernt man das Fahren."

„Und warum hast Du mit Klarabell der Kuh geschlafen? Wie bist Du denn dazu gekommen?"

„Weil sie Titten hat."

„Und Schlumpfine?"

„Kennst Du einen Mann, dem die Möglichkeit geboten wird, ein blaues „Etwas" zu vögeln, und es nicht tut? Oder hast Du so was an Dir und ich weiß es nicht?"

„Also hat sich nur Mini bis jetzt deinem Charme widersetzen können?"

„Das ist nur, weil ich es so wollte. In ihr sehe ich etwas anderes. Sie ist ein Mädchen mit Moral und Prinzipien. Sie ist eine gute Hausfrau, intelligent, anhänglich, mit lieblich abstehenden Ohren, und sie macht mich verrückt mit ihrem Mäuschen-Gehabe. Bei ihr suche ich etwas anderes. Etwas Tieferes."

„Oh Ken, wann ist denn das alles geschehen, wenn ich von all dem nichts mitbekommen habe?"

„Während Du damit beschäftigt warst, anders als die anderen sein zu wollen."

„Bedeutet das das Ende?"

„Für immer."

„Oh Ken, ich weiß, ich habe Schuld, aber bitte verlass‘ mich nicht… Ich bitte Dich…“

„Jetzt ist es zu spät. Wenn Du Deine Schuld eingestehst, ändert das nichts. Du bist dazu geschaffen, Deine vollkommene Gestalt zur Schau zu stellen und eine Ikone zu sein, so wie eine Frau auf keinen Fall sein soll, wenn sie glücklich werden will. Ich weiß, Du denkst da anders…“

„… Du bist dazu geschaffen, autark und allein zu sein. Das wird sich nie ändern. Außerdem habe ich die Schnauze voll, dass man mich Trottel und Pantoffelheld nennt. Kennst Du den Witz, den man sich auf meine Kosten erzählt?“

„…“

„Wie heißt Barbies Mann?“

„…“

„Barbas.“

„…“

„Verstehst Du jetzt? Ich will nicht mehr in Deinem Schatten leben und immer nach Dir an zweiter Stelle stehen.“

„Oh Ken, hab‘ Mitleid mit mir! Vergiss nicht, durch mich hast Du Karriere gemacht.“

„Ja, das kann schon sein, dass Du mich geschaffen hast, aber das Problem ist, Du langweilst mich.“

„Oh, Ken, was meinst Du damit?“

„Dass Du sehr gut im Regal aussahst, aber Scheiße, als ich Dich zu Hause hatte. Am Anfang ist es schön, in eine vollkommene Gestalt verliebt zu sein, aber das ist auf Dauer langweilig.“

„…“

„Du hast nicht eine Macke, die sympathisch ist, Du hast nicht eine Unvollkommenheit die ich lieben könnte, nichts Geheimnisvolles, das die Fantasie schürt, nicht eine Schwäche, um das Gefühl zu haben, dass man Dich beschützen muss…“

„…“

„… keine Sensibilität, die mich bewegt, keine Leere, die ich füllen könnte, keinen Platz, um an Deinem Leben teilzuhaben. Ich war immer überflüssig neben Deiner Vollkommenheit."
„Oh Ken, wenn Du mich verlässt, wird eine riesige Leere in deinem Leben entstehen. Wie willst Du die wieder füllen?"
„Mach Dir da keine Sorgen, Barb. Niemand ist unersetzbar. Leider hast Du dafür gesorgt, dass die ganze Welt von Deinen schlechten Kopien überflutet ist, so dass ihr alle gleich seid. Auch wenn Du es nicht glauben willst, Dein Einfluss war schneller und schlechter als das Klonen. Wo ich auch hinsehe, sehe ich Dich. Die, die anders sind, versuchen so zu werden wie Du. Als ob sie verschwinden wollten in einer Gleichmäßigkeit, einer langweiligen Vollkommenheit, die Du ihnen aufgedrückt hast. Nur die Gegenstände sind noch anders, weil alle Frauen aussehen wie gleichmäßige eiskalte Schneeflocken, die die wahre Schönheit der Natur mit Eis überdecken und die die wunderschöne Unvollkommenheit bei allen von Dir verschiedenen Kreaturen verschwinden lassen. Die Schönheit liegt in der Unvollkommenheit. Geh und ertränk Dich, Barb. Ich brauche einen Menschen an meiner Seite und nicht das Produkt einer krankhaften Fantasie, die keinen Unterschied zwischen den Menschen erträgt. Hätte Noah euch gesehen, er hätte Selbstmord begangen. Auch wenn ich jetzt als Komplexe beladener Frauenhasser dastehe, sage ich Dir, dass Du mich dazu gemacht hast."
„Sind das Deine letzten Worte, Ken? Also Du verlässt mich wirklich?"
„Ich verlasse Dich mit tausend Sachen. Nur wenn ich eine in Massenproduktion hergestellte Puppe gewollt hätte, würde ich eine Barbie nehmen."
„Was Du jetzt tust, wirst Du schwer bereuen, Ken."
„Adieu, meine schöne Barbie. Komm endlich wieder auf die Erde, denn wenn Du so weiter machst, wirst Du tatsächlich übrig bleiben, im wahrsten Sinne des Wortes."
Sie steht im Salon und hört zum letzten Mal, wie die Räder von Kens Auto im Kies durchdrehen, während er für immer aus ihrem Leben verschwindet.

Sie will den Schmerz, den sie fühlt, herausschreien, aber das gehört sich nicht für eine Barbie. Sie will weinen, aber ihre Plastikaugen bringen keine Tränen hervor. Sie will sich krümmen, aber sie ist dazu geschaffen, immer gerade zu stehen, mit geradem Rücken, Schultern raus und den Kopf hoch. Sie will ihr Unglück zum Ausdruck bringen, aber sie ist dazu gemacht, nur dem Glück zu begegnen. Es ist das erste Mal, dass sie sich wünscht, es wäre auch eine tote Barbie auf dem Markt...
(Anmerkung: Die Aktien, die ihr der Börsenmakler empfohlen hat, waren Nieten, und Barbie ist jetzt bankrott.)

Die Rückkehr des Verschwenderischen

Wahrscheinlich habe ich euch enttäuscht. Vor allem die, die Kämpfe, Blutvergießen, abgeschnittene Körperteile und andere solcher Metzeleien erwartet haben. Ich weiß auch nicht, was mit mir los ist. Anscheinend habe ich genug davon, Barbies zu massakrieren und sie trotzdem immer wieder vor mir zu finden. Deshalb werde ich es mit dem Psychokrieg versuchen, um sie auszuschalten. Aber sie ist stark wie ein Felsen. Von dem Moment an, als ich auf die Straße und zu Toli gegangen bin – er ist der einzige Mensch, den ich jetzt sehen will – habe ich bereits drei von ihnen getroffen. Sie tauchen von überall her auf, die Luder. Wie die Kakerlaken im Monat der Vermehrung, erfrischt und mehr als zuvor.

An der Uni ist ganz schön was los um diese Zeit, und vor allem während der Mittagszeit am Buffet, so dass man den Eindruck bekommt, Toli könnte es doch noch zum Reeder bringen. Überall steigt Zigarettenrauch auf, begleitet vom typischen Klang der Eiswürfel im Frappé, wenn man ihn ständig umrührt. Nur dass heute der studentische Gesprächsstoff etwas anders als sonst aussieht und sich außer Zigaretten, Toast und Frappé um das Thema – BUS – erweitert hat.

Ich höre zu, um den Stand der Dinge zu erfahren, und mein Gehör konzentriert sich auf den Tisch mit drei Studenten, bestehend aus einem Mädchen und zwei Jungs oder aus zwei Mädchen und einem Jungen oder aus drei Mädchen oder aus drei Jungs. Bitte entschuldigt das

Durcheinander, das ich gerade verursache, aber mit solchen Frisuren könnten sie alles Mögliche sein. Aus ihren abgetragenen Schuhen schließe ich, dass es sich um eine sehr intellektuelle Clique handelt, die ihre Ansichten mit Nachdruck und tiefen revolutionärem Sinn zum Ausdruck bringt. Es sind gut informierte Studenten, die über alles Bescheid wissen, außer wenn sie gerade Papakostantinou (Griechischer Sänger. Anm. d. Übers.) hören.

„Also, ich sage Euch eins, den Bus haben ein tschechischer Impressionist und ein italienischer Imperialist entführt."

„Jetzt wirst Du uns gleich noch erzählen, dass er von einem kurdischen Antiraucher entführt wurde, Du Trottel." Die dritte Person ist da etwas skeptischer und nach reiflicher Überlegung kommt sie zu dem Schluss, dass es sich um einen türkischen Pazifisten handeln muss. Ich glaube, dass sie recht hat (okay, es handelt sich um ein Mädchen, die anderen zwei sind tatsächlich Jungs), obwohl ich wirklich sagen muss, dass die Wahrscheinlichkeit, dass er vom einem kurdischen Antiraucher entführt wurde, größer ist als von einem türkischen Pazifisten. In der nächsten Sekunde brechen sie in Gelächter aus, während sie sich gegenseitig schubsen und auf die Schulter klopfen. Ich habe das Gefühl, dass sie mich verarscht haben. Es war keine intellektuelle Unterhaltung, sondern es handelte sich um intellektuellen Sinn für Humor. Geschieht mir ganz recht. Das nächste Mal, wenn ich eine fremde Unterhaltung belausche, werde ich das etwas diskreter tun und mich vor allem nicht dabei erwischen lassen.

In der Zwischenzeit gebe ich Toli Zeichen, sich mit der Bedienung dieser Menge etwas zu beeilen, und dass ich nicht den ganzen Tag Zeit habe, hier zu warten. Mit seinem Hirn könnte er sogar vergessen, dass ich überhaupt da bin. Gar nicht ungewöhnlich für ihn, wo er sogar seinen Kopf vergessen würde, wäre er nicht an seinem Körper festgewachsen. Auf jeden Fall sieht er heute sehr gestresst aus. Ich habe den Eindruck, er will Schinkentoast, Käse und… (gebt mir ein paar Sekunden) … ja, ja, Schinken, Käse und Tomaten. Er bereitet ein weiteres vor und ruft mich zu sich. Ich verlasse die Wand, an die ich mich bis dahin gelehnt habe, und nähere mich mit der Absicht, ihn wegen seiner Berufswahl zu ärgern.

„Eigentlich ist das Bedienen von verhungerten Studenten und zukünftigen Winkeladvokaten ein Beruf, der in der Hölle entstanden sein muss."

„Sag das nicht. Viele beneiden mich um meine Arbeit."

„Wie die Totengräber und die Podologen?"

„Und viele andere. Schau Dich mal um. Super Mädels und eine freundliche Atmosphäre. Was will ich mehr, Thenia?"

„Was willst Du mehr? Eine Arbeit, wo nicht jeder Kaffee von Dir will, eine Arbeitsumgebung, wo Du Toast nur für Dich machst und wo Du eine Partie Back Gammon zu Ende spielen kannst, ohne dass Du achtundfünfzig Mal unterbrochen wirst."

„Ah, ich bitte Dich. Beamter werde ich nie. (Wir lachen.) Was willst Du essen?"

„Nichts."

„Was? Habe ich was verpasst?"

Was redet er von verpasst. Er hat die ganze Serie nicht mitbekommen!

„Okay, ein paar gute Einstellungen hast Du tatsächlich verpasst."

„Ich höre."

„Ich glaube, ich habe mich verliebt."

„Was heißt Du glaubst? Ist Dir schwindlig, Ohnmachtsanfälle und ähnliches?"

„Genau."

„Hast Du zuletzt mal Deinen Blutdruck messen lassen? So wie Du das beschreibst hört es sich verdammt nach niedrigem Blutdruck an."

Manchmal frage ich mich, was dieser Junge macht, wenn er alleine mit seiner Hand ist.

„Toli, kannst Du mal ernst sein. Wenigstens einmal in Deinem Leben."

„Ja, wenn Du Dich entschließt, ehrlich zu sein, und mir anvertraust, was Dich beschäftigt. Bist Du nun verliebt?"

„Bin ich. Jetzt weißt Du es."

„Und er? Er auch?“
„Nee. Aber sein bester Freund ist es, und zwar mit Nachdruck.“
„Herrje, ich verstehe. Die bekannte Dreiergeschichte. Der eine will den anderen, aber so, dass es unmöglich ist, dass sich daraus ein Paar bildet. Scheiß Situation, kann ich Dir sagen.“
Es sieht eher nach einer Vierergeschichte aus. Wo tun wir Rea hin? Wir haben hier noch eine heimliche Liebe, auch wenn sie diese noch nicht eingestanden hat.
„Bravo, Toli. Ich staune, dass Du außer ärztliche Diagnosen zu stellen auch noch ein mathematisches Genie bist. Gib mir jetzt erst mal eine Käsetasche aus, weil ich noch zu Rea muss.“
„Ach ja, was macht denn das schöne Kind? Wo ist die denn abgeblieben?“
„Dem schönen Kind geht es bestens, bei mir bin ich da etwas im Zweifel. Ich habe sie bereits seit über vierundzwanzig Stunden vergessen und befürchte schon ihre Reaktion.“
„Wenn Du sie siehst, küss sie von mir.“
„Ich werde es übermitteln.“
„Vorzugsweise auf die Beine.“
„Du hast vielleicht Vorlieben, Du Spinner! Schäm Dich!“
„Thenia, woran erkennt man, dass ein Rechtsanwalt lügt?“
„Woran?“
„Er bewegt seine Lippen.“
„Toli, wann siehst Du einen Barmann rennen?“
„Wann?“
„Wenn auf dem Toaster hinter ihm der zweite Toast verbrennt!“
Toli! Mein Gott! Dass er nie sein Hirn benutzt, ist wirklich eine schlechte Angewohnheit vom ihm, aber durch seine verständnisvolle Art ist er Balsam für jede Seele. Man muss lediglich sein eigenes Gehirn auf Stopp setzen. Fünf Minuten Unterhaltung mit ihm und alle negativen Gedanken verschwinden. Er ist wie ein Tonikum, vor allem jetzt, wo ich doch in eine heilige Befragung gehe und ich alles bis ins Detail an die Oberfläche bringen muss.

Ich klingele mehrmals, aber keine Reaktion. Ich öffne mit dem Schlüssel, den ich während meines Diätaufenthalts bekommen habe, und gehe hinein. Sie liegen beide auf Reas Doppelbett und schlafen. Um vier Uhr nachmittags. Seit wann haben sie denn diese Gewohnheit? Seit heute? Rea bemerkt meine Anwesenheit und gibt mir ein Zeichen, leise zu sein, damit Iro nicht aufwacht. Sie steht vorsichtig auf, und ich bemerke, dass ihre Augen rot sind. Sie geht zur Toilette, während ich uns einen Kaffee mache, als Entschuldigung für mein Verschwinden.

Sie trinkt still ihren Kaffee. Ich bin mir sicher, dass sie darauf gespannt ist, was ich zu meiner Entlastung vorzubringen habe, damit sie mit ihren Anschuldigungen loslegen kann. Mit irgendetwas muss ich jetzt beginnen, und wenn es was Allgemeines ist. Also frage ich sie, warum sie um diese Zeit schläft.

„Ich habe bis in die Morgenstunden auf Dich gewartet. Nachdem Du nicht kamst, habe ich mich schlafen gelegt. Iro war noch viel länger wach. Sie hat sich den „Bus" angesehen, bis sie nicht mehr konnte. Irgendwann bin ich aufgestanden um nachzusehen, ob Du schon da bist, und habe sie schlafend auf ihrem Rollstuhl gefunden."

Ach, du meine Güte...

„Was ist das schon wieder, mit dieser Sendung. Das hatte ich ja ganz vergessen. Weißt Du was Neues?"

„Was war mit Janni?"

Als ob sie sich durch den Bus hätte ablenken lassen. Außerdem weiß sie ganz genau, dass mir die Sendung am Arsch vorbei geht.

„Hast Du bei ihm zu Hause geschlafen?"

Ihre Stimme hört sich schmerzvoll an. Ich kann mich sehr gut in ihre Lage versetzen. Wäre ich in ihrer Situation – wenn sie mit Ari ausgehen und erst am nächsten Tag zurückkommen würde, würde ich sterben. Ja, ich verstehe sie.

„Ihr geht miteinander, und Du willst es nicht zugeben..."

Also, jetzt aber! Sie hat bereits ein ganzes Szenario in ihrem Gehirn verfasst. Am meisten ärgert mich, dass sie ihre Gefühle für Janni versteckt,

während sie mich angreift. Als ob ich ihr dann böse wäre und nicht mehr mit ihr sprechen würde. Nach all dem, was wir uns bisher erzählt haben, braucht sie wirklich nicht so geheimnisvoll zu tun.
„Also gut, es stimmt. Ich habe in Jannis Wohnung geschlafen. Um genauer zu sein, ich habe auf Jannis Couch geschlafen, und um noch genauer zu sein, in seinen Armen… (Jetzt habe ich sie umgebracht…). Was Deine zweite Frage angeht, nein, ich gehe nicht mit Janni. Wäre dem so, wärst Du die erste, die es erfährt, wo Du doch meine einzige Freundin bist und ich Dir alles anvertraue. Bist Du zufrieden?"
„Du hast in seinen Armen geschlafen?"
Das ist hängen geblieben. Das von der Freundschaft und Ehrlichkeit ist so durchgegangen. Aber was soll's. Janni ist der, der sie interessiert, deshalb konzentriert sich ihr Interesse in erster Linie auch auf ihn.
„Ja, aus Versehen. Ich habe einen Fressanfall bekommen, der sich zu einer Krise entwickelt hat. Der Arme hat mich umarmt, um mich zu trösten. Ich bin wie ein Rindvieh eingeschlafen, und wahrscheinlich habe ich ihm sogar die Hand gequetscht, die er mir um die Taille gelegt hatte. Das Ergebnis war, dass er seine Hand nicht mehr wegnehmen konnte, und so musste er bei mir auf der Couch bleiben."
Während ich ihr das alles erzähle, verbessert sich ihr seelischer Zustand sichtlich. Ich bemerke einem Ausdruck von Fürsorge und Teilnahme in ihrem Gesicht. Sie fragt mich nach meiner Krise aus. Das ist ein gutes Zeichen. Gott sei Dank, der Liebesblitz hat ihr Gehirn doch nicht vollkommen umnebelt.
„Was ist denn da passiert? Das tut mir wirklich leid. Die Diät hat Deine Nerven überstrapaziert, oder? Ich habe Dich zu sehr unter Druck gesetzt, mit dem Training und dem Grünzeug. Ich habe versucht, Dein Leben und Deine Gewohnheiten innerhalb einer Woche völlig umzukrempeln…"
STIMMT.
„… es ist, als hätte ich Dich verraten. Als hätte ich Dir gesagt, dass ich Dich nicht mag, so wie Du bist, und wollte Dich verändern…"

STIMMT.
„Und Du konntest Dich auch nicht mehr auf mich verlassen. Ich war eine von den anderen. Den Sturköpfen. Ich habe Dir gezeigt, dass ich Deine Schwächen nicht ertrage. Ich hätte es nicht erlaubt, wenn Du gesagt hättest, Du kannst nicht mehr, Du hättest gerne eine Schokolade oder ein Eis…"
STIMMT.
„… als Du so am Ende warst von der Diät, dass Du nicht mal mehr zwanzig Minuten laufen konntest. Entschuldige bitte. Es war mein Fehler. Diese Dinge brauchen ihre Zeit…"
Ist sie nicht wirklich süß? Ich möchte sie umarmen und niederknutschen. Ich nutze die Gelegenheit, ihr zu erzählen, was ich alles innerhalb von drei Minuten in mich hineingeschlungen habe. Mehr als dreitausend Kalorien. Ich warte geduldig auf die Bestrafung. Sie sagt, dass Diäten aus demselben Grund erfunden wurden wie Gesetze, um sie zu umgehen, solange das nicht zur Gewohnheit wird. Und damit wir es nicht übertreiben und es zur Gewohnheit wird, werden wir heute aus unserem Diätplan zwei grüne Mahlzeiten durch zwei süße ersetzen. Ihr Großmut rührt mich. Soll ich fragen, ob ich das Süße gleich essen kann? Oder soll ich besser fragen, ob ich alle drei grünen Mahlzeiten durch was Süßes ersetzen kann? Frei nach dem Motto: „Frechheit siegt!"
Was soll's. Jetzt haben wir lange genug herum gequatscht, es ist Zeit, dass ich mit den Neuigkeiten von Ari (AAAHHHHH) und Athanasia (OOOHHHH) rausrücke. Ich werde versuchen, mich kurz zu fassen.

Drei Stunden später

Uff! Jetzt ist alles raus und ich fühle mich erleichtert. Es erinnert mich mehr an das Prozedere einer Rückführung in ein früheres Leben durch Hypnose mit einem Medium/Psychologen oder an Anhänger der Reinkarnation, als an ein Gespräch zwischen zwei Freundinnen. Wirklich aufbauend. Stellt euch mal vor, ich wurde derart unter Druck gesetzt, alles haargenau wiederzugeben, dass ich sogar das Völlegefühl durch die Kekse nochmals physisch erlebt habe. Das Ergebnis ist, dass sich Rea beruhigt, wo doch meine Liebe zu Ari wieder aktuell ist. Weil die beiden in der gleichen Wohnung leben, werden sie oft mit uns zu tun haben (hoffentlich, mein Gott). Also wird sie mir keine Möglichkeiten zu erotischen Beziehungen mit Janni geben (als ob das möglich wäre).

Als Iro aufwacht, macht sie einen großen Aufstand, damit wir sie wieder vor dem Fernseher platzieren. Sie lässt sogar ihren notwendigen Besuch auf der Toilette aus und weigert sich, ihren Schlafanzug mit dem Obst darauf auszuziehen, welcher eine teuflische Ähnlichkeit mit meinem hat. Sie will sich partout nicht für den Nachmittag umziehen. Rea, die zwischendurch ganz schön spießig ist, wird fast hysterisch. Sie zwingt Iro mit Gewalt auf die Toilette, und ich kann hören, wie sie ihr droht, dass, wenn sie nicht gleich macht, sie ihr nicht erlaubt, die Fortsetzung der Sendung mit dem Bus anzusehen. Sie droht ihr, eine Videokassette mit New Kids on the Block einzulegen, von der Zeit, als sie gerade heraus kamen, und das Video den ganzen Abend laufen lassen. Iro hat letztendlich gepinkelt, gefurzt, und das Viertel hat wieder seine Ruhe.

Der Bus

Folge einundachtzig – Tag sechsundsiebzig

Wir schalten auf den Kanal, der die bekannte Sendung ausstrahlt, und nehmen vor dem Fernseher Platz, um zum ersten Mal in der Geschichte Griechenlands Zeugen einer Live-Entführung in einer Reality Show zu werden. Wir lieben diesen Sender, der es zum ersten Mal seit seiner Gründung vor zehn Jahren geschafft hat, mehr Zuschauer anzuziehen als alle anderen Sender zusammen.

Die übernächtigte Moderatorin erklärt, dass sie jetzt für die nächsten zwölf Stunden den Stab an ihren Nachfolger Kosti Trechala weiter gibt, der uns auf dem Laufenden halten wird. Wie das Sprichwort so schön sagt: „Jetzt, wo gerade ein Priester da ist…“

Sie wünscht ihm viel Glück, als ob sie mit einem Reporter aus einem Kriegsgebiet sprechen würde, und macht sich auf den Weg nach Hause zu ihrem Kind, das sie schon so lange nicht mehr gesehen hat. Wahrscheinlich ist es in der Zwischenzeit bereits um einen Kopf gewachsen. Der letzte Satz ist natürlich von mir, aber Iro, die in solchen Dingen keinen Spaß versteht, haut mir eine auf den Kopf, weil ich die Stimme von Donia Michalopoulou übertönt habe. In meiner Not entscheide ich, die stumme Fernseherin zu mimen, außer ich will hier schwer verletzt wieder nach Hause gehen.

„Liebe Zuschauer, liebe Zuschauerinnen, guten Abend. Von jetzt an und bis in die frühen Morgenstunden“ – die frühen Morgenstunden? – „werden wir den Telemarathon fortsetzen und den Bus beobachten und hoffen, dass diese Geschichte endlich ein gutes Ende findet. Für die, die gerade zugeschaltet haben, möchte ich wiederholen, dass sich der Bus dank der richtigen Reaktion unserer Polizei und dem Fahrgeschick des Busfahrers in einer Sackgasse befindet, umzingelt von der Polizei. Gleichzeitig sind wir mit dem Ort, an dem diese dramatische Entführung stattfindet, verbunden. Eine noch nie dagewesene Form des Terroranschlags hält unser Land fest in der Hand. Wir stehen einer neuen Art des Terrors gegenüber – lassen sie mich ihn Telegewalt nennen – ein Gewaltakt mit Tätern, die nicht davor zurückschrecken, zur Erfüllung ihrer Forderungen und Zwecke das Fernsehen bzw. das Publikum zu benutzen.“

„Telegewalt.“ Ein schönes Wort. Also, um ehrlich zu sein, finde ich das Wort gar nicht so neu. Alles im Fernsehen ist Gewalt, außer die Werbung für Slipeinlagen, wo alle fröhlich sind. Der einzige Unterschied ist, dass wir nicht wie gewohnt die Schauspieler sehen können, wie sie sich gegenseitig umbringen. Hier haben sich Dritte eingemischt, die sie niederstrecken wollen, ohne gesehen zu werden. Auch gut. Sie könnten sogar einen Preis gewinnen. Es würde mich nicht wundern, wenn das Publikum gefragt wird, ob sie einen Preis bekommen sollen.
Das alles natürlich leise, denn wenn ich einen Ton von mir geben würde, würde Iro mich niedermetzeln.
Weiter im Programm…
Wir nähern uns dem ängstlich erwarteten Moment, wo die Entführer ihre Forderungen stellen werden. Der Sender hat per Direktübertragung dafür gesorgt, die Täter zu informieren, dass der bekannte Moderator Andrea Tosodouli bereit ist, in den Bus zu steigen und für sie als Mittelsmann für ihre Forderungen zu fungieren. Seine Dienste stelle er im Tausch gegen die Freilassung der Geiseln zur Verfügung.

„Andrea Tosodouli, bist Du am Telefon? Kannst Du mich hören?“
„Ja, Kosti Trechala, ich höre Dich einwandfrei.“
Gott sei Dank. So habe ich eine Sorge weniger.
„Hast Du Dich tatsächlich entschieden, Dich in die Hände der Terroristen zu begeben und mit ihnen zu verhandeln? Hast Du keine Angst, Andrea Tosodouli?“
„Andrea Tosodouli war schon immer ein Befürworter der persönlichen Autonomie und der Meinungsfreiheit, und das wird auch so bleiben. Ich habe bis heute hunderte von Sendungen gemacht, und zwei Terroristen können uns Journalisten nicht in Angst und Schrecken versetzen. Wir wissen, wie man einen Dialog geschickt einfädelt.“
„Gut, Andrea Tosodouli, wir werden Dich in Kürze auf den Bildschirmen sehen, nachdem wir vorher mit der Familie des Fahrers, Herrn Mitso Papadima, Verbindung aufnehmen. Frau Papadima, hören Sie mich?“
„Ja, Herr Trechala, ich höre Sie.“
„Erst einmal möchte ich Ihnen die Glückwünsche des Volkes zur Wahl dieses Ehemannes überbringen. Ein wahrlicher Held. Ich beziehe es auch darauf, den Bus absichtlich in eine Sackgasse zu fahren, weit weg von den dicht bewohnten Gebieten, um damit diese fahrende Bombe aus dem Zentrum Athens zu entfernen und die Arbeit der Polizei zu erleichtern. Außerdem möchte ich Sie fragen, was Sie fühlen, während Sie Ihren Ehemann in den Händen von zwei Terroristen sehen?“
„Erst einmal einen wunderschönen guten Abend und meine Glückwünsche zu Ihrer Sendung. Um ehrlich zu sein, bin ich sehr stolz auf meinen Mann. Nicht nur ich, sondern auch ganz Kalamata.“
„Frau Papadima, haben Sie keine Angst vor dem Ausgang dieser Geschichte?“
„Nein. Ich vertraue meinem Mann voll und ganz. Nicht nur ich, sondern auch ganz Kalamata.“
„Hatten Sie auch keine Angst, als die Maskierten ihn zwangen, sehr schnell zu fahren, um der Polizei, die den Bus verfolgte, zu entkommen?“

„Nein, Herr Trechala. Ich habe grenzenloses Vertrauen in ihn, wenn er das Lenkrad in der Hand hält. Und nicht nur ich, sondern auch ganz Kalamata."
„Ist es wahr, dass viele ihn den griechischen Schumacher nennen?"
„Ja, es ist wahr, Herr Trechala, ich bin sehr stolz darauf. Der Automobilclub Attika will ihm eine Medaille überreichen, wenn das alles zu Ende ist."

Mein Gott, diese Frau!
Das Interview geht weiter, allerdings besteht keine Veranlassung es wiederzugeben, nachdem ganz Kalamata mit allem einverstanden ist, was Frau Papadima von sich gibt. Wenn es keine Meinungsverschiedenheiten gibt, langweile ich mich. In der nächsten telefonischen Übertragung bringt ein Polizist seine Bedenken über Andrea Tosodoulis Entscheidung zum Ausdruck, in den Bus zu steigen und mit den Terroristen zu verhandeln. Er habe weder die zwingend notwendige Qualifikation dazu, sondern sei auch noch dafür bekannt, das Schlimmste in seinem Gegenüber an die Oberfläche zu bringen und ihn in die Enge zu treiben. (Endlich sagt es mal jemand! Sollen sie ihn ruhig einsteigen lassen. Die Sendung wird dann aber nicht mehr „Der Bus" sondern „Die Leichenhalle" heißen.)
Indessen hört niemand auf den Aufruf der Polizei, des FBI und des CIA, und die Tür des Busses geht auf, um den mutigen Journalisten aufzunehmen. Scharfschützen sind um den Bus postiert und Dutzende davon sind auf den Balkonen der umliegenden Häuser verteilt. Es befinden sich sechs Krankenwagen in Bereitschaft, und fünfundzwanzig Streifenwagen mit eingeschaltetem Blaulicht haben die Gegend eingekreist. Etwas weiter abseits befinden sich zwei Fahrzeuge der Feuerwehr, die vorsichtshalber Schaum auf die Straße spritzen, für den Fall, dass die Terroristen sich oder andere in die Luft jagen, oder irgendetwas in Brand gesetzt wird.

Von wem? Sechshundert Mal haben wir nun die Szenen der Geiselnahme gesehen, aber ich konnte niemanden erkennen, der mit Sprengstoff bepackt sein könnte. Nicht mal Iro. Wahrscheinlich regt sie sich deswegen so auf. Sie trugen eine Tüte einer bekannten Fastfood-Kette, und ich zweifle stark daran, dass der Inhalt was anderes ist als Hamburger. Es würde mich wirklich interessieren, was Kalamata dazu sagt.
Der Augenblick, auf den alle gewartet haben, nähert sich. Andrea Tosodouli nähert sich dem Bus und ist bereit einzusteigen, nachdem vorher eine Werbepause kommt. (Ich dachte schon, wir könnten dem entgehen...)
Ein paar Rasierklingen die selbstständig rasieren und den Weg von den Achseln bis zum Knöchel finden, Zahnpasta gegen Karies und gelbe Flecken vom Tee, und wenn es sein muss, macht sie sogar Füllungen in die Zähne, Hundefutter das gute Laune macht und ein herrliches Fell für ihren geliebten Vierbeiner, luftdicht verpackt, und am Schluss das, worauf alle schon sehnsüchtig warten: Der bekloppte Reporter – Moderator – Vermittler, mit einem Bein noch auf dem Asphalt und mit dem anderen auf der ersten Stufe des Busses, macht Anstalten einzusteigen, als ein TACK zu hören ist und das Haus in Dunkelheit versinkt. Da wird doch nicht die Sicherung raus sein? Nein, es ist nicht die Sicherung und auch nicht die Sicherung des Wohnblocks. Es ist ein vierundzwanzigstündiges Black Out, das das ganze Land wegen Überlastung des Netzes in Dunkelheit versinken lässt. Wenn er das gewusst hätte, der... mutige Reporter, ob er dann noch so waghalsig wäre...
Und es wird ein wunderschöner Abend in meiner kleinen Stadt. Überall bunte Kerzen, die unsere kleinen Häuschen bzw. Wohnungen erleuchten, ohne dass ein Feiertag ist oder eine erotische Einladung von unserem Liebsten. Und danach ein Mitternachtsfest auf dem Platz, mit jungen Leuten, die um den Springbrunnen sitzen und mit ihren Gitarren melodische Lieder singen, dass sich sogar die Grillen ihrem Rhythmus anschliessen, der an einen Chor zur Auferstehung erinnert. Und das alles im Juni und bei Vollmond. Und ich fühle, was ihr schon oft gefühlt

habt. Inmitten einer Menge, die sich weder von der Technologie noch von den elektronischen Klängen berühren lässt, sondern nur vom warmen Sommerwind, fühle ich die totale Einsamkeit, weil ich doch in solchen Augenblicken niemanden habe, der mich liebt und mich umarmt, jemanden, den ich liebe und umarme.
Verloren in irgendwelchen Versen, die von etwas erzählen, das ich nur gesungen, aber noch nie erlebt habe, steigen mir Tränen in die Augen, aber niemand bemerkt etwas.

Ich bin verloren heute in Deinen Händen
Auch Du bist verloren in meinen Händen
Jetzt sind wir zwei eins und ich lerne
Wie das Leben wirklich aussieht...

Alle klatschen.
Iro ist friedlich wie noch nie in ihrem Leben. Sie ist glücklich, weil sie nicht weiß, was Liebe ist, und sie hat kein Todesbewusstsein. Rea fühlt das gleiche wie ich, unendliche Einsamkeit. Ich nehme ihre Hand, ohne sie anzusehen. Sie weiß, dass wir zwei zusammen sind. Die Liebe verändert die Menschen und macht sie alle gleich. Egal wer du bist, egal was du bist oder wie du bist, wenn du dich verliebst, hörst du auf, das alles zu sein, und bist nur noch verliebt. Wie alle anderen Verliebten.
„Ich muss Dir was gestehen“, sagt Rea wie betäubt. Sie glaubt, dass jetzt die Zeit gekommen ist, um das mit Janni zu gestehen. Es ist wirklich der richtige Zeitpunkt.
„Ist nicht nötig“, antworte ich, „ich weiß es bereits.“
Sie umarmt mich, als würden wir den Jahrestag unserer gemeinsamen Einsamkeit feiern. Wir bücken uns, um auch Iro zu umarmen, die vielleicht nie die Umarmung eines Geliebten ersehnen wird. Eine Umarmung ist sicherlich wohltuend für ihren seelischen Zustand. Keiner beachtet uns. Es ist eine Nacht, in der jeder mit sich selbst beschäftigt ist, mit seinen eigenen Bedürfnissen. Wenn die Lichter ausgehen, ist jeder sein eigener Hauptdarsteller...

Wärst Du doch hier, um mich für einen Augenblick zu umarmen
Ich habe das Beste für Dich aufgehoben
Du warst von Anfang an ein Traumgebilde meiner Sinne
Wie die Tränen, die aus mir kommen.

„Was fühlte eigentlich der, der es geschrieben hat?"
„Warum fragst Du, wo Du es doch weißt."
Einsamkeit umfängt mich wie das süße Zwitschern eines verlassenen Kanarienvogels. Die Vögel vermehren sich und ihr Gesang wird immer intensiver und nachdrücklicher, bekannter, leichter. Der Klang ihres gefiederten Gesangs kommt immer näher. Der Rhythmus des erotischen Orchesters der Zugvögel ist mir so vertraut... Oh mein Gott! Ich schaue mich um und gerate immer mehr in Panik. Ich blicke mich um. Ich stelle mich auf meine Zehenspitzen bis ich ihn in der Menge auftauchen sehe. Ich verstehe nicht, warum seine Anwesenheit immer Vögel begleiten. Meint ihr, das ist ein Zeichen? In seinem Schlepptau Janni.
Rea blickt in die Richtung in die ich sehe. Iro schaut, damit die Zeit schneller vergeht, und wir nach Hause zurückgehen. Rea erkennt Janni. Sie kommen näher. Ich bekomme einen Riesenschrecken und Rea sucht nach ihrem Lippenstift. Ich will ihr sagen, dass der Gott neben Janni Ari ist, und dass der dunkelrote Lippenstift den sie sich hinschmiert, überhaupt nicht zum weiten beigen Hemd des Typs Kartoffelsack passt, den sie an hat. Ich will ihr ebenfalls sagen, dass sie den Lippenstift verschmiert hat, und ihr rechter Vorderzahn ganz rot ist. Es lässt sie aussehen wie einen Ringer, der soeben einen Kinnhaken bekommen hat – komme aber nicht dazu, ich kann nicht. Vor allem habe ich vergessen wie man spricht.
Er ist da.
„Hallo Mädels."
Ich, die nicht mehr reden kann, darf ich in Ohnmacht fallen?

Ich verlasse mich auf die Redegewandtheit Reas und warte darauf, dass sie für uns beide spricht. Ich kann mich an ein paar Worte erinnern, und wahrscheinlich könnte ich sie sogar aussprechen, aber höchstens in zwei Silben, und die sind ziemlich unverständlich und gehören in meine Kleinkinderzeit – pipi, nani, bua, mama, kaka. Das lasse ich lieber, das führt zu nichts. Ich kann aber gut Farben wechseln. Soeben war ich grün, dann zitronengelb und jetzt bin ich mohnblumenrot. Sollte ich jetzt auch noch ein Blau hinkriegen, könnte man mich als Farbpalette für den Katalog einer Fabrik für Stoffbezüge benutzen. Mit einer Dosis Karmin-Rot könnte ich sogar Teppiche verkaufen. (Was haltet Ihr davon?)

Ich lenke meinen Blick auf Rea, aber an ihrer Stelle sehe ich einen lächelnden eingelegten Fisch. Einfacher gesagt, sie ist gefischt. Sie atmet nicht, sie bewegt sich nicht, und wenn mich nicht alles täuscht, versteht sie auch nichts. Sie lächelt nur. Der einzige Weg, sie wieder zurück zu holen wäre, wenn ich sie vor einen Spiegel stelle und sie sich ihren Zahn mal ansehen könnte. Ich sammle mich und versuche sie durch Telepathie zu warnen. Es bringt nichts. Ein Elektroschock wäre hier nützlicher. Ich trete nach ihr. Nicht mal eine Kuh, die auf ihrem Fuß steht, wäre in der Lage sie wieder zurückzuholen. Stattdessen lächelt sie breit. Ich habe sie ruiniert. An einer Stelle ihrer Zähne erscheint auch noch ein kleines Stückchen Salat. Hallo, meine ich, ist das Wort das ich suche. Ich werde es versuchen.

„Haaallo."

Glückwunsch. Ich habe es geschafft. Wenn ich so weitermache, schaffe ich es noch in kleinen Sätzen zu sprechen. Ge-bt m-ir Wa-ss-er. W-ill ka-ka ma-chen. Der nächste Schritt ist laufen zu lernen, die Toilette zu benutzen und mit der Flasche aufzuhören. Ich habe ja noch Zeit.

Endlich wacht Rea auf.

„Hallo, Janni."

… sie schaut weiterhin nur Janni an (!)

Rea hat zwei Wörter benutzt und einen Satz gebildet. Das kann ich auch. Wenn wir in die erste Klasse kommen, werde ich bei ihr abschreiben.

Janni sagt was, aber die bekannten Vögelchen hindern mich am Zuhören. Leider kann ich nicht den Sinn seiner Worte erfassen. Rea wird es mir später erklären. Hoffe ich. Sie grüßen wieder und gehen weiter. Ich kann mich nicht mehr erinnern, ob ich geantwortet habe. Aris Anwesenheit hat mich völlig aus der Bahn geworfen, diese vollendete Gestalt. Für diesen Mann habe ich noch Pläne. Mein Leben ist zu kurz und ich will nicht eines Tages vom Essen platzen, bevor ich ihm vorher sagen kann, dass seit dem Augenblick als ich ihn das erste Mal gesehen habe, ich wissenschaftlich gesagt „das dringende Bedürfnis zur Paarung mit ihm habe" und in der alltäglichen Sprache „ich ungeheuer scharf auf ihn bin." Mit ihm haben sich auch die Vögel entfernt. Ich frage Rea, was Janni die ganze Zeit erzählt hat. Sie reagiert nicht. Ich frage wieder. Sie spricht abgeschnitten und langsam, als würde sie sich von einem Gehirnschlag erholen.

„Sie gehen zum Studentenwohnheim... zu Spiro... er wartet auf sie... sie sind zu spät...sie müssen sich beeilen... der Bus..."

Wir schauen uns an wie Zwillingskarpfen. Plötzlich denken wir an Iro. Wir kehren sofort um. Gut, dass sie noch da ist. Man hat sie nicht gestohlen. Auch ist sie nicht selbst weggegangen. Sie sagt, sie will ein Eis. Nicht mit Worten. Sie schleckt ihre Hand ab. Das ist eine technische Form der Kommunikation, die Rea erfunden hat. Ein paar Dinge verstehe ich inzwischen auch. Wenn sie möchte, dass wir sie auf die Toilette bringen sollen, klatscht sie zweimal in die Hände. Wenn wir auf einem Konzert sind, ist es schwierig herauszufinden, ob sie klatscht weil der Künstler so gut ist oder ob sie pinkeln muss. Dieses Problem müssen wir noch lösen. Letzten Sommer, auf dem Konzert für die Kinder dieser Welt, das im Stadion des Friedens und der Freundschaft stattgefunden hat, hat sie in die Tribüne geschissen.

Wir haben ihr ein sechsstöckiges „eigenes" Eis gekauft, mit Swimmingpool und Golfplatz, das Einzige, das sich finden ließ trotz des Stromausfalls, weil der Eismann einen Dynamo hat. Hinter uns weinen fünf kleine Kinder herzzerreißend. Ich fühle mit ihnen, wo mir doch Rea verbie-

tet auch nur ein Eis anzusehen. Sie ist wieder völlig bei sich und beaufsichtigt meine Diät. Langsam komme ich schon in die Kinderjahre und beginne das Nötigste zu verstehen.
„Du wirst zuhause Thunfischsalat essen."
Uuhhh! Ich bin begeistert…
Wir kommen zuhause an. Die Wohnung liegt weiter im Dunkeln. Der Strom ist immer noch nicht da.
Ich lege mich ins Bett und schlafe sofort ein. Ich will dem Thunfischsalat entkommen und schnellstens von Ari träumen. Ich will, dass er mich will. Wenn er an irgendetwas leiden soll, lieber Gott, dann soll er Probleme mit seinen Augen haben. Er sollte alles eindimensional sehen…
In meinem Traum bin ich es, die Probleme mit den Augen hat. Ich bin von Geburt an blind und Ari Organspender. Er gibt seine Augen einer blinden jungen Frau. Das erste, was ich nach der Operation erblicke, ist er. Er aber kann mich nicht sehen. Als er mich sprechen hört, verliebt er sich unsterblich in mich. Wir heiraten in einer kleinen Kirche auf einem Hügel auf Capri in Italien. Er sieht durch mich und ich sehe Gott. Wir sind glücklich. Ich kann essen soviel ich will, ohne dass er mich sieht. In seinen Armen bin ich so glücklich, dass ich das Gefühl habe, zu allem in der Lage zu sein. Ich habe das Gefühl, ich könnte die ganze Welt einreißen und wieder aufbauen, mit Schinken und Käse…
Dann wache ich auf…

… oder besser gesagt, ich werde geweckt.

Der Bus – Die ganze Wahrheit über das, was ihr noch nicht gesehen habt

Ja. Man hat mich geweckt. Ein bisschen das Gebettel Reas, weil sie nicht den dritten Kaffee alleine trinken will, ein bisschen das hysterische Geschrei Iros, weil die Stromgesellschaft das Problem noch nicht behoben hat und sie nichts über den Bus erfahren kann, ein bisschen (ein bisschen sozusagen) der Hunger der mich überkommen hat. Ich bin gezwungen meinen wunderschönen Traum abzubrechen und wieder die ledige, dicke Parthena (übersetzt: Jungfrau) zu werden.

Ich habe Iro versprochen, wenn sie mit dem Geschrei aufhört, ich hinuntergehe, einen offenen Kiosk suche und ihr Schokolade kaufe. Absolute Stille. Um ehrlich zu sein, bin ich auch etwas durchgeknallt mit diesen dämlichen Stromausfall, vor allem weil die Klimaanlage nicht funktioniert und die Wohnung mich an einen Kamin erinnert. Es entspricht der Wahrheit, dass der Mensch von heute es nicht schaffen würde, unter primitiven Umständen zu überleben. Und nicht aus Gründen der Gewohnheit, sondern auch wegen der unterschiedlichen biologischen Beschaffenheit. Soll ich jetzt glauben, dass ich den gleichen Zellenhaufen besitze wie Eva? (Den gleichen niemals; mehr, bestimmt!)

Die ersten drei Kioske sind geschlossen. Wer hat denen denn gesagt, dass wir, weil wir keinen Strom haben, uns entschlossen haben auch das

Rauchen aufzugeben? Auf der Strasse ist kein Mensch. Alle Geschäfte sind geschlossen, weil sie aus den bekannten Gründen so oder so nicht arbeiten können. Ich suche einen offenen Kiosk in einer Geisterstadt, die draußen keine Klimaanlage hat. Mir fällt ein, dass an der Ecke ein Tante-Emma-Laden ist, der von einer siebzigjährigen Witwe betrieben wird. Nachdem die Witwe sowieso alles schwarzsieht, wird der heutige Tag für sie ein Tag wie jeder andere sein, also hat sie mit Sicherheit offen.
Ich habe Recht. Ich kaufe verschiedene Schokolade und eine Schachtel Zigaretten. Sollte ich bei dieser Hitze versuchen zu rauchen, wird der Nikolaus kommen und versuchen meinen Kopf zu spalten, um einzusteigen und die Geschenke zu bringen, nachdem ich alle typischen Anzeichen vorweise. (Figur, Hitze, Rauch)
Auf halbem Weg zurück, setze ich mich völlig erledigt auf eine Bank. Ich brauche dringend etwas Kaltes, um wieder auf die Beine zu kommen und meinen Weg fortzusetzen. Der einzige Weg, so etwas heute hier zu bekommen, wäre ins Ausland zu reisen. Die weiche und vielleicht auch verdorbene Schokolade in meinen Händen zieht mich magisch an. Obwohl ihre jetzige Form nicht mehr an ihre ursprünglich Form erinnert, könnte sie doch meinen Energieverlust wieder ausgleichen.
Ich reiße mit chirurgischer Akribie die Verpackung in der Mitte auf, bei der Größten, und schlecke ihren zerlaufenen Inhalt aus. Was lerne ich daraus: Die Schokolade ist viel schneller zu Ende, wenn man sie wie ein Eis isst. Mit der gleichen Technik esse ich auch die Zweite, während ich darüber schmunzele, dass ich mit Portemonnaie Rea entkommen konnte. Ich fühle mich wie beim ersten Schuleschwänzen am Gymnasium, als ich zum Crepes-Essen gegangen bin. Ich habe noch zwei Tafeln Schokolade übrig, und ein Dilemma. Entweder esse ich sie jetzt alle beide auf und gehe noch einmal zurück und kaufe neue für Iro (unmöglich), oder ich esse beide und gehe nach Hause und sage, ich habe keine Schokolade gefunden. (Hält das mein weiches Herz aus?)
Ich entscheide mich nur die Eine zu essen, und die andere werde ich Iro bringen. Salomonische Lösung. Wenn sie fragen, warum ich nur eine ge-

kauft habe, zeige ich ihnen in welchem unmöglichen Zustand sie sich befindet, und ich nicht will, dass Iro Durchfall bekommt. Ich schiebe mein schlechtes Gewissen beiseite, und verschlinge die Schokolade in sekundenschnelle. Nach den Donuts, den Keksen und der Schokolade, ist es auch schon egal, wenn ich drei Kilo zunehme. So wie ich aussehe, ist die einzige Möglichkeit, um an meinem Körper einen Unterschied zu bemerken, zwanzig Kilo abzunehmen und nicht drei zuzunehmen. Ich esse obendrauf noch einen Kaugummi, damit Rea die Schokolade nicht riecht, und mache mich auf den Heimweg.

Zuhause warten auf mich: ein wundervoller (nach Rea) Thunfischsalat mit Romana Salat und grünem Paprika, den ich nicht mal riechen will, und die Glückwünsche Reas, dass ich nicht auch für mich eine Schokolade gekauft habe. Ich freue mich diebisch, dass ich drei gefressen habe, nachdem die Mahlzeit, die auf mich wartet, mich in keinster Weise geschmacklich noch mengenmäßig befriedigt. Auf der anderen Seite tut es mir leid für mich, weil ich im Grunde mir selbst geschadet habe und nicht Rea. Die Ärmste tut ihr Möglichstes, um mich bei meiner Entscheidung zu unterstützen, damit ich die Fraktion der Meeressäugetiere verlasse und wieder der menschlichen Rasse zugehöre.

Während der gesamten Dauer des kulinarischen Orgasmus, habe ich mehr Lust zu reden als zu essen. (Man kann sich lebhaft vorstellen, um was für einen Thunfischsalat es sich handelt. Ich hoffe der Thunfisch kann mir verzeihen, aber so wie er stinkt und nachdem die Diät sehr streng ist und kein Salz erlaubt, wäre es besser, er wäre im Meer geblieben.) Ich habe das Gefühl, wenn ich weiter so geschmacklose Salate essen muss, meine Geschmacksnerven abgetötet werden. Wenn das der Preis ist, den ich bezahlen muss, damit sich Ari in mich verliebt, muss ich das Ganze nochmals überdenken, und euch Bescheid geben.

Ich erkläre Rea, wenn ich schlank wäre und einen Haufen Bewunderer hätte, würde es mir überhaupt nichts ausmachen, so ekelhaftes Zeug zu essen, um schlank und schön zu bleiben. In dem Zustand, in dem ich mich allerdings befinde, wo sich kein männliches Wesen nach mir um-

dreht, die einzige Möglichkeit diese Welt erträglich zu machen, ist der Geschmack von Milchlamm in Tomatensoße. Ist das was ich tue denn so schlimm? Nachdem sich noch nie jemand nach mir verzehrt hat. (Schluchz, schluchz.) Rea, immer in der Rolle der Psychoanalytikerin, versucht ständig mich seelisch aufzubauen, was ein sehr schwieriges Unterfangen ist. Wie soll man seelisch auf der Höhe bleiben, wenn man ständig Hunger hat. Sie erinnert mich an einen Kommilitonen aus dem ersten Jahr, Vangeli, der sich die Pulsadern wegen mir aufschneiden wollte – allerdings muss ich erwähnen, dass ihn alle auf der juristischen Fakultät „Vangeli, der Bekloppte" nannten, weil er die Macke hatte, ständig Kopfhörer zu tragen, auch wenn diese nirgendwo angeschlossen waren. Also an keinem Walkman, keinem Handy oder sonstigem Gerät, das Töne produziert. (Unabhängig davon, hat mich die Tatsache seines außerordentlichen Interesses beeindruckt, um nicht zu sagen überwältigt.)
Vangelaki hat dann sein Studium abgebrochen und ist in seine Heimat Albanien zurückgekehrt. Von Bekannten habe ich gehört, dass er jetzt Klavierunterricht nimmt, Phonetik und Töpferei studiert, während er sich gleichzeitig für die nächsten Olympischen Spiele vorbereitet. Er muss sich allerdings noch entscheiden, in welcher Sportart er überhaupt antreten will.

„Ich habe eine Idee!"
„Sollen wir einen Liter Öl in den Salat tun, damit er etwas Geschmack bekommt?"
„Nicht wegen des Salats, Mensch. Nein, wie Du Ari wiedersehen kannst."
„Du meinst wie wir Ari und Janni wiedersehen können."
„Ja, auch das."
„Und wie?"
„Wir können uns vor ihrem Haus postieren und warten bis sie herauskommen und uns zufällig treffen."

„Aber wie? Die wohnen am anderen Ende der Stadt. Sollen wir ihnen sagen, dass wir zwei Busse genommen haben, ein Taxi, eine Viertelstunde zu Fuß gegangen und nun zufällig in ihrem Viertel sind?"
„Ja, Du hast Recht. Wahrscheinlich würden wir uns verraten."
Wir verfallen in tiefes Grübeln das durch ein lautes Klopfen gestört wird.
„Warten wir auf jemanden?"
„Ja, auf den Strom, der aber würde klingeln!" (Gelächter)
„Wer ist da?"
„Die von unten!", antworten drei Stimmen gleichzeitig.
Oje. Die hirnlosen Drillinge. (Saki, Laki, Taki.) Wie Tick, Trick und Track oder schlimmer noch, dumm, dümmer, am dümmsten. So etwas Ähnliches sind auch diese Drei. Alle drei sind sie Philosophie-Studenten, alle drei sind fitnessgeil. Ihr höchstes Ziel ist die Perfektionierung ihrer Bauchmuskeln, und weil sie in allem gleich sein wollen, sind alle drei in Rea verliebt. Ab und an kommen sie vorbei und besuchen sie, um herauszufinden, ob sie noch zu haben ist, und sie eventuell Chancen hätten, mit ihr was anzufangen. Meist aber sitzen sie stumm auf der Couch und starren auf ihre Beine. Was auch immer der heutige Grund ihres Besuches ist, er geht mir auf die Nerven.
Sie waren auf dem Fußballplatz, erzählen sie, und auf dem Rückweg haben sie sich gedacht, sie könnten mal bei Rea vorbeischauen, um zu sehen wie es ihr geht, nachdem sie nicht nach Hause können, um mit ihrem Computer zu spielen. Das erklärt auch den Gestank den sie verbreiten… der mit ihnen in die Wohnung eingedrungen ist. Als ob sie vorhätten, den Tod durch tödliche Gase zu verteilen… Ich halte mich zurück, damit ich den Thunfischsalat nicht auskotze und Rea beleidigt ist, und setze mich so weit wie möglich von ihnen weg und bemühe mich zu lächeln. Das Gleiche gilt für die Drei. Die Sympathie ist gegenseitig. Letztendlich sind sie gekommen um Rea anzugaffen. Sie machen sich alle drei auf der Couch dick und breit und ich überlege, ob die Couch desinfiziert werden muss, um sich

da wieder draufzusetzen. Deshalb werde ich auf dem Stuhl sitzen bleiben.
Ich mustere sie so wie sie da sitzen, wie drei gleiche, verschwitzte Kartoffeln.
Sie schauen Rea ängstlich an, mit Bewunderung und unterwürfigem Blick. Sie bitten um kaltes Wasser. Ich erinnere mich, dass sie ja Kartoffeln sind, und bin ihnen nicht weiter böse. Wenn ich von ihrem Duft ausgehe, bin ich mir sicher, dass sie heute keinen Dünger mehr brauchen, nachdem man ihren Gestank nicht anders definieren kann. Ich wundere mich, dass Rea so nahe bei ihnen sitzen kann. Ich bewundere die Lungen der Nichtraucher, die halten ganz schön was aus!
Zurück zu den Kartoffeln: Sie sind kopiert. Ich habe in den zwei Jahren, in denen ich sie kenne nicht verstanden, wer wer ist. Ich denke nach zweijähriger Bekanntschaft könnte ich sie mal fragen um mich aufzuklären, und nenne die drei Aki und bin auf der sicheren Seite. Im Grunde ist es ihnen egal, ob ich sie auseinanderkenne und was ich über sie denke, aber das ist ein anderes Kapitel, oder vielleicht ein anderes Buch, das ich vielleicht mal über Männer schreiben werde, die der lebende Beweis dafür sind, dass es tatsächlich Reinkarnation gibt, weil soviel Dummheit kann sich unmöglich in nur einem Leben entwickeln.
Ich habe das Epizentrum des Gestanks lokalisiert, und wenn nicht das Epizentrum, so doch das, was maßgeblich und am meisten daran beteiligt ist. Von dem Aki rechts. Den mit den Schuppen. Also der hat sich seit ich ihn kenne noch nie gewaschen. Wenn ich daran denke, bekomme ich Ohnmachtsanfälle. Wahrscheinlich hat er seit seiner Taufe nicht mehr gebadet, und er war mit Sicherheit der erste der ins Taufbecken gekommen ist. Er sieht die Dusche und glaubt es ist ein Springbrunnen. Er sieht die Badewanne und glaubt es ist ein Schwimmbad für Kleinwüchsige. Soll ich ihm vorschlagen, sie mit Chlor zu füllen, damit er reinspringen kann und dort für achtundvierzig Stunden einweichen kann? Oder wäre er dann beleidigt? Auf jeden Fall glaube ich, dass er nicht wirklich so dunkel ist, wie er aussieht. Wenn man ihn mit einer Wand-

bürste abschrubben würde, und mit dem richtigen Reinigungsmittel natürlich, wird der Dreck abgehen und er wird seine ursprüngliche Hautfarbe wieder bekommen.

Diesen einen Bestimmten mag Rea auch deshalb nicht besonders, weil er, als sie ihn einmal bat, ein paar Minuten auf Iro aufzupassen, damit sie schnell zum Kiosk gehen kann, fragte, (es sollte humorig sein!) ob es gefährlich sei mit ihr alleine zu bleiben, und ob sie alle Impfungen habe. Als ob sie eine Kreuzung zwischen einem Pitbull und einem Dobermann wäre.

Die Drillinge fangen endlich an zu reden, ohne es für notwendig zu erachten, ihren Blick von Reas Waden zu lösen. Sie sind hinsichtlich der „Busaktion" gut informiert und eröffnen uns, dass das Elektrizitätswerk gar keine Probleme hat, sondern dass es sich vielmehr um einen Schachzug der Polizei handelt, damit die Ermordung von Tosodouli nicht live übertragen werden kann. Durch einen Fehler des Polizeichefs, der dachte, dass es sich um einen dritten Entführer handelt, und deshalb Befehl zum Schießen erteilte, wurde Tosodouli beim Betreten des Busses getötet...

Das alles haben sich die drei natürlich nicht selbst ausgedacht, sondern haben es durch das Mobiltelefon ihres Onkels, der auch noch Feuerwehrmann ist, und während des Mordes sich in 10 Meter Abstand zum Bus befand, erfahren. Ebenfalls ein Drilling und genauso bescheuert, vermute ich mal.

Der zweite Aki, der bis zu diesem Augenblick still seinem Bruder zugehört hat, unterbricht ihn um das Geschehen mit haarsträubenden Details und enormer Redegewandtheit auszuschmücken – muss ich wirklich zugeben.

„Ja, bei Gott! Sie haben ihn ermordet. Sie dürfen aber den Namen des Polizisten nicht preisgeben" – wie ihr feststellen könnt, hat der Polizeichef seinen Rang verloren und ist nur noch einfacher Polizist! – „weil er der Sohn eines Ministers ist, und sie überlegen ihn nach Malaysia zu schicken, damit er dem Gefängnis entkommt" – und er keine Angst haben muss, wenn ihm die Seife in der Dusche herunter fällt und er sich

bücken muss, um sie wieder aufzuheben! – „Bei Gott, ich sage es Euch! Sie haben ihm in den Kopf geschossen, und sein Schädel hat sich in zwei Teile gespalten, und sein Gehirn hat sich über die Fenster des Busses verteilt, aber er starb erst zehn Minuten später“ – aber wenn er auch überleben würde, hätte dieser bestimmte Journalist, keinen größeren Schaden genommen, weil er dafür bekannt ist, dass er diesen Teil seines Körpers sehr schwer in Gang bringen kann. „Die Terroristen bekamen Angst vor der Unnachgiebigkeit und Härte der Polizei, und haben sich ergeben, mit den Händen nach oben. Furchtbar, sage ich Euch. Bei Gott! Jetzt versuchen sie indiskrete Mäuler zu stopfen, damit die Nachricht nicht durchsickert.“ Warum erschießen sie dann nicht auch euren Onkel? „Sie wollen die Schuld auf die Terroristen abwälzen, und sie für immer hinter Gitter bringen. Ja, das kann ich Euch sagen!“ Bei Gott! „Bei Gott! Wenn alles so organisiert ist wie sie es brauchen, wird auch wieder der Strom fließen. Der Onkel hat uns erzählt, dass bis neun Uhr heute Abend alles geregelt sein wird.“
Der Schuppige, der bis dahin völlig verblüfft seinen jüngeren Brüdern zuhörte, (die, die erst kürzlich gebadet haben) setzt dem noch eins drauf. Noch unglaublicher, würde ich sagen.
„Also sie haben gesagt, dass sie sich alle vom Ort des Geschehens entfernt haben, nachdem sie das verstreute Gehirn weggewischt haben“ – um ehrlich zu sein, werden sie mit Sicherheit nicht viel Arbeit damit gehabt haben – „und dass ein Typ, der im Morgengrauen mit dem Auto unterwegs nach Larissa war, an einer dunklen Stelle, einen kopflosen Reisenden gesehen hat, der per Anhalter fahren wollte. Er ist so erschrocken, dass er Gas gab, gegen eine Betonsäule raste, und sich den rechten Oberschenkel brach.“ Gut, dass der Gute eingewiesen wurde, und sich außer Gefahr befindet.
„Er hatte mit Sicherheit einen Schutzengel. Mit Sicherheit!“ ergänzt er, während er uns mit seiner Redekunst beeindrucken will.
Ich weiß nicht, über was ich mehr lachen soll. Mit der Fantasie des Schuppigen, mit dem dämlichen Blick Iros und Reas oder mit Andrea

Tosodouli, der es geschafft hat, in nur einer Nacht ein Nationalheld zu werden, dass sogar kopflose Reisende auf der Straße Athen-Larissa am zweiundsiebzigsten Kilometer... Auf jeden Fall ist es Zeit, dass das Elektrizitätswerk den Schaden behebt, denn viele Gehirne schlagen Purzelbäume, und es wird höchste Zeit, dass sie wieder an die Computer können, die in ihren Köpfen erheblichen und irreparablen Schaden verursacht haben. Trotzdem ist es der einzige Weg, sie wieder in ihre Häuser zurückzubringen, damit sie nicht länger eine Bedrohung der Menschheit darstellen. Soweit so gut.

Irgendwann, nachdem sie auch die letzten Informationen ihrer lebhaften Fantasie ausgeschöpft haben, entschließen sich die Drillinge uns zu verlassen. Das Positive ist, dass sie gehen. Das Negative, dass sie der Reihe nach dastehen, um sich bei der armen Rea mit Küsschen zu verabschieden. Als letzter nähert sich der Oberdreckfink. Er legt seine Hand auf ihre Schulter. Tu deine Hand da weg, du! Du bringst das Mädchen mit dem Gestank deiner Achseln um! Er nimmt den Gesichtsausdruck eines Herzensbrechers an und lädt sie irgendwann mal zum Essen ein. Jetzt wo er Single ist, hat er mehr Freizeit. (Das verstehe ich nicht. War das eine Drohung?) Er lächelt. (Er hat wirklich Humor.) Er macht auch noch Späßchen, der Volltrottel. Der schuppige Ritter. Was er uns nicht erzählt hat ist, ob seine Ex durch seinen Gestank verstorben ist oder ob sie zu den Glücklichen zählt, die für immer ihren Geruchssinn verloren haben. Wahrscheinlich hat sie sich in Gegenden herumgetrieben, die durch giftige Gase verseucht sind. Die gleiche Person hat uns in der Vergangenheit wissen lassen, dass Sex für ihn wie ein Antibiotikum ist. Er braucht es alle acht Stunden, und immer nach einer guten Mahlzeit. Ist es eigentlich dem Amt für Statistik bekannt, dass es täglich mindestens drei Todesopfer durch den tödlichen Gestank von Schweiß gibt oder soll ich denen mal eine Mail schreiben? Eines sage ich euch, Gott sei Dank, dass Männer nicht gebären, weil durch solche Typen das Land voller Schmutzfinken wäre. Als ob nicht schon genug da wären!

Sie sind gegangen, der Gestank ist geblieben. Er hat sich überall festgesetzt. In den Vorhängen, den Wänden, am Fußboden. Leider haben wir kein Raumspray mehr und die Duftkerzen sind uns gestern ausgegangen. Sie wären sowieso machtlos. Die Wohnung kann nur eine Desinfektion retten oder niederbrennen und neu aufbauen. In Reas Schubläden finde ich nur ein Haarspray. Was soll's. Ich sprühe Lack für elastisches Halten mit Obstduft und gegen die Alterung des Haars durch Sonneneinfluss. Ich starte auch noch eine coole Aktion, die ich im Fernsehen gesehen habe; ich gebe einen Teelöffel Zucker in Alufolie und verbrenne es von unten mit einem Feuerzeug damit die Wohnung nach Karamell riecht. Das Ergebnis ist tragisch; wir leben und atmen in einem Friseursalon, der sich im Klärwerk befindet und ein schmutziges Bonbon sich frisieren lassen will!

Draußen hat es vierzig Grad, trotzdem werden wir nur dort wieder richtig atmen können. Wir lassen alle Fenster und Balkontüren offen und gehen mit unbekanntem Ziel auf die Straße.

Irgendwo weit draußen trinken wir an einem Kantinenwagen lauwarmen Kaffee – die haben sonst nichts anzubieten – begleitet von den Klängen von Volksliedern die aus einem Kassettenrecorder dröhnen. Wir spazieren weiter in Richtung Osten wo ein kleiner Park uns etwas Abkühlung zukommen lässt, auf einer Bank unter uralten Platanen, wo man Sätze wie: „Koula, ich liebe Dich, Tasso" eingeritzt finden kann.

Am späten Nachmittag kehren wir nach Hause zurück, wo sich der Gestank etwas verflüchtigt hat. Es ist Sommer und es wird spät dunkel, aber in Kürze müsste es losgehen und so platzieren wir die Kerzen, die noch übrig sind an den wichtigsten Stellen. Irgendwie werde ich das Gefühl nicht los, dass sich dieser Vorgang zur Gewohnheit entwickelt hat. Wir setzen uns auf den Balkon und beobachten die Nachbarn um uns herum, die das Gleiche tun, als ob alle zusammen den internationalen Tag des Balkons feiern würden. Ich muss wirklich sagen, das Klima erinnert an einen Feiertag. Komischer Feiertag, aber Feiertag.

Wie wir da sitzen, sorglos und unbekümmert, und die Menschen beobachten, die uns beobachten, macht es ein TACK und unser Leben kehrt in die guten alten Zeiten mit elektrischem Strom zurück, lauter als jemals zuvor. Auf einmal gehen Lichter an, Waschmaschinen starten, Kühlschränke, Klimaanlagen, Stereogeräte, Fernseher, Computer, Mixer, Staubsauger, Vibratoren, als ob die ganze Welt sich entschlossen hätte, die letzten vierundzwanzig Stunden auf einmal nachzuholen. Iro sitzt bereits vor dem Fernseher, und ich suche das Ladegerät meines Handys. Rea gibt ihrem Föhn die Ehre. Die Ameisen sammeln sich in ihren Nestern und die Außenbeleuchtungen sind angegangen um die leeren Balkone zu beleuchten, an denen von heute an und bis zum Ende des Sommers, nur aufdringliche Mücken hausen werden. Die Feier ist zu Ende. Ich schaue auf meine Uhr, es ist 9:00 Uhr. Könnte es sein, dass Akis der Schuppige Recht hatte, und sich ein Blutbad ereignet hat? Also bisher hat er Recht behalten.

Kein Fernseh- und kein Radiosender hält es für notwendig uns wegen der Gründe des Blackouts zu informieren. Es werden die Probleme, die dadurch entstanden sind nicht erwähnt, – ich vermute mal, dass seit gestern noch Autos an ausgefallenen Ampeln stehen – es meldet sich niemand, der die Verantwortung dafür übernimmt. Der Vorfall ist bereits vergessen. Erst von den Verantwortlichen und dann von uns allen. Erste Nachricht, erste Diskussion, erste Sorge…

Der Nikolaus kam, hatte aber keinen Hunger

Man beachte, dass die Dokumentation des Grauens mit dem Etikett der Exklusivität auf allen Kanälen gleichzeitig läuft. Ungekürzt und unbearbeitet. Bitte schön!

Der draufgängerische Reporter/Moderator/Vermittler – und vielleicht bereits nicht mehr lebende – mit einem Bein auf der Straße und mit dem anderen in der Tür des Busses – hätte er ein drittes, wäre dieses im Grab – bereitet sich darauf vor, einzusteigen – als wäre zwischenzeitlich nicht ein Tag vergangen. Iro verdeckt mit einer Hand ihre Augen und mit der anderen hält sie ihr rechtes Ohr und als sie feststellt, dass ihr linkes unbedeckt bleibt, gerät sie in Panik mit den bekannten Auswirkungen: sie schaukelt vor und zurück, links und rechts, nach oben und unten, und alles wieder von vorne.

Rea hat die Augen weit aufgerissen, so dass sie doppelt so groß aussehen als gewöhnlich, und hält sich den Mund zu, damit sie nicht aufschreit, wenn das Schlimmste passiert. Ich sehe die Chance, mich hier aus dem Staub zu machen und die nächste Taverne anzusteuern. Es würde niemand bemerken.

Das Bild bleibt unverändert für mindestens fünf Minuten stehen, und ich überlege schon einen Film einzulegen, damit die Zeit schneller vergeht. Das Einzige, das sich bewegt, ist unten die Anzeige, dass es sich um eine Exklusivübertragung handelt, – eine Amateuraufnahme – ähnlich wie auf allen anderen Kanälen!
Endlich hebt er auch das zweite Bein und macht Anstalten einzusteigen. Die Spannung erreicht ihren Höhepunkt. Das Gefühl erreicht orgastisches Niveau. Alle warten auf das Bum. Männer, die ja bekanntlich optische Typen sind – außer natürlich tolle Jungs – warten darauf, dass Tosodouli blutüberströmt zusammenbricht. Kein Tack, kein Bum und auch kein Zusammenbruch Tosodoulis. Er steigt wie ein Mann von Welt in den Bus ein. Die Amateurkamera verfolgt ihn, bleibt aber draußen. Man hört ein störendes Geräusch, als ob jemand neben deinem Ohr Chips essen würde, während man versucht, durch die Scheiben zu filmen, was aber nichts bringt. Es sieht alles nebulös und rätselhaft aus. (Die Gefühle erreichen nicht den Gipfel. Leider. Meine Tante Kalliopi hatte seit ihrer Hochzeitsnacht dieses Gefühl nicht mehr gespürt. Dafür aber dann die grenzenlose Enttäuschung. Ihr Mann Perikli machte den Eindruck ein harter Kerl zu sein, war aber tatsächlich weicher als Teig. In allem…)
Aber… plötzlich hört man was. Ja. Eine freundliche Begrüßung von Tosodouli an die Maskenträger. Dann wieder Stille. Da wo ich denke, jetzt geht's los, nichts mehr. Auch er, wie Onkel Perikli. Also, Zufälle gibt's. (Halte durch, Tante Kalliopi. Du hast jetzt fünfundvierzig Jahre durchgehalten. Da kannst du jetzt nicht schlapp machen.)
Mit Gewalt kann man sechs Schatten erkennen, die sich im Bus bewegen, während die bewaffnete Garde in einem großen Radius außen herumschleicht. Gleichzeitig haben über eine Million Zuschauer ihre Nägel zerfressen und sind bereits am Fleisch, haben aber bis jetzt überhaupt nichts verstanden. Wen sollen sie nun am Sonntag wählen? Könnt ihr mir das sagen?

Ich bekomme eine SMS. Sie ist von Janni. Er schreibt, dass am Abend eine Discoparty im „Plato“ stattfindet – ein neuer Laden der gestern eröffnet werden sollte, aber aus bekannten Gründen verschoben wurde – und er würde sich sehr freuen, wenn Rea und ich ihn dort treffen würden. Mit von der Partie wäre Ari (Ah!), Euthanasia (Oh!) und Spiro (der ist mir gleichgültig). Ich rufe Rea und zeige ihr die Nachricht. Im Moment plagt mich Unterzucker, Stress, Bluthochdruck und Herzklopfen. Rea glaubt ihren Augen nicht.

„Sagt er, „Bring Rea mit!“ Glaubst Du das? Er lädt mich explizit ein? Hat er meinen Namen geschrieben? Da steht es! REA. Mit Druckbuchstaben!“

„Ja, und sie werden beide da sein. Juppiii!“

Sie tanzt wie bescheuert herum, macht Pirouetten, schlägt ein Rad und küsst das Handy. Sie ist völlig daneben. Ich werde sie wieder zurückbringen.

„Lies auch weiter unten.“

„Bring Rea mit. Spiro wird da sein…“

„Weiter unten.“

„Bring Rea mit. Spiro wird da sein, Ari…“

„Weiter unten.“

„Bring Rea mit. Es wird…“

„Das hast Du schon hundertmal gelesen. Wie oft denn noch? Bring Rea mit! Mit Druckbuchstaben! Wir haben es verstanden! Lies bitte weiter unten.“

„Bring Rea mit…“ Ich bring sie um! „Spiro wird da sein, Ari und Athanasia. Super! Wir werden eine große Clique sein.“

Ja, ich bringe sie um. Ich habe mich entschieden.

„Jetzt hör mal zu, hier steht, dass Euthanasia dabei sein wird und Du freust Dich, dass wir viele sein werden? Gnade…“ Manchmal glaube ich, als der liebe Gott Hirn verteilt hat, sie ihr Vater in den Keller gesperrt hat. „Ari wird mit seiner Freundin da sein. Was soll ich da für eine Rolle spielen? Soll ich die ‚Bitte schaut auch mal auf mich‘ spielen?“

„Ich hab's Dir schon mal gesagt. Wir wissen doch noch gar nicht, ob sie überhaupt seine Freundin ist. Vielleicht sind sie nur Freunde. Verstehst Du?"
„Mit solchen Frauen bist Du nur befreundet, wenn Du schwul bist."
„Lass' uns gehen und dann sehen wir weiter."
„Was redest Du da? Immer wenn ich ihn sehe bekomme ich Ohnmachtsanfälle. Es verschlägt mir die Sprache. Ich zittere. Wechsle sämtliche Farben. Unmöglich!"
„Jetzt komm Thenialein… Bitte tu mir den Gefallen… Nur dieses eine Mal, und ich werde nie wieder was von Dir verlangen. Ich bitte Dich…"
Rea liegt auf den Knien und bettelt. Ich weiß, dass sie in Gedanken bereits dort ist, mit Fahnen, Blumen, die Musikkapelle der Stadt und der Polizei.
Ich bekomme eine zweite SMS. Mal sehen was drin steht.
„DER LADEN IST OFFEN UND HAT KEINE STUFEN. BRINGT IRO MIT, ES WIRD NICHT SCHWER SEIN, SIE DORT ZU BEWEGEN. JANNI."
Also das wird Rea platt machen. Wir diskutieren die ganze Zeit, ob wir gehen werden oder nicht, haben aber Iro völlig vergessen. Janni hat an sie gedacht. Wäre Rea nicht bereits verrückt nach ihm, ich könnte es nicht übers Herz bringen ihn abzuweisen, ohne ihm vorher wenigstens eine kleine Chance zu geben. Er ist ein besonderer Kerl. Von den Wenigen. Der Einzige vermutlich…
Das war's. Die Würfel sind gefallen. Wir werden alle drei hingehen. Ich binde mir meine Gebetskette um, nehme den Talisman meiner Großmutter, denn ich muss zugeben, vor dem heutigen Abend habe ich Angst. Habe große Angst. Habe sehr große Angst. Innerhalb einer halben Stunde habe ich alle bekannten Gebete heruntergeleiert, habe die Heilige Dreifaltigkeit um Hilfe angerufen, und alle Heiligen der orthodoxen Kirche, aber auch den geflügelten Liebesgott – damit einer vom Olymp dabei ist – und ärgere mich über die Tatsache, dass ich keine Patin habe, die eine gute Fee ist, wie die von Aschenputtel, die mich mit

ihrem Zauberstab berührt und mich in ein international bekanntes Topmodel verwandelt, mit riesigem Vermögen und rotem Cabrio.
Ich schaue auf die Uhr. Wir müssen in einer Stunde dort sein. In einer Stunde? Okay. Ich habe sechzig Minuten Zeit um sechzig Kilo abzunehmen. Was rede ich da… Praktisch unmöglich. Umgekehrt aber – sechzig Kilo zunehmen – kann ich in viel weniger Zeit. Gut, jetzt zurück zur Wirklichkeit. Groß bin ich eins und gar nichts, schwer bin ich hundert (und…) Kilo, und mein kastanienbraunes Haar, das auf meine Schultern fällt, erweckt den Eindruck, ich hätte mit einem nassen Finger in eine Steckdose gefasst.
Ich ziehe mein weißes Hemd an – ein super Modell aus den Achtzigern – und meine alte Jeans. Ich werde der Knaller sein. Mit Sicherheit. Alle Herzen werden mir entgegen fliegen.
„Da bin ich…!" schreit Rea und dreht sich vor mir im Kreis, damit ich ihre Schönheit bewundern kann.
Bewundernswert. Rea, die auf ihren neuen Look besteht, trägt ebenfalls ein weißes Hemd und Jeans. Auch ihr Haar scheint unter Elektroeinfluss zu stehen!
„Sag mal Rea, wie lange werden wir uns wie Zwillinge kleiden?"
„Oh! Tragen wir die gleichen Klamotten? Das ist aber lustig."
„Ich erinnere Dich daran, dass ich mich so anziehe, damit ich dünner aussehe! Was Dich angeht, das Einzige was an Dir überflüssig ist, ist Deine Dämlichkeit, die Dich zurzeit peinigt. Es wäre besser, Du würdest einen Sturzhelm anziehen."
„Aber Janni mag lieber Mädchen die sich so anziehen wie Du. Ich habe doch hier das Rezept, warum soll ich es kaputt machen, Thenia?"
Die Seele des Menschen ist unergründlich. So sehr ich es auch versuche, ich werde sie nie verstehen. Weder in der Länge, noch in der Breite der weiblichen Dummheit, deshalb werde ich mein schwarzes Hemd anziehen, damit ich nicht wie die kleine, dicke und dreidimensionale Ausgabe von Rea aussehe.

Jetzt wird es schwierig. Wie bekommen wir Iro vom Fernseher weg? Wenn sie wenigstens Ton und Bild hätte, würde ich es ja verstehen. Sie sitzt aber die letzten zwei Stunden lediglich da und beobachtet das Fernsehgerät! Dieses Risiko kann ich nicht eingehen. Ich überlasse es Rea die Kastanien aus dem Feuer zu holen. Später werde ich so oder so schwindelig, mein Kopf wird bimmeln, wenn ich Ari sehe, da fehlt mir nur noch, dass Iro mir einen Aschenbecher auf den Kopf knallt, dann höre ich das Gezwitscher jetzt schon.

In der Wohnung haben wir Bürgerkrieg. Rea gegen Iro. Geschrei und Geplärre. Ergebnis null. Ich räume die Aschenbecher weg – das betrachte ich als meine Pflicht. Ich verspreche ihr ein Eis mit Schokolade und Orange, das sie am liebsten mag, ich verspreche ihr eine Kiste mit ihren Lieblingschips, ich verspreche ihr sogar die Schokolade, die ich versteck habe, in meinen Wintersocken. Nichts. Ich konnte sie nicht mal mit dem Wecker in Brotform beeindrucken, den ich ihr schenken wollte. Rea, die inzwischen völlig am Ende ist, trifft eine Entscheidung: „Also gut, wir lassen sie alleine zu Hause! Es geht nicht anders!"

Sie zu Hause lassen? Das ist noch gefährlicher, als wenn wir den Fernseher ausschalten und sie mit Gewalt rauszerren. Und wenn ihr was passiert? Wenn sie was braucht?

Wir drehen uns zu ihr um und schauen sie an. Sie sitzt in ihrem Rollstuhl, mit dem Blick auf den Fernseher geheftet. Ein Blick wie ein deutscher Nazi vor einem Krematorium, unbeweglich und starr, wie der verdrießlichste Mensch in Pompeji '79 vor Christus – nach dem Ausbruch des Vesuv, versteht sich. Die Sprache des Körpers hat gesprochen. Wir lassen sie hier.

Ich laufe ins grüne Zimmer. Ein letztes Gebet ist Pflicht. „Lieber Gott, ich bitte Dich, hilf mir. Bitte bring mich heute nicht in Schwierigkeiten. Solltest Du feststellen, dass ich mich daneben benehme, verwandele mich in einen riesigen Wurm und lasse mich im Schlamm kriechen. Das habe ich verdient. Amen."

Rea rennt auch auf ihr Zimmer. Aus Gewohnheit packt sie ihr Rouge, Lippenstift und Mascara in ihre Tasche und wir ziehen los…

Die Straßen sind voller Werbe-Flyer vom „Plato", die eine verrückte Party bis in die Morgengrauen versprechen, um die „Wiederkehr des Lichts" zu feiern, was ein weiteres Mal das teuflische Genie des griechischen Lokalbesitzers unter Beweis stellt, der keine Gelegenheit verstreichen lässt, Geld zu verdienen.

Der Club ist ganz in der Nähe, und wir gehen zu Fuß hin. Der Krach der Musik und die Unmenge Menschen kommen gefährlich näher. Rea sucht in ihrer Tasche nach Kaugummis und ich zittere am ganzen Körper. Am Eingang haben sich Menschenmassen versammelt. Wir bemerken, dass keiner eingelassen wird, weil kein Platz mehr ist. Die Türsteher sind nach der Entscheidung der Geschäftsführung entschlossen, niemandem Eintritt zu gewähren, bevor nicht einige wieder gegangen sind. Eine junge Frau weint herzzerreißend, weil ihr Freund noch hinein gekommen ist, sie aber nicht eingelassen wird. Sie droht mit Anzeigen, Revision und einem Pfefferspray gegen Vergewaltiger, das sie immer in ihrer Tasche trägt. Ihre Freundinnen versuchen sie zu beruhigen. Sie aber ist wild entschlossen hineinzukommen, egal um welchen Preis.

Zurück zu uns. Rea ist am Boden zerstört und ich auch, einmal dasselbe. Wir warten stillschweigend in einer Seitengasse und verfluchen unser Pech. Unsere Traummänner befinden sich einen Atemzug von uns entfernt, und wir können nicht zu ihnen. Wir sind sozusagen an der Quelle, können aber kein Wasser trinken. Tragisch, oder?

Es kommen ein paar heraus, es gehen ein paar hinein. Unsere Situation ist verzweifelt, wenn man bedenkt, dass auf der Warteliste… sechzig Personen vor uns sind! Ich versuche meine Freundin zu beruhigen, indem ich ihr verspreche, dass ich sie zuerst hinein lasse, wenn wir an der Reihe sind. Ich werde geduldig warten, bis dann auch ich hinein darf. Das beruhigt sie einigermaßen. Ein paar Sekunden später verfällt sie

allerdings wieder in die gleiche Niedergeschlagenheit – wahrscheinlich weil ihr klar geworden ist, dass damit ich hinein darf, es nicht ausreicht, dass eine Person geht, sondern eine fünfköpfige Gesellschaft…
Was mir am meisten auf den Wecker geht, ist das Geschrei der vergessenen Geliebten, aber auch ein paar Supercoole, die einfach in den Club einmarschieren, nur weil sie die aufgeblasenen Typen an der Tür kennen. Inzwischen bin ich richtig sauer. Mit Gewalt zerre ich Rea etwas näher an den Eingang, für den Fall, dass sie einer der Verantwortlichen sieht, sie ihm gefällt, und bei uns eine Ausnahme macht. Aber sie wollte es ja nicht anders. Musste sie unbedingt heute die Kutte anziehen? Hätte sie den rosa Mini und rückenfrei an, dann sage ich euch, wären wir längst drin. Wir wären bereits beim dritten Getränk neben unseren Lieben, und vor einer Schale mit Nüssen. Aber trotzdem! Der Trick hat funktioniert. Eine Barbie erkennt man auch wenn sie Klamotten trägt, die sie vom Klempner geklaut hat. „Die Mädels können durch“, sagt ein Türsteher von rechts und die Tür öffnet sich für uns. Das Geschrei der Vergessenen wird immer hysterischer, aber leider, so ist das Leben. Die Weinende ist klein, dick und hässlich. Sie muss warten bis sie dran ist… Während ich reingehe, klopft mir der Türsteher freundschaftlich auf die Schulter und fragt mich wie es mir geht. Ich werfe ihm einen erstaunten Blick zu, und zu meiner großen Überraschung erkenne ich, dass es sich um den kleinen Gorilla vom Springbrunnen handelt. Ohje! Mein guter kleiner Gorilla…
„Mit geht es gut. Einwandfrei. Danke vielmals“, antworte ich mit einem breiten Lächeln. Ich bin neugierig ob er es geschafft hat und mit Litsa nun geht, und er wird mit Sicherheit wissen wollen, ob damals meine Verabredung noch gekommen ist. Aber unter diesen Umständen kann man sich nicht über solche Dinge unterhalten. Trotzdem bleibe ich kurz stehen und frage ihn flüsternd, ob er mir einen zweiten Gefallen tun könnte.
„Sehr gerne“, antwortet er voller Entgegenkommen. Ich gehe in Richtung der vergessenen jungen Frau. Ich nehme sie bei der Hand und sage

ihr, sie soll aufhören zu weinen und mit mir kommen. Sie ist überrascht, folgt mir aber trotzdem in den Club. Sie ist mir so dankbar, dass ich von ihr ihre linke Niere verlangen könnte. Sie würde keine Sekunde zögern, um sie mir zu geben und auf der Stelle eine Transplantation durchführen lassen!
Ich drehe mich nochmals dem supersüßen Gorilla zu und zwinkere. Er wünscht mir viel Vergnügen.
Ich bin drin. Obwohl gegen die Tür gedrückt und getreten von jeder Seite, ich bin drin. Rea ist bereits weitergegangen und in der Menge verschwunden. Gut, dass wir die Vereinbarung getroffen haben, für den Fall, dass wir uns verlieren, uns in der Toilette wieder zu treffen. Wie soll man da jemanden finden, da kann man gleich eine Stecknadel im Heuhaufen suchen. Mein Kopf ist zwischen zwei Rücken und einer Achsel eingeklemmt, und meine rechte Hand sitzt irgendwo im Norden fest. Ich komme mit der ungeheuren Geschwindigkeit von einem Kilometer in der Stunde voran und fühle mich gezwungen, die Party der „Wiederkehr des Lichts“, in die Party der „Wiederkehr der Dunkelheit“ umzubenennen – die schlimmste Party aller Zeiten…

Völlig enttäuscht orte ich die Toilette am anderen Ende des Lokals, am Ende einer schmalen Treppe die ebenfalls voller Menschen ist. Stellen sie sich vor, sieben Menschen auf jeder Stufe! Der Abstand ist riesig. Ich werde mindestens zwei Stunden brauchen, um bis dahin zu kommen. Sauerstoff ist Luxusware, der Zigarettenrauch schränkt die Sicht ein, während der Ohrring meiner Nachbarin versucht, mir ein Auge auszustechen. Ich schiebe und gehe weiter. Ich nähere mich einer Barbie mit roten Sandalen. Ich trete ihr auf die Füße und setze meinen Weg fort. Ihre Schmerzenschreie sind mir völlig gleichgültig. Ich gehe weiter. Schiebe und gehe. Schiebe und gehe…

Meine Hand vibriert. Zwei Dinge können dafür der Grund sein: entweder bin ich an die Tasche der Rothaarigen gekommen, die vermutlich ständig einen Vibrator mit sich trägt, oder jemand ruft mich auf meinem Handy an, das ich der Hand halte. Ich hoffe es ist meins.
„An der Hauptbar, neben der roten Säule!" schreit mich Rea an. Ich stelle mich auf Zehenspitzen, mit dem Ergebnis nicht mehr den Rücken meines Vordermannes zu sehen, sondern seinen Nacken. Wunderbar! Endlich mache ich die rote Säule aus, die leider sehr weit weg ist. Unter den gegebenen Umständen werde ich nicht früher als morgen Mittag dort sein. Ich werde in jedem Fall kämpfen, egal wie. Ich setze meinen Weg fort, indem ich schiebe und weitergehe. Einzige Ausnahme ist, wenn ich jemanden trete und weitergehe. Wo mir doch die Gelegenheit gegeben wird ein paar Dutzend Barbiezehen zu zermalmen, wäre es schade, sie so verstreichen zu lassen. Ich genieße es regelrecht, im Vorbeigehen Barbies hinter mir zu lassen, die vor Schmerz zusammenzucken. Es wäre undankbar von mir, nicht zuzugeben, dass diese Menschenmasse auch ihre positiven Seiten hat…
Ich weiß nicht, ob die laute Musik daran schuld ist, die ohrenbetäubend ist, aber bisher ist mir noch kein Zwitschern zu Ohren gekommen. Kein zitronengelber Kanarienvogel singt seinen gelben Reigen irgendwo hier herum. Ari ist hier nirgendwo. Vorsichtshalber bringe ich meinen Herzschlag auf den gleichen Rhythmus mit den Trommeln, die über die Boxen kommen, nicht dass ich ihn plötzlich sehe und umkippe!
Irgendwo in der Tiefe des Raumes, sehe ich den ewig entfärbten Blondschopf Reas. Ich nähere mich ihr. Sie ist es tatsächlich. Neben ihr stehen Janni und Euthanasia (uufff). Sie begrüßen mich außer sich vor Freude und Janni beeilt sich mich zu küssen. Rea ist entsetzt, verbirgt es aber gekonnt, und Euthanasia (uff) lächelt mich herzlich an, und wartet bis sie an der Reihe ist, mich ebenfalls zu küssen. Schade, dass Euthanasia nicht weiter weg steht, dann könnte ich auf sie treten und weitergehen. Ich erwidere ihr Lächeln. Jetzt wo wir dicht gedrängt beieinander stehen, kann ich ihre perfekten Maße, ihren harmonischen Körper, das

wundervolle himmelblaue Kleid und ihren strahlenden Teint gut sehen. Ich hasse sie, ich hasse sie, ich hasse sie! Ich will sofort auf die Toilette. Ich will treten und gehen. Ihr Duft hat es geschafft, den Gestank von Zigaretten und Schweiß zu verdrängen. Er umweht ironisch meine Nase, als würde er mich auslachen, als wollte er mich an ihre Überlegenheit erinnern. Leider begegnet sie mir derart freundlich, dass ich mich nicht in den Mörder des Lichts verwandeln kann – oder besser gesagt, der Dunkelheit – und sie in Scheiben schneiden. Sie benimmt sich außerordentlich freundlich und das ist auch der einzige Grund der mich zurückhält. Glaubt mir.

Ich drehe mich nach links und rechts und suche Ari. Nirgendwo. Euthanasia, als ob sie Gedanken lesen kann und meine Ungeduld erkennt, informiert mich darüber, dass die Jungs später kommen wollen. Bis zu diesem Moment will ich sie ohrfeigen, aber leider hat sie mir bis jetzt noch keinen Grund gegeben. Was sie soeben gesagt hat, rechtfertigt keinesfalls eine solche Reaktion meinerseits. Sie fragt mich, was ich trinken möchte, aber auch das ist kein triftiger Grund, um sie zu verprügeln. Ich schlucke den Dracula hinunter, der in mir erwacht ist, und vermeide ihr zu sagen, was ich jetzt am liebsten trinken würde, ihr Blut. Also bleibe ich bei meinen alten Gewohnheiten. Ich erbitte von ihr ein Bier und sie macht sich auf den Weg mir eines zu besorgen. Leider rechtfertigt ihr Verhalten nicht im Entferntesten eine Gewalttat meinerseits, und schon gar nicht einen Angriff in Notwehr (Artikel 22, StGB). Deshalb gedulde ich mich in der Hoffnung, dass sie mir irgendwann doch noch einen Grund gibt. (Sie entkommt mir nicht…)

Rea hat die Gelegenheit beim Schopf gepackt und klebt an Janni. Er wirft mir über ihre Schulter Blicke zu, die voller Verlangen sind. Euthanasia bringt mir – leider – das richtige Bier, obwohl ich ihr absichtlich die Marke so leise geflüstert habe, damit sie einen Fehler macht und ich sie mit Ohrfeigen überschütten kann. Es sieht aus, als hätte sie große Lust, Schläge zu bekommen, weil sie ihr liebliches Lächeln beibehält, das mir zeigt, dass sie gerne bereit wäre, sich mit mir zu unterhalten. Ich vermeide es, sie anzusehen, weil sie mich auf blöde Gedanken bringt, und tue so, als würde ich mich an der Musik erfreuen.

Jetzt spielt der DJ einen Beat der im tiefsten Urwald des Amazonas komponiert wurde, mit Löwengebrüll, Blätterrauschen und Vogelgezwitscher, die immer intensiver werden und sich unserer außergewöhnlichen Gesellschaft nähert. Jetzt höre ich gar nichts mehr, nicht die Musik, nicht das Geplapper der Menschen, nur noch das exotische Gezwitscher der Vögel des Amazonas – wie ein Schwarm seltener Wandervögel, die über Meere und Ozeane gereist sind. Sie sind gekommen, um den Sommer in mein jungfräuliches Land zu bringen, an die Flüsse und Seen, die ihre Arme öffnen, um diese Vögel willkommen zu heißen in meiner noch unbewohnten Welt.

„Guten Abend", sagt er und ich verliere mich in seinen Augen, seinen Lippen, seinen Händen, seiner Hose. (Oh, in seiner Hose...) Ich will ihn ganz fest umarmen und ihn festhalten solange ich kann. Ihn nur dann wieder loslassen, wenn ich Hunger bekomme. Großen Hunger bekomme. Wenn ich fühle, dass ich vor Hunger sterbe. Erst wieder loslassen, wenn ich an Unterernährung fast zugrunde gehe. Nur dann.

„Guten Abend", hat er gesagt und mein Feuchtigkeitsmesser ist in die rote Zone geschossen. Der Wasserpegel der unbewohnten Stadt da unten hat sich gefährlich in die Höhe bewegt. Ich fühle, dass meine Genitalien durch ein wildes Sommergewitter Gefahr laufen, zu ertrinken! Wenn das so weitergeht, fange ich noch an durch die Hosenbeine zu tropfen. Wo hatte ich diese ganze Masse bisher versteckt? Könnte es sein, dass ich deswegen übergewichtig bin? Meinen das die Diätologen, wenn sie vom Wasserhaushalt sprechen, der Zellulitis verursacht? In jedem Fall, den Wasserverlust den Ari bei mir verursacht und bei der Geschwindigkeit in der er verursacht wird, wage ich zu wetten, dass ich bis nach Hause gehe, ich zwanzig Kilo verloren habe und einen großen Teil meiner Zellulitis. Ich bin zur Salzsäule erstarrt, und das offenkundig.

„Hallo, Ari", wispere ich und gehe wieder in meine Ausgangsposition zurück.

Janni versucht die Situation zu retten, indem er die notwendigen Vorstellungen vornimmt.
„Das ist Spiro, und wenn ich mich nicht täusche, kennt ihr Euch bereits…“
Ach so, Spiro ist auch dabei? Habe ich gar nicht bemerkt. Das Einzige, was ich bemerkt habe, ist Euthanasias Hand (Uff) um Aris Taille (Au). Das ist genug um mich in einen Dobermann zu verwandeln, der Bäume anpinkelt und jederzeit bereit ist, Euthanasias Hand zu verschlingen, um den Ehrengast meiner unteren Stadt zu beschützen.
„… und das ist Nektario…“ stellt Janni weiter vor, und zeigt auf einen hübschen jungen Mann der sich zu uns gesellt hat „… er ist Aris Bruder und der Freund von Athanasia seit hundertfünfzig Jahren, wenn ich mich recht erinnere.“
„Sehr erfreut!“, sagt Nektario, dieser heilige Junge, der nicht nur demnächst mit mir verwandt sein soll, sondern auch mit dieser sch… Euthanasia geht, und das seit ein paar Jahrhunderten. Verzeih mir, nur Athanasia wollte ich sagen, ohne sch…, diese Puppe, Göttin, und das beste Mädchen der Welt. Ich hatte sie von Anfang an sehr gern, auch wenn ich ihr das nicht gezeigt habe. Bravo Kinder! Ich freue mich nicht nur, ich bin ganz verrückt vor Freude! Ich habe mir in die Hosen gepinkelt vor Freude. Das ist wohl der bessere Ausdruck, damit ihr versteht, wie ich mich wirklich fühle.
Von jetzt an geht es aufwärts, deshalb nehme ich mir ein zweites Bier. Dieses engelsgleiche Geschöpf Athanasia, beginnt das Geknutsche mit dem von Gott gesandten Nektario, der aus dem Nichts wie ein Pilz aufgetaucht ist, um mir zu zeigen, dass es noch andere Wege gibt, als das Verbrechen. Und ich, während ich in Richtung Toilette gehe, vermerke in meinem Notizbuch, Athanasia einen anonymen Brief zu schicken, in dem ich sie darüber informiere, dass sie nur durch ein Wunder noch am Leben ist und sie es Nektario zu verdanken hat, der im letzten Augenblick vor ihrer Ermordung aufgetaucht ist. Also so was Ähnliches wie ein Wunder des Heiligen Nektarios (Geheiligt werde sein Name).

Rea betreibt weiterhin die feindliche Übernahme bei Janni, indem sie ihm die letzten eineinhalb Stunden irgendetwas Endloses erzählt. Wahrscheinlich erzählt sie ihm eine Geschichte, die ohne Ende ist, vielleicht die unendliche Geschichte, oder so was Ähnliches. Spiro und Ari unterhalten sich und ich bin eine stumme Flasche die eine leere Flasche hält, und fieberhaft versucht sich eine Zigarette anzuzünden. Dieses blöde Feuerzeug will sich meinen Wünschen nicht fügen. Party des Lichts soll das sein oder Unfug hoch Drei. In diesem Augenblick bin ich derart unfähig, selbst wenn das Lokal in Flammen aufgeht, würde ich es nicht schaffen, mir eine Zigarette anzuzünden. Aus den Augenwinkeln beobachte ich Janni, der in seinen Taschen nach einem Feuerzeug sucht und zu Rea sagt: „Ja, ja, red Du nur weiter. Ich höre Dir zu…"
Gott Ari aber ist schneller, und wie Prometheus gibt er mir mit seinem Feuerzeug Feuer. Für Sekunden bin ich nicht in der Lage Aris Bereitschaft mir Feuer zu geben zu erfassen, und starre ihn an wie eine bekiffte Kuh.

Ich komme zu mir, stecke mir eine Zigarette an und nehme das Feuer entgegen, mit soviel Freude, als würde ich Olympisches Feuer erhalten. Um ehrlich zu sein, auch wenn er mir Scheiße geben würde, ich würde es mit der gleichen Freude annehmen. Da muss man jetzt schon ehrlich sein, oder?
„Wenn ich Dir mein Feuerzeug schenke, schenkst Du mir dann ein Lächeln?" fragt er mich sehr sinnlich. Wenn er mir aus einer japanischen Zeitung vorlesen würde, ich würde es auch erotisch finden. Ich will ihm sagen, dass er mir kein Feuerzeug schenken braucht, damit ich ihm ein Lächeln schenke. (Gerne würde ich ihm auch meine Weisheitszähne, meine Schneidezähne und sogar meine Kaumuskeln schenken, ohne irgendeine Gegenleistung, mein Junge, Baby, DU…)
Jetzt muss ich mich natürlich rechtfertigen, warum ich so schlechte Laune habe. Vielleicht schiebe ich einfach alles auf den Krach der hier herrscht. Geschockt sage ich folgendes: „Es ist nur weil wir hier so zusammengepfercht stehen und keinen Platz haben."

Genial! Wenn man überlegt, dass ich ganze drei Minuten gebraucht habe zu diesem fantastischen Einfall! Der Mann hat mich nach einem Lächeln gefragt und ich gebe ihm eine Antwort, die nur Sinn macht, wenn ich anstatt einer Mundöffnung, die eines Vulkans oder den Ofen meiner Großmutter hätte, der unter den gegebenen Umständen besser verschlossen bliebe.

„Ja, es stimmt, es ist ungemütlich hier."

Es ist ein Wunder, dass er weiterhin mit mir spricht, nach dem Unsinn, den ich verzapft habe. Er muss sehr warmherzig sein, ähnlich wie sein Freund Janni. In anderer Gesellschaft, hätten sie mich längst mit verfaulten Tomaten beworfen. Er sagt weiter:

„Also ich bin mir sicher, dass ich Dich schon mal gesehen habe. Deine Physiognomie kommt mir irgendwie bekannt vor. Ich zerbreche mir den Kopf mich zu erinnern wo…"

Ich habe große Lust ihm den Schädel einzuschlagen, damit er mich vergisst. Dann können wir uns nochmals neu kennen lernen. Wenn er glaubt, ich helfe seinem Gedächtnis nach, dann hat er sich getäuscht.

Ich spiele den Chinesen. Ein Chinese hat noch nie verloren. (Außer die, die die untypische Lungenentzündung SARS oder die Vogelgrippe bekommen haben.)

„Also, ich glaube nicht. Hätten wir uns schon mal gesehen in der Vergangenheit, würde ich mich mit Sicherheit daran erinnern. Ich kann mir Gesichter sehr gut merken."

Sage ich, die ihre eigene Visage vergisst, wenn ich nicht fünfhundert Mal täglich in den Spiegel schauen würde. Was seine angeht, ich würde sie mir sogar nach einer Amnesie merken, um nicht zu sagen nach einer kompletten Gehirnamputation…

„Ja, vielleicht hast Du Recht."

Habe ich. Habe ich, mein Junge. Mach dir nichts draus. Du hast mich noch nie im Leben gesehen. Nur weil ich der Fregatte „Parmenion" ähnlich sehe! Du verwechselst uns. Er wartet ein bisschen, ich sage nichts und er setzt seine Unterhaltung mit Spiro fort. Na ja, anbetteln wird er mich kaum. Dass er mich überhaupt angeschaut hat, ist schon ein Wunder.

Rea spricht immer noch. Ich höre Bruchstücke von Strähnen und Blondierung und hoffe, dass ich aus Liebe schlecht höre. Sollte sie Janni in die Mangel genommen haben, um ihm eine Analyse über die Vorgehensweise beim Blondieren aufzudrücken, fresse ich meine Socken. Athanasia, dieses nette Mädchen, ist müde und geht mit Nektario nach Hause, um vermutlich herumzufummeln. Zum gleichen Zweck haben inzwischen mehrere das Lokal verlassen, und schön langsam werden wir hier weniger. (Jetzt, auf meiner Logik basierend, hätte ich genug Platz, um auch mal zu lächeln…)

Ich schaue auf die Uhr. Es ist ganz schön spät geworden, auch wenn ich es nicht geschafft habe eine ordentliche Unterhaltung mit Ari zu führen. Draußen beginnt es bereits wieder hell zu werden und der Himmel hat schon eine süße lila-blassblaue Farbe angenommen. Er hat Ähnlichkeit mit einem Traum aus einem entfernten Land der Erotik. Wenn ich mich doch nur mit ihm unterhalten könnte ohne zu zittern, ohne rot zu werden, ohne zu stottern und vor allem ohne Unsinn zu reden. Ich hätte ihm doch soviel zu sagen… Leider ist aber das Einzige, was ich heute Abend geschafft habe, ihn dämlich anzusehen und zu zittern bei dem Gedanken, dass er mich ansprechen könnte, wo ich doch nicht weiß, was ich ihm sagen soll.

Und so, wie alles Schöne im Leben, geht auch der heutige Abend zu Ende. Seit geraumer Zeit bemerke ich, dass er müde ist und keine Lust mehr hat hier zu bleiben. Wenn er geht, gibt es für mich auch keinen Grund zu bleiben. Ich unterbreche Rea bei ihrem pausenlosen, nächtlichen Geschwätz, um sie daran zu erinnern, dass Iro schon sehr lange alleine zu Hause ist und es vielleicht doch keine schlechte Idee wäre, uns dorthin auf den Weg zu machen. Nicht mal der Klang von Iros Namen reicht, um sie aus ihrer erotischen Lethargie zu wecken. Janni ist an allem Schuld.

„Ich denke, ich gehe jetzt auch. Soll ich Dich mit dem Moped mitnehmen und zu Hause abliefern?“
Ari will mich nach Hause bringen! Ich darf mich auf sein Moped setzen. Ich werde mich bei ihm festhalten. Ich werde mit meinen Beinen seine Beine berühren. Ich falle gleich in Ohnmacht!
„Oh, ja! Das ist eine Superidee! Natürlich kommt sie mit! Bei der Gelegenheit kann sie auch nachsehen, wie es Iro geht und ich kann hier noch ein bisschen bleiben, mit Janni“, antwortet Rea für mich, als hätte ich seit neuestem einen Vormund, der meine Entscheidungen trifft. (Janni steht kurz davor in Tränen auszubrechen, im besten Fall bekommt er einen Schreikrampf.)
„Also gut. Gute Nacht Rea, ich hoffe wir treffen uns mal wieder. Jungs, ich sehe Euch zu Hause“, sagt Ari und hackt sich bei mir ein und schiebt mich in Richtung Ausgang. Habe ich schon erwähnt, dass ich gleich in Ohnmacht falle?
Während wir auf den Ausgang zugehen, lassen mich die fragwürdigen Blicke der besoffenen Barfuzzis kalt, die sich offensichtlich fragen, was ein Gott mit einer Walze zu tun haben kann. In meinem Gehirn kreisen tausende von dummen Fragen, zum Beispiel wie man auf ein Moped steigt, was man schreit, wenn man runterfällt, wie ich es anstelle ihm zu erklären, wie man zu Rea fährt, wo ich doch kein Wort herausbringe, oder mich überhaupt erinnere, wo sie wohnt. Solches und ähnliches…
Am Ausgang versperrt mir ein Besoffener den Weg. Er ist total betrunken und scheint mit der Schönheit zerstritten zu sein, will mich aber auf eine Reise mitnehmen: „Was bist denn Du für ein tolles Mädel? Stern? Mond? Das ganze Planetensystem?“ Jetzt hat er es erfasst! „Ich nehme Dich mit!“ Hat er mich überhaupt gefragt? „Argentinien, Kolumbien, Chile und dann Kuba. Ich muss mit Fidel eine Zigarre killen. Cohiba. Stavraka. Ich bin verzaubert.“
Das hat mir gerade noch gefehlt. Und ich dachte schon, das Beste was ich an Eroberungen vorzuweisen habe, wäre Vangeli, der Bekloppte. Also gut, wir reden nicht darüber. Beide Vorfälle eignen sich um Ari auf

Trab zu halten, der diesem Ereignis überhaupt keine Beachtung schenkt, auch nicht Stavraka, dem Ungeheuren. Er hat ihn lediglich zur Seite geschoben, damit wir vorbei können. Das ist ein Mann. Ohne viele Worte und überflüssige Bewegungen. Er schiebt zur Seite und geht weiter. Ich will IHN!
Wir steigen auf das Moped. Er gibt Gas und wir fahren davon. Ich zeige ihm mit der Hand in welche Richtung wir müssen. So gibt es kein Stotterproblem. Mit der anderen klammere ich mich bei ihm fest, mit meinen gespreizten Beinen drücke ich mich fest an ihn, vergessend, dass da drei Meter Stoff zwischen uns liegen.
Ich erinnere an diese kleinen Hündinnen, die sich an die Beine ihrer Herrchen reiben und dabei ganz verrückt werden, wenn diese bestimmten Tage kommen.
Wir fahren über Kiesel, die meinen Unterleib herrlich vibrieren lassen. Ich wünschte, ich würde in Australien wohnen und er würde mich mit dem Moped dorthin fahren. Bis wir am Ziel wären, wäre ich auch an meinem, und das sechshundertzweiunddreißigtausend Mal!
Nach einer Weile, was zu erwarten war, kommen wir an und er wartet, dass ich absteige. Ich befinde mich in einer anderen Sphäre und habe überhaupt nichts mitbekommen. Ich drücke ihn weiterhin wie eine verliebte Zange!
„Thenia, was ist? Bist Du eingeschlafen?"
Also gut. Ich weiß. Habe mich mal wieder blamiert. Ist ja nicht das erste Mal. Schweren Herzens nehme ich meine Hände von ihm und steige ab. Er gibt mir einen Kuss auf die Wange und fährt davon. Ich werde mich einen Monat lang nicht mehr waschen. Ich werde diese Klamotten, die ihn berührt haben, nie wieder waschen. Es ist wie Magie. Die Liebe ist wie Magie. Und das Leben unvorhergesehen wie Roulette. Und ich bin eine durchgedrehte Kugel die von Zahl zu Zahl springt. Du gehst auf die Straße und es kann dich ein LKW überfahren. Eine Leiter könnte mit dem Dachdecker auf dich fallen. Es kann aber auch sein, dass du die Nummer triffst, auf die du gesetzt hast. Dass du dich plötzlich auf Aris

Moped wieder findest. Dass dich die gleiche Luft streift, die auch ihn berührt hat. Ich wiederhole: Die Liebe ist Magie. Und ich bin verzaubert.
Ich gehe ins Haus und finde alles so wie ich es verlassen habe. Iro sitzt wie angenagelt vor dem Fernseher, Tosodouli, der sich weiterhin im Businneren bewegt, ohne Ton und alles ist dunkel. Hauptsache die Übertragung ist exklusiv. Die Kekse und das Wasser, das wir ihr hingestellt haben, sind unberührt.
Wie ein Nikolaus, der verpasst hat, dass Weihnachten schon da ist, und nicht vorbeigekommen ist. Oder ist er vorbeigekommen, hatte aber keinen Hunger. Wahrscheinlich ist er vorbeigekommen. Er hat mir ein Geschenk mitgebracht. Oder habe ich es vergessen?
Gute Nacht.

Mahlzeit für Idioten

Am nächsten Morgen habe ich sehr viel mit Rea zu besprechen, obwohl sehr wenig passiert ist. Ich vermute mal, das denkt sie sich auch. Wie schon gesagt, das ist etwas, was ich mir lediglich ausdenke, nachdem es schon fast Mittag ist und Rea immer noch nicht aufgetaucht ist. Die Kekse sind schon fast gegessen, der Fernseher ist heiß gelaufen, bald wird hinten Rauch aufsteigen, aber Iro sitzt wie angeklebt und beobachtet das Geschehen, und hat bis jetzt vergessen nach Rea zu fragen, oder zu schlafen. Ich für meinen Teil, will nicht jetzt schon nach Essen suchen, also mache ich mir einen Kaffee und versuche, während ich unseren Nationalthriller verfolge, meinen Hunger zu vergessen.

Der Bus
(Die große Enthüllung)

„… wie wir bereits erwähnt haben, sind seit dem Ende der Verhandlungen zwischen den Entführern und der Polizei erst ein paar Minuten vergangen, und wir erwarten jede Sekunde die Bekanntmachung ihrer Forderungen. Im Herzen des Geschehens befindet sich unser Außenkorrespondent Ari Stathmaki, der uns die Stimmung der letzten Entwicklungen übermitteln wird. Wir übergeben ihm das Wort. Ari Stathmaki, wir hören Dich."

„Vorausschicken will ich, dass nur einer der Entführer bisher den Bus verlassen hat, um für wenige Minuten mit einem Vertreter der Polizei zu verhandeln, während der Zweite im Bus verblieben ist, vermutlich um die Geiseln in Schach zu halten. Sofort danach hat sich auch der erste Entführer wieder in das Innere des Busses zurückgezogen und die Türen, (im wahrsten Sinne des Wortes) verriegelt, um seinen Komplizen über die Verhandlungen mit der Polizei zu informieren und eine Entscheidung zu treffen in Bezug auf ihre Forderungen, die sie dann durch Andrea Tosodouli bekannt geben wollen. An diesem Punkt wird dann Andrea Tosodouli bei diesen Marathonverhandlungen vermitteln."

„Genau. Wir dürfen nicht vergessen, dass sich Andrea Tosodouli unter Lebensgefahr in die Hände der Entführer begeben hat. Er hat sich dazu bereit erklärt, um durch seine Anwesenheit die Lage zu entschärfen, die bis dato im Bus herrschte."

„Tatsächlich ist die Anwesenheit des Andrea Tosodouli im Bus sehr wertvoll. Während wir auf die Forderungen der Entführer warten, wollen wir die Zuschauer darüber informieren, dass während unserer Übertragung, internationale Nachrichtenagenturen, Bilder unseres Senders ausleihen, um sie zu senden. Hier muss man erwähnen, dass SKY NEWS während der Dauer des gesamten Programms ein kleines Fenster unten links geöffnet hat, indem ständig Bilder der Busentführung übertragen werden, mit dem Titel ATHENS (REALITY) NOW."

„So ist das, Donia Michalopoulou. Die internationale öffentliche Meinung ist außer sich wegen dieses Vorfalls in einer Show, mit dem Ergebnis, dass sich die internationale Presse dafür stark interessiert. Was sie am meisten beschäftigt, sind die Forderungen und die Staatsangehörigkeit der Terroristen, wo doch die internationale Presse ihre Befürchtungen zum Ausdruck gebracht hat, dass es sich um einen Anschlag tschetschenischer Autonomen handelt."

„Ari Stathmaki, ich muss Dich kurz unterbrechen, weil im Inneren des Busses Bewegung ist, die den Verdacht aufkommen lässt, dass die Täter bereit sind, erste Stellungnahmen abzugeben."

„Da bin ich mit Dir einer Meinung, Donia Michalopoulou. Genau das wird jetzt geschehen. Es ist die Stunde gekommen, auf die wir alle warten. Ich werde soeben informiert, dass in diesen Minuten ein Dolmetscher die Szene auf den Bildschirmen der SKY NEWS betritt. Er beherrscht neun Sprachen und soll die Forderungen der Terroristen übersetzen."
„Meine Damen und Herren, lassen Sie uns live mit dabei sein, im Zentrum des Geschehens und die Forderungen der Terroristen aus dem Mund des Andrea Tosodouli verfolgen…"

Ein paar Sekunden später öffnet sich eines der Fenster des Busses, aus dem der Kopf von Andrea Tosodouli erscheint, um auf unseren Bildschirmen wie eine uneingeladene Fliege in unseren Wohnzimmern und in unseren Leben zu erscheinen. Ich will auf diesen vermaledeiten Knopf drücken und einfach weiter leben, aber die Neugierde ist wohl Feind Nummer eins eines jeden Menschen.
Neugier – Thenia: 1-0.
Das Bild ist einigermaßen deutlich, während Tosodouli, von der Taille aufwärts im Busfenster und abwärts noch drinnen steckt. Er ist mit einem Mikrophon in seiner rechten Hand und einem Blatt Papier in seiner linken ausgestattet. Er räuspert sich und versucht seiner Stimme Farbe mit kriegerischem Pomp zu verleihen und sagt:
„Zwölf Gyros Pitta mit Schweinefleisch, Tzatziki, Zwiebeln und Tomaten. Vier Portionen Pommes, knusprig gebraten. Zwei Bauernsalate und sechs Cola light. Vielen Dank."
Und ich dachte schon, die Reality würde mich meinen Hunger vergessen lassen…
Unter Strapazen kriecht er wieder zurück und schließt hinter sich das Fenster. In Sekundenschnelle öffnet sich das Fenster wieder. Tosodoulis Kopf erscheint nochmals.
„Die Übergabe muss bis heute Abend neun Uhr stattgefunden haben, Bitteschön! Dankeschön!"

Donia Michalopoulou befindet sich erkennbar in einer schwierigen Lage. Sie hüstelt und kommentiert:
„Natürlich. Die Zuschauer werden uns verzeihen. Was sie soeben gehört haben, hat natürlich nichts mit dem Forderungskatalog der Entführer zu tun, sondern mit ihren Wünschen zum Abendessen… Das kann in einer Live-Übertragung passieren. Ich weiß nicht, ob Ari Stathmaki noch was zu ergänzen hat?"
„Ja, Donia Michalopoulou, ich kann nur bestätigen, was Du soeben gesagt hast. Wie es aussieht, wollen die Entführer uns ihre Forderungen noch nicht mitteilen. Es scheint jedoch, dass die Polizei bereit ist, uns bis ins kleinste Detail zu informieren, was zwischen ihnen und einem der Entführer besprochen wurde, also müssen wir nur noch auf die nächste Bekanntmachung warten und wünschen erstmal guten Appetit…"

Ich wiederhole: Die Übertragung sollte mir helfen meinen Hunger zu vergessen…

Kurze Zeit später

Die Tür öffnet sich und eine glückliche Rea kommt herein, die keineswegs übernächtigt aussieht, überhaupt nicht müde und in keinster Weise zerknittert. (Könnte es sein, dass sie Janni aus dem Bett geworfen hat und sich alleine hingelegt hat, um seinen Duft vom Laken zu schnuppern, und er, der arme Teufel, hat auf der Couch geschlafen? Schon möglich. In jedem Fall sieht sie sehr frisch aus.)
Sie umarmt uns, küsst uns und vor allem behauptet sie uns zu lieben. (Jetzt bin ich mir sicher, dass sie Janni aus dem Bett geworfen hat, um selbst dort zu schlafen.)
Sie dankt mir, dass ich auf Janni verzichtet habe, weil es das erste Mal in ihrem Leben ist, wo ihr alles herrlich vorkommt, einmalig und traumhaft.

Ich natürlich, verstehe sie besser als jeder andere und bin mit ihr einer Meinung, dass das Leben wunderschön ist. Schöner als das beste Essen. Meine letzte Erwähnung von Essen findet sie gut und will sich telefonisch etwas bestellen, weil sie vor Hunger gleich umfällt. Zwei Burger, zwei Bauernsalate und die obligatorischen Pommes mit Kruste. (Ich habe wohl den falschen Tag ausgesucht, um das Essen zu vergessen, meint ihr nicht?)
Ihr Wechsel hat jegliche Grenze überschritten. Sie hat die Magersucht übersprungen und ist direkt in die Fettsucht übergegangen. Es hat sich nicht nur ihre Haltung dem Essen gegenüber geändert, sondern auch ihr Aussehen, wenn sie darüber spricht. Die Liebe hat ihren Appetit in Gang gebracht, und das zeigt sich in der Art wie sie alles innerhalb von zehn Minuten verputzt. Was mich angeht, scheint die Liebe keine bedeutende Änderung an meinem Appetit hervorgerufen zu haben. Er ist auch nicht weg (leider), noch ist er größer (Gott sei Dank). Ich würde aber behaupten, dass er meine Wahrnehmung Essen gegenüber positiv beeinflusst hat, weil es sich sonst nicht anders erklären lässt, dass ich in diesem Moment nicht den Eindruck habe eine einfache Gurke zu essen, sondern eine geschmackvolle grüne Schokolade.
„Ah, ich habe vergessen Dir etwas zu sagen. Am Abend sind wir bei den Jungs zum Essen eingeladen."
Und ich, die normalerweise jetzt meinen Hut werfen müsste, alleine schon bei der Vorstellung, dass sich ein kleines Tierchen nackt über Holzkohle dreht, bin vollkommen verwandelt und in meinem Gehirn gibt es nur einen Namen und einen Aufschrei: ARI! AH!
Dieses Treffen würde ich um nichts auf der Welt verpassen wollen. Rea auch nicht, die dadurch Gelegenheit hätte, Material zu sammeln. He? Was sagt sie?
„Welches Material?"
„Das Material, das ich brauche um Liebesvoodoo bei Janni machen zu können. Haare, persönliche Gegenstände und ähnliches. Verstehst Du?"
„Machst Du Witze?"

„Überhaupt nicht."
„Wir gehen als Gäste in die Wohnung der Jungs und Du willst die ganze Zeit auf eine Gelegenheit warten, ihnen die Haarbürsten zu klauen?"
„Mir bleibt nichts anderes übrig. Janni ist verrückt nach Dir. Es kann schon sein, dass Du seine Gefühle nicht erwiderst, was mich ungemein beruhigt, aber so kann das nicht weiter gehen."
„Und deshalb hast Du Dich entschlossen, ihn zu verzaubern."
„Ja."
„Und wenn Du aus versehen Haare von Ari erwischt?"
„Dann habe ich Pech gehabt."
„Und ich!"
„E…"
„Und wenn Du mit dem Zauber einen Fehler machst und Janni in einen Ziegenbock verwandelst?"
„Dann hat er Pech gehabt."
„Er oder ich? Stell Dir mal vor, ein Ziegenbock beansprucht Dich. Tragisch!"
„Tatsächlich!"
„Was beinhaltet dieses Menü außer Haare?"
„Einfache Dinge. Fledermausnägel, Eier mit zwei Dotter und Spinnenbeine."
„Willst Du, dass er sich in Dich verliebt, oder willst Du ihn umbringen?"
„Warte, es geht noch weiter. Man muss alles in einem Topf um Mitternacht kochen und ihn den Sud trinken lassen. Und das alles in einer Vollmondnacht."
„Jawohl. Und wie willst Du ihn davon überzeugen, eine Tasse Spinnenbrühe zu trinken?"
„Ich werde ein paar Stückchen Hühnchen mit rein tun und werde sie ihm als Hühnersuppe vorsetzen!"
„Lass' es. Das hebt die Wirkung des Zaubers auf. Er wird sich in einen Hahn verwandeln, der hinter den Hühnern herläuft!"

Sie bittet mich für ihre Situation Verständnis zu haben. Sie behauptet, dass sie nicht durchgeknallt ist. Sie ist lediglich berauscht. Bis jetzt haben sie Retsina auf dem Balkon getrunken.
„Hast Du Ari gesehen? Habt Ihr Euch unterhalten?"
„Ja. Es war auch dieser Spiro dabei. Sie haben uns nicht eine Sekunde alleine gelassen, verdammt..."
Ich wette, dass Janni sie dort mit Gewalt festgehalten hat. Er hatte Angst, mit Rea alleine zu bleiben.
„Hast Du mitbekommen, ob er auf irgendeine abfährt? Ob er eine Beziehung hat?"
„Er ist vogelfrei. Er sagt, er hat noch nicht die Frau gefunden, die ihn erschüttert."
„Und ich, was mache ich hier? Auf was warte ich? Ich bin diejenige welche! Wenn er Erschütterung braucht, ist er bei mir gerade richtig. Ich werde die erste Frau sein, die ihn erschüttert."
Wenn ich Anlauf nehme und mit Karacho auf ihn falle, könnt' ihr euch vorstellen wie er weinen wird? Schwarze Tränen. Wenn die Erschütterung durch Schmerz auch gilt...
„Ja, Thenialein, das wirst Du tun. Hoffentlich verliebt auch er sich in Dich. Ihr seid so ein schönes Paar. Wie Kartoffeln um den Braten." (Also wirklich!) „Ich gehe jetzt schlafen. Wecke mich um sechs Uhr auf, damit wir uns in Schale werfen können."

Das Haus des Abgottes

Wohnung: 2G
Etage: 3+4

Ach, meine Vögelchen! Sie haben einen Grill auf den Balkon aufgestellt und bereiten Koteletts vor, Hühnchen Souvlaki und Bauernwürstchen. Athanasia und mein (in meiner Fantasie) Schwager Nektario, reißen sich sämtliche Beine aus, um uns mit kalten Getränken zu versorgen, während sie gleichzeitig Salate zubereiten und Reis. Währenddessen betatschen sie sich auch noch diskret. Janni spielt den erfahrenen Grillmeister, etwas, das – zur Information erzähle ich das nur – überhaupt nicht zu ihm passt, weder stilistisch noch äußerlich. Bis jetzt hat er die Hälfte der Würstchen verbrannt und ist gerade dabei auch noch die restlichen zu verbrennen. Jetzt wo ich Würstchen gesagt habe, wo ist Ari? Mein Vögelchen, nicht eine Grille habe ich bis jetzt zirpen gehört…
Iro hat sich – klassisch – vor dem Fernseher platziert und verfolgt mit Spannung das Geschehen, während Rea sich einen Stuhl neben Janni herangezogen hat – ein paar Zentimeter vom Grill entfernt – und schaut ihn mit derselben Hingabe an, als würde sie das Endspiel der Champions League verfolgen. Ich stehe wie immer neben mir. Ich frage Athanasia, ob ich irgendwie helfen kann, aber sie meint, in dem Dorf aus dem sie kommt, setzen sich die Gäste bequem hin und die Hausherrin sorgt

dafür, dass es ihnen an nichts fehlt. Ich frage sie, wo dieses Dorf liegt, denn ich denke ernsthaft darüber nach, es bald zu besuchen. Ich liebe nämlich den Duft frisch gebratener Kartoffeln, der mir um die Nase streichelt. Ich will alles tun, um mein bisheriges Verhalten ihr gegenüber wieder gut zu machen und um das zu erreichen bin ich bereit sogar Purzelbäume zu schlagen – wenn nötig –. Ich muss zugeben, ich habe etwas übertrieben. Ich war unfreundlich, ich habe sie sofort gehasst, als sie mit mir sprach wollte ich sie in Streifen schneiden, während sie, die Arme, alles tut damit ich mich wohl fühle, als wäre sie mir etwas schuldig. Ich sollte mich schämen. Pfui. Und nochmals pfui.
Sie fragt mich, in welchem Jahr ich geboren wurde und ich habe große Lust ihr zu sagen, dass man Kaliber wie mich nicht fragt wann sie geboren werden, sondern wann sie produziert wurden, lasse sie aber von selbst drauf kommen. Ich lächle sie an (sie hat es verdient), ich mache ihr Komplimente (die Wahrheit muss einfach gesagt sein), ich bin freundlich (das gehört sich nun mal) und versuche sie auszufragen (warum Ari noch nicht da ist, weil ich dringend wissen muss wo er ist, mit wem und wann er endlich da sein wird).
„Nein, wir warten auf sonst niemanden. Nur wir. Die Üblichen."
„Spiro?" (Als ob es mich interessiert.)
„Ja, der kommt auch."
Am Arsch vorbei. Sorry. „Und Ari?"
„Er kommt mit Spiro. Sie sind seit heute Mittag im Schwimmbad, und jetzt, wo ich darüber nachdenke, sie sind ganz schön spät. Lass' mich sie mal kurz anrufen und fragen, wo sie bleiben."
Gerade als sie die Nummer in ihr Handy eingibt und ich sie abzuschauen versuche um seine Nummer zu klauen, beginnt in meinen Ohren das mir vertraute Vogelgezwitscher.
In der Eingangstür dreht sich der Schlüssel. Die Tür öffnet sich und herein kommt ER. Mit nassen Haaren. Mit angeklebten Shorts – ebenfalls nass –, von der Taille aufwärts nackt und braun gebrannt. Wundervoll. Das Haus füllt sich mit Gezwitscher. Wie im Garten Eden. Gut, dass ich

sitze. Würde ich stehen, würde ich in Ohnmacht fallen. Der Parkettboden hätte dadurch ein riesiges Loch.
„Ich habe Hunger wie ein Wolf", sind seine ersten Worte, aber das ist genug damit eine Stimme in meinem Hirn zu schreien anfängt: nimm mich, nimm mich…
Mein Blick folgt ihm zum Grill, wo er über die Hühnchen Souvlaki herfällt. (Was gebratene Hühner manchmal für ein Glück haben!) In diesem Zusammenhang fällt mir ein, dass dies die beste Möglichkeit ist, um den Kamm zu klauen, von dem wir schon gesprochen haben. An seinem Körper kann man mit absoluter Genauigkeit auch nur den kleinsten Muskel erkennen, und die Glocke der Grundschule in meiner unteren Stadt fängt wie verrückt an zu bimmeln, damit der Schüler ins Klassenzimmer kommt (hereinkommt, wieder heraus, dann wieder herein… wie bekannt). Er aber isst sorglos das glückliche Hühnchen. Wie ich so sitze, am Rand des Holzstuhls, fühle ich immer noch die Glocken. Der Schüler soll jetzt herein kommen. Jetzt!
Jetzt…
Jeeeeeetzt…
Oh, ja…
Ja…
Oh…
Oh, ja…
Jetzt…
OH, JAAAA!
JJJEEEEEEEEETTTZZZTTTT!...
Ich will eine Zigarette. Gut, dass ich sie direkt neben mir habe. Es wäre ein Ding der Unmöglichkeit jetzt aufzustehen und danach zu suchen. Ich ziehe den Rauch ganz tief in mich hinein, so dass ich das Gefühl habe, dass der Rauch aus meinem Hintern wieder herauskommen könnte. Mit dem zweiten Zug mache ich das Gleiche. Mit dem Dritten ebenso. Er kommt in meine Richtung, aber – wie schade… – kann ich ihn nicht umarmen, meinen Kopf an seine Brust lehnen und ihm zuflüstern:

„Danke, mein Liebster, es war wundervoll“, deshalb begnüge ich mich mit einem einfachen „Hallo“ und einem Lächeln.
„Hallo Puppe. Geht es Dir gut?“ sagt er lächelnd zu mir und zwickt mich in die Backe/Flugplatz und geht weiter, ohne eine Antwort abzuwarten. Er bittet uns, ihn kurz zu entschuldigen, damit er sich schnell baden kann, das Chlor abwäscht und sich anzieht.
(Ich kann das alles gerne abschlecken und ihn dann selbst anziehen.) Und warum soll er sich anziehen, bei dieser Hitze? Das kann er mir doch nicht antun. Ari! Bitte nicht!
Spiro, der ebenfalls zurückgekommen ist – ich habe ihn natürlich überhaupt nicht beachtet – ruft Athanasia und mir zu, dass wir uns zu ihnen auf den Balkon gesellen sollen, aber ich nehme keine Notiz von ihm, – wäre ja noch schöner – weil ich mir die Rückseite Aris betrachte, wie er die Treppen hoch geht. Ich bemerke ein kleines Tattoo auf seiner rechten Schulter, es ist aber zu weit weg, um genau erkennen zu können, was es ist.
„Jetzt komm“, sagt Athanasia und gibt mir ein Tablett mit Nudelauflauf, den ich mit hinaus nehmen soll. (Wie war das? In ihrem Dorf müssen die Gäste nichts tun?) Schade, denn ich hatte vor, dem Wasser zuzuhören, indem mein Liebster plätschert.
Auf dem Balkon herrscht ausgelassene Stimmung und alle nehmen Janni auf den Arm, während sie seine Hühnchen Souvlaki Hühnchenkohle nennen. Ich gebe Rea Zeichen sich nicht aufzuregen, denn ich sehe, dass sie kurz davor ist, Ohrfeigen zu verteilen. Athanasia steht am Tisch und bereitet einen Teller für Iro vor. Müsste sie darauf warten, dass wir ihr was zu essen bringen, wäre sie – Fernseh schauend – an Unterernährung längst gestorben. Nektario und ich haben den gleichen Gedanken: wie schön Athanasia ist. Nur, dass er sie sich nackt vorstellt.
Alle fallen über das Essen her. Einzige Ausnahme bin ich, da sich mein Appetit momentan von dem der Anderen etwas unterscheidet. Mit den Würsten geht es einigermaßen, aber die, die ich will, ist nicht gebraten. Auch nicht geschnitten. Und (ohne Janni beleidigen zu wollen) auch nicht verbrannt!

Nach einer Viertelstunde, die mir wie eine Ewigkeit vorkommt, höre ich, dass Ari wieder herunter kommt. Ich beginne an einem Salatblatt zu kauen und die Gleichgültige zu mimen, aber als ich ihn so sehe, werde ich sofort wieder schwach. Immer noch ohne Oberteil, diesmal aber mit einer ausgewaschenen engen Jeans und frisch gewaschenem Haar, das nach Kokosnuss riecht. Wie eine exotische Sommerinsel, bereit von mir erobert zu werden. Nein, ich will nichts anderes essen, nur eine rohe Wurst mit Kokosmilch garniert...

Er zieht sich einen Stuhl heran und setzt sich mir gegenüber. Ich bin ganz außer mir! Ich weiß nicht, seit wann ich auf seine Muskeln starre wie eine Mücke, ich weiß nur, dass als ich versucht habe, das Grünzeug zu schlucken, alle gerannt sind, um mir Wasser zu holen und mir auf den Rücken zu klopfen, damit ich nicht ersticke. Das ist der Moment, wo sich Jannis Befürchtungen bestätigen und er versteht, (Gott sei Dank nur er), dass sein bis dahin Freund Nummer Eins sich in seinen Rivalen Nummer Eins verwandelt hat. Um meine Aufmerksamkeit abzulenken, tut er so, als wäre ihm auch warm und zieht ebenfalls das T-Shirt aus. Bei Janni kann ich mit absoluter Genauigkeit seine Rippen zählen und sein Brustbein ausmachen! Jetzt bleibt noch, dass ich mich auch ausziehe, um so das beste Trio für eine moderne dreiteilige medizinische Enzyklopädie zu bilden. Der muskulöse Körper, das menschliche Skelett und das gefährliche Fett! In Jannis Augen erkenne ich eine Spur Eifersucht, vielleicht aber bilde ich es mir auch nur ein. In den Augen Reas sehe ich in jedem Fall Anerkennung für ihn, und wenn ich ihnen sage, dass mich ihre Haltung überhaupt nicht schockt, wäre das gelogen und das will ich nicht.

Ich werde jetzt mit Ari sprechen. Da hilft gar nichts, irgendwann muss ich ja doch. Es kann nicht sein, dass wir in meinem Kopf bereits verheiratet sind und, wenn er mir gegenüber sitzt, ich stumm da sitze.

„Ehrlich, Ari, ich habe ein Tattoo auf Deiner Schulter gesehen. Was ist es?"

Sogar er ist überrascht, dass ich ihn anspreche, aber was soll's... Als ich ihn kennenlernte, war ich stumm – und habe gesprochen; ich war blind – und habe gesehen.
„Ah! Das?", sagt er und steht auf, um zu mir zu kommen, damit ich es mir besser ansehen kann. Warum tut er mir das jetzt an? Kann er mir nicht einfach auf meine Frage antworten? Ist es notwendig, dass er mich dieser erotischen Qual aussetzt?
Er dreht mir seinen Rücken zu und geht in die Hocke, während er mich darüber aufklärt, als wäre ich ein grünes UFO, das man wegen Dämlichkeit weggeworfen hat, dass das, was ich da sehe, ein Vogel ist. Ein Vogel! Natürlich! Was könnte es anderes sein, als ein Vogel? Hier erklärt sich so manches. Das Gezwitscher, das Geflatter. In diesem Leben ist nichts zufällig. Rea schaut mich an und gibt mir zu verstehen, dass sie auch den Zusammenhang begreift.
„Es ist ein grüner Wasa Papagei. Bist Du mit meiner Wahl einverstanden?"
Was erzählt er da? Dass er derjenige ist, der den Vogel hat, und ich diejenige bin, die ihn singen hört? Gut, dass er sich nicht einen Drachen hat tätowieren lassen, damit nicht jedes Mal, wenn ich ihn sehe, mich Ungeheuer jagen!
„Ja", sage ich. „Und was symbolisiert für Dich dieser Vogel?"
„Vieles. Dieser Vogel lebt wild auf den Inseln vor Kap Verde", sogar sein Vogel passt zu meiner Diät; wirklich, gar nichts ist zufällig! Nichts... – „Und sein Gesang ist einzigartig" – nichts, sage ich euch. „Ich würde aber sagen, dass er vor allem die Freiheit symbolisiert. Die Freiheit des Geistes, des Wortes, der Selbstbestimmung, des Gedankens..."
„Des Tosodoulis, der im Bus als Geisel gehalten wird..." ergänzt Janni etwas angesäuert. Er wünscht sich jetzt, er hätte ein Ganzkörpertattoo auf der Vorderseite seines Körpers, um es mir auch zeigen zu können, damit er auf der Bewertungstafel nach oben rutscht. Alle lachen und keiner achtet auf Jannis Gesichtsausdruck, außer Rea, die seine Eifersucht sehr wohl bemerkt und ganz genervt ist. Wisst ihr, die bekannte

Theorie der Drei, wie Toli behauptet hat. Und ich habe ihn auch noch ausgelacht.
Wenn ich die paar Ausbrüche von Jannis abziehe, die keiner bemerkt hat, verläuft der Abend wunderschön. Mit Lachen, schöner Musik und gegenseitigen Späßchen. Sogar ich bin aus mir herausgegangen und habe noch weitere drei Mal gesprochen. Es war, bis ich in Fahrt gekommen bin. Wer sollte mich da noch aufhalten können...
„Fahren wir ans Meer?“ (Diese Rea mit ihren blöden Ideen.)
Das „Fahren wir ans Meer“, bedeutet „Wir gehen ins Wasser“, was auch bedeutet „Wir ziehen uns aus.“ Und das „Wir ziehen uns aus“, bedeutet auch „Da bringe ich mich doch lieber um.“
„Tolle Idee!“ unterstützt Athanasia sie, gerade wo ich begonnen hatte, sie zu mögen.
„Auf geht's, fahren wir!“ sagt Spiro, der mir bisher gleichgültig war, den ich aber ab heute beginnen werde, nicht zu mögen.
„Zum Baden?“, wage ich zu fragen, fast ängstlich.
„Für einen romantischen Abend unter Sternen!“ meldet sich Spiro wieder zu Wort, und nimmt schon seine Gitarre in die Hand, die an der Wand lehnt. Der, der mir anfangs gleichgültig war, dann unsympathisch und jetzt wieder sympathisch.
Das Saiteninstrument hat mich vor der Blamage gerettet. Wir quetschen uns alle in Spiros Auto, zusammen mit Iro, nachdem „Der Bus“ nicht mehr live übertragen wird, laden den Rollstuhl auf und fahren. Ari nimmt Janni mit dem Moped mit. (Scheiße, Scheiße, Scheiße.)

Sie fahren mit uns an einen kleinen Strand, den sie übereinstimmend „unseren Strand“ nennen, der viel viel schöner ist, als sie ihn beschrieben haben. Das Licht des Vollmonds lässt das Meer glänzen und Rea darüber nachdenken, wenn sie die Spinnenbrühe schon hätte, sie mit Gewalt Jannis Nase zuhalten und ihn zwingen würde, sie bis zum letzten Tropfen zu trinken.

Athanasia und Nektario fallen sich sobald sie aus dem Auto steigen in die Arme und tauschen einen innigen Kuss aus. Das bringt mich dazu, mir einen großen Stein um den Hals zu hängen, und ins Wasser zu gehen, aber die komischen Glücksgeräusche Iros kommen bei mir an wie eine motivierende Ohrfeige, damit ich wieder zu mir komme und die magische Sommernacht genieße.
Sofort beginnen alle, als hätten wir es ausgemacht, Äste zu sammeln, um in der Nähe der Felsen ein kleines Lagerfeuer zu machen. Wir setzen uns um das Feuer. Ich beneide ein paar von uns, die ihr Glück viel leichter genießen können als andere. Wenn man es schafft, Minuten des Friedens von den unerfüllten „ich will" zu trennen, ist das ein Segen, und gesegnet sind die, die es können.
Ari sitzt zu meiner Rechten (und bringt mich auf Ideen), während Janni sich zu meiner Linken befindet (und sie wieder verscheucht). Der Kampf, der in mir stattfindet, damit ich nicht aus erotischem Verlangen anfange zu schreien, übersteigt meine Kräfte.
Nektario nimmt seine Gitarre und beginnt zu spielen. Er schenkt den ersten Song Athanasia, während er mir und Rea erklärt, dass er dieses Lied für seine Liebste komponiert hat, letztes Jahr Sylvester, als sie sich getrennt hatten.
Er beichtet uns weiter, dass er sich nach Hause zurückgezogen hatte, um sich die Pulsadern aufzuschneiden und Spiro ihm um vier Uhr morgens eine Stripperin vorbei brachte, um die Trennung zu überwinden.
„Wenn Du solche Freunde hast, brauchst Du wirklich keine Feinde!" sagt Athanasia und schubst Spiro, angeblich böse.

Seit ich Dich kennen gelernt habe
Weiß ich nicht, was ich gestern war
Alles um mich hat sich verändert
Was mich interessiert ist, was Du willst
Ich renne wie verloren herum und suche
Zeichen von Dir zu finden
Die mir sagen, was ich tun soll
Damit Du Mein bist.

... singt Nektario während er Athanasia anhimmelt, Rea den Janni, Janni mich und ich den Ari...
Ich schließe meine Augen und versuche meinen optischen Stau zu lösen. Die Gefühle, die bisher noch keiner in Worte gefasst hat, werden durch Blicke ausgetauscht, die einen unerträglichen Gefühlsstau verursacht haben. Bitte bringt mich hier weg, ich bitte euch!

Wenn auch Du mich wollen würdest
Wenn Du von Dir was geben würdest...

Hörst du, Ari?

Und wenn es nur für einen Moment ist
Ein bisschen Hoffnung auf Liebe...

Hörst du, Ari?

Wenn ich Dir in die Augen sehen könnte
Wie Du von mir Zärtlichkeiten verlangst...

Hörst du, Ari?

Und wenn es nur für einen Augenblick wäre
Damit ich der Dunkelheit entfliehe…

Hörst du, Ari?
(Wenn ich jetzt die Augen öffne, ist die Dunkelheit immer noch da.)

Seit dem Tag als ich Dich zum ersten Mal sah, mein Leben
Beherrscht mich nur noch ein Gedanke
Wie Du für immer mein werden kannst
Auch wenn ich fühle, dass Du anderswo bist…

„Hörst Du, Thenia?“, lese ich in Jannis Augen. Es tut mir leid, dass ich seine Liebe nicht erwidern kann. Leider, aber manchmal werden Wünsche tot geboren und kein Bitten ist in der Lage, sie zum Leben zu erwecken. Ein solcher Wunsch ist auch der von Janni. Das Lied ist zu Ende, nachdem es uns alle gezähmt hat.
Nektario und Athanasia umarmen sich. Es tut gut, dass wenigstens zwei unter uns in der Lage sind, ihre Gefühle auszudrücken, sonst würden wir, so wie wir alle geladen sind, explodieren und der Strand wäre voll von traurigem Konfetti.
„Nimm das. Du musst schon halb erfroren sein“, sagt Ari und wirft mir seine Jacke über die Schultern. Er hat wohl gesehen wie ich zittere und glaubt es kommt von der nächtlichen Kälte.
Ich wickle mich darin ein, und schiebe meine Nase in seinen Kragen, damit ich ganz nahe an seinem Duft bin, dem Gegenstand meines Verlangens, damit ich wenigstens auf diese Weise mir vorstellen kann, wie es ist, wenn Ari in seiner Jacke wäre und ich in seinen Armen. Und so, verloren in meiner Fantasiewelt verbringe ich die nächsten zwei Stunden, während ich den Liedern zuhöre voll verlorener Liebe, beendeter Liebe, Liebe die kommen wird, Liebe die dich umbringt, Liebe…

Liebe... Liebe...
Liebe dieser Art, die so ist, wie diese zu meiner Rechten! Perfekt, unerwidert, fantastische Liebe des Gehirns...
Nektario stellt seine Gitarre hin und sagt, dass er mit Athanasia spazieren gehen will (ich glaube, ich weiß warum). Janni schlägt mir vor, das Gleiche zu tun (ich glaube auch hier zu wissen warum). Aber ich lehne freundlich ab. Rea, die keine Gelegenheit auslässt, erklärt sich bereit ihn zu begleiten, zusammen mit Spiro. Ari sagt, er will mich und Iro hier nicht alleine lassen, deshalb setzt er sich neben mich, während er die Anderen beobachtet, wie sie sich entfernen.
In der nächtlichen Stille hört man nur die Wellen und es ist das erste Mal, wo ich mir wünsche, dass Iro spricht und alles Ari verrät, ein für alle Mal. Ich habe nicht die Kraft es selbst zu tun, wenn ich es aber weiterhin geheim halte, werde ich platzen.
„Ist etwas mit Dir?“, fragt er, und in seiner Stimme höre ich ehrliches Interesse heraus.
„Nein... Warum fragst Du das?“
„Du bist ständig still und in Gedanken. Vielleicht ist das Dein Charakter. Entschuldige, dass ich das sage, wo ich Dich doch kaum kenne.“
„Nein, ich bin nicht immer so. In der letzten Zeit jedoch gibt es etwas, das mich sehr beschäftigt.“
„Willst Du darüber sprechen?“
Und ob ich will! Aber es ist etwas, was ich noch nie getan habe. Ich weiß nicht einmal wie man über solche Dinge spricht. Es wäre für mich einfacher, dich zu packen und mit Küssen zu bedecken, aber nicht mal davon habe ich Ahnung, wie man es macht. Das Einzige was ich weiß ist, dass ein Mann wie du sich niemals in jemanden wie mich verliebt.
Niemals.
„Also? Willst Du es mir sagen? Willst Du es herauslassen?“
Einspruch! Ich will es hereinlassen!
„Manchmal hilft es, wenn man mit einem Fremden darüber spricht.“

Nur, dass du gar nicht so unbekannt bist. Du bist ständiger Gast in meinem Kopf. Aber wie sollst du dir das vorstellen können... Wie sollst du das Problem verstehen, wo du doch die Lösung bist...
„Warum sprichst Du nicht darüber? Geht es um einen Mann? Ist es nicht so?"
„Ja."
„Es ist immer das Gleiche..."
„Mir ist es zum ersten Mal passiert."
„Du hast Dich verliebt?"
Ja, ich habe mich in dich verliebt.
„Ja."
„Und ich gehe mal davon aus, dass er keine Ahnung davon hat?"
Also, so blöd wie du bist mein Junge, wie solltest du das mitbekommen...
„Ja."
„Also wirklich, wie blöd muss er denn sein, dass er es nicht mitbekommen hat?"
Sag ich doch...
„Vielleicht bin ich mit daran schuld. Vielleicht habe ich es ihm nicht gezeigt."
„Warum sagst Du es ihm nicht einfach?"
Ich will nicht, dass du ins Wasser gehst!
„Das ist sehr schwierig. Ich glaube meine Gefühle werden nicht erwidert."
„Warum? Woher willst Du das denn wissen?"
Ich weiß es nicht. Springst du?
„Ich vermute es."
„Ich sage Dir, packe ihn einfach und sag' es ihm."
Bist du sicher?
„Unmöglich."
„Es könnte sogar sein, dass er es weiß, aber darauf wartet, dass Du den ersten Schritt machst."
Sag' mir nicht so was!

„Wäre es möglich?“
„Natürlich. Um nicht zu sagen, dass es sogar alle anderen mitbekommen haben.“
Oje! Ich habe mich zum Affen gemacht!
„Sprichst Du von jemand Bestimmten?“
„Ja, natürlich. Glaubst Du, dass ich blöd bin?“
Mein Gott, er weiß alles!
„Also, Du hast alles mitbekommen, ja?“
„Alles.“
Oh!
„Und was hast Du dazu zu sagen?“
„Pack es an!“
Ich soll dich packen. Bleibst du denn stehen, damit ich dich packen kann?
„Wie soll ich es packen? Was soll ich tun? Sag's mir und ich tue es…“
„Ganz einfach, Du nimmst ihn zur Seite und sagst ihm: Janni, ich mag Dich und will mit Dir gehen.“
… Wer ist gekommen?
„Wer ist gekommen?“
„Niemand. Ich kann Dir versichern, ich weiß aus erster Hand, dass er Dich auch sehr mag.“
… Was ist passiert?
„Was ist passiert?“
„Nichts. Und wenn Du willst, kann ich mit ihm sprechen.“
Entschuldigung? Bitte wiederholen.
„Ari, hör auf.“
„Mach Dir mal keine Sorgen, Kleines. Ich werde Dich nicht bloßstellen.“
„Ari, einen Moment. Bitte höre mir kurz zu. Bitte.“
„Ja, ich höre.“
„Es ist nicht Janni, der den ich will...“
Wenn er es wäre, wäre ich jetzt bei ihm und nicht mit dir, du Blödmann!
„Nicht…“
„Nein! Lass mal lieber.“

„Schade. Ihr währt ein schönes Paar“
Ja. Wie Kermit mit Piggy!
„Ari, vergiss es.“
„Auf jeden Fall wird es ihm furchtbar wehtun, aber obwohl Janni mein bester Freund ist, kann ich Dir nur raten, Dir den anderen mal zu schnappen und es ihm zu sagen. Egal wer es ist, Kleines.“
„...“
„Gräm Dich nicht, so ohne Grund. Das wäre wirklich schade. Du musst eine Antwort bekommen, damit Du weißt, wie Du dran bist. Verstehst Du?“
Und ob ich verstehe.
„Ich verstehe.“
„So ist es gut, mein Kleines. Komm, lass Dich jetzt in die Arme nehmen...“
Seine Hände durchdringen mich wie elektrischer Strom, und ich habe das Gefühl, meine Haare stellen sich senkrecht. Ich mache mich stocksteif, denn ich habe Angst, dass ich mir dann eine Anzeige wegen Vergewaltigung einhandle.
So wie ich mich fühle mit meinem Kopf an seiner Schulter – seiner wirklichen Schulter, dieses Mal – überlege ich, das wäre der beste Moment, ihm meine Liebe zu beichten. Ich weiß aber weder wo ich beginnen soll, noch wo ich aufhören soll, geschweige denn wie ich es ihm sagen soll. Ich beginne Nektarios Text zu wiederholen, damit er doch noch von selbst dahinter kommt.

Wenn auch Du mich wollen würdest
Wenn Du von Dir was geben würdest...
Und wenn es nur für einen Moment ist

„Ein bisschen Hoffnung auf Liebe...“, ergänzt er bevor ich es zu Ende singen kann. „Ja, Thenia, wir suchen alle das Gleiche. Die Hoffnung auf Liebe. Du bist nicht alleine.“

Jawohl! Jetzt haben wir uns verstanden. Du bist auch ganz schön blöd, mein Lieber. Rea hat schon Recht, wenn sie behauptet, dass die einzige Möglichkeit einen Mann mit Wörtern zu treffen ist, wenn man ihm eine Enzyklopädie an den Kopf schmeißt! Eine andere Möglichkeit sich ihnen zu offenbaren gibt es nicht. Was soll ich jetzt tun, damit er versteht, dass es sich um ihn handelt? Soll ich ein Riesentransparent anbringen, oder soll ich mit Plakaten auf den Marktplatz gehen?

... In der Zwischenzeit unternimmt Ari unmenschliche Versuche, sich aus meiner Umarmung zu befreien, aber ich halte ihn fest wie eine vierziger Zange, die sich in die lockere Schraube verliebt hat, und will für immer bei ihr bleiben.

Von der Ferne höre ich Reas Lachen. Leider kehren sie zurück. Ich muss ihn wieder loslassen, leider.

Ich mache langsam auf, wie eine Boa, der man ein Entspannungsmittel injiziert hat, und stehe auf um die zwei Tonnen Sand abzuschütteln, die sich in meinem Hintern versammelt haben. Ich habe das Gefühl, der Strand hat sich verkleinert. Eine enttäuschte, unglückliche, verliebte und wie es aussieht auch umarmte Walkuh.

Alle sind zu ihrem Ausgangspunkt zurückgekehrt. Athanasia und Nektario wirken „entspannt", Rea und Spiro erfrischt und Janni offensichtlich gequält.

„Alles okay?", fragt er Ari mit einem Unterton in der Stimme der heißen soll: „Du willst mir das Mädchen ausspannen? Hundling, ich werde Dich zermalmen, Mistkerl..."

„Alles okay", antwortet Ari, der aber in Wirklichkeit sagen will: ‚Gut, dass Ihr endlich da seid, noch ein paar Minuten und sie hätte mich erstickt.'

„Also gut, lasst uns nach Hause fahren", sagt Janni im gleichen Ton weiter, seine aggressive Stimme perfekt getarnt, die eigentlich meint: „Lass uns nach Hause kommen, Verräter, dann werde ich es Dir schon zeigen."

„Okay, lasst uns gehen", Ari stimmt zu, weil er ja schlecht sagen kann:

„Danke, dass Ihr mir das Leben gerettet habt, ich werde für immer in eurer Schuld stehen."
Wir setzen uns wieder in Spiros Auto und fahren zurück. Sie wollen erst uns bei Rea zuhause absetzen, und dann weiter zu sich fahren. Ari und Janni haben einen anderen Weg genommen, was Rea sehr unglücklich macht und mir bestätigt, dass nicht weit von hier entfernt, Janni seinen ahnungslosen Jugendfreund hinterrücks umbringen wird.

Zuhause benimmt sich Rea mir gegenüber, als wäre ich frisch vermählt, überschüttet mich mit Gratulationen und wünscht mir einen mit Blumen ausgelegten Weg ins Glück. Ich höre wie sie im Küchenschrank wühlt und befürchte, dass sie vorhat, mich mit Reis zu bewerfen. Gott sei Dank kehrt sie mit einem verpackten Schokocroissant zurück. Ich glaube, dass es keine schlechte Idee wäre, wenn man das Brautpaar nicht mit Reis, sondern mit Minicroissants bewirft. Ich gebe ihr etwas Zeit, damit sie sich beruhigt, und erkläre ihr dann, dass Ari völlig ahnungslos in seiner Welt der Schönheit lebt und es ein Ding der Unmöglichkeit ist, ihn in ein erotisches Abenteuer zu locken, ohne Gewalt anzuwenden.
„Er hat also nichts verstanden?"
„Gar nichts."
„Also hatte ich Recht, die brauchen Zauberei."
„Um nicht zu sagen eine Gehirntransplantation."
„Janni braucht auch eine. Er spricht die ganze Zeit von Dir."
„Ich meine, mein Verhalten ihm gegenüber ist eindeutig."
„Ja. Wenn er es auch noch verstehen würde, wäre das Klasse."
„Gute Nacht."
„Gute Nacht."

Mein Traum ist bezeichnend. Es ereignet sich in der gleichen Stadt, vier Monate später. Der Winter ist bereits da. Es ist kalt, die Zeit für Zweisamkeit. Wir sind unterwegs um das zu treffen, was uns wärmen wird, wenn der erste Schnee kommt. Bei dieser Verabredung sind wir pünkt-

lich. Wir können es kaum erwarten, unsere Hände nach dem auszustrecken, dessen Wärme garantiert ist.
Ein Laden für Aussteuer stattet uns mit dicken Wollbetten aus. (Ich muss daran denken, die Decken vom letzten Jahr zur Reinigung zu bringen.)

Monat ein, Monat aus

Kein Ton
Tag eins: Mittwoch 01/07

Zwei Unausgeschlafene stoßen an der Badezimmertür zusammen, weil die eine hinein und die andere heraus will.
„Guten Morgen."
„Guten Morgen."
„Kannst Du mir bitte ein Glas Wasser geben?"
„Ja."
„Gut. Tu auch einen Löffel Kaffee rein, rühr ihn um und bring ihn mir."
„Sonst noch was?"
„Keine Ahnung. Vielleicht noch ein paar Eiswürfel."
Das ist ein Spiel, das wir spielen seit wir uns kennen. Jedes Mal, wenn eine von uns einen Kaffee will, schickt sie die andere um ein Glas Wasser und bittet sie die entsprechenden Zutaten für einen Frappé dazu zu tun. Mit der Zeit wurde der Kaffee in Wasser umbenannt. Stellt euch mal vor, als ich einmal fast erstickte und Rea um ein Glas Wasser bat, ging sie und machte mir einen Frapouchino!
Es ist dreist von den Anderen zu verlangen einem einen Kaffee zu machen, aber es ermüdet mich sehr in die Küche zu gehen. Der Essensentzug hat sich in einen Staubsauger verwandelt, der mir meine ganze Ener-

gie entzieht. Rea spricht ununterbrochen von Janni. Ich nicke nur noch mit dem Kopf und denke an Ari. „Wie denkst Du darüber?“, fragt sie und hängt an meinen Lippen, aber ich habe keine Antwort für sie parat, weil ich überhaupt nicht zugehört habe. Ich werde versuchen auszuweichen und eine allgemeine Antwort geben.
„Meine Meinung spielt nicht so eine große Rolle wie Deine. Die Antwort liegt bei Dir.“ Uff.
„Ich frage Dich, weil ich unbedingt wissen will, was Du denkst. Sage es mir.“
Mit dieser Hartnäckigkeit hatte ich nicht gerechnet. Ich muss doch besser aufpassen.
„Ich denke, dass wir sie uns einfach aus dem Kopf schlagen sollten, und uns auf das Lernen konzentrieren, weil wir in zwei Tagen Prüfung in Erbrecht haben und beide völlig ahnungslos sind. Nach der Prüfung reden wir weiter.“ Bis dahin hast Du es vergessen, hi, hi, hi, hi!
„Oh! Das hatte ich völlig vergessen!“
„Also? Sollen wir uns jetzt mit denen beschäftigen?“
„Du hast Recht.“
Hätte ich gehört, was du gesagt hast, würde mich das Erbrecht nur dann interessieren, wenn ich einen steinreichen, kinderlosen Onkel in Amerika hätte, der im Sterben liegt. Also machen wir weiter.
In jedem Fall hat mein Einwand wegen der letzten Prüfung des Examens eine ungeheure Wirkung auf Rea. Bevor ich meinen Kaffee austrinken kann, stürzt sie sich kopfüber in das Studium der ungeordneten Nachfolge und der Vorschau ihrer juristischen Zukunft. Ha, wie lustig! Sie reißt sich am Riemen und setzt dem ewigen Gejammer endlich ein Ende. Sie hört endlich auf, sich über unwichtige Dinge ihr Gehirn zu zermartern, jede Margerite, jede Blume zu rupfen. Im Erdgeschoss gibt es keine einzige Blume mehr. Sogar den Kaktus hat sie gerupft!
Ich, die sich in der Zwischenzeit zur Sportskanone entwickelt hat, gehe ins Fitnessstudio, wälze mich über die Matten, streite mich mit dem Trainer, raufe mit einem Typen der laut seine Liegestützen zählt und mich bei meiner Zählung durcheinander bringt, und kehre nach Hause

zurück, um mein Grünzeug zu kauen. Ich finde sie noch vertiefter in ihren Büchern, als ich sie verlassen habe. Etwas später, als ich mich damit abgefunden habe, dass die Jungs uns nicht wieder sehen wollen, entrümple ich mein Gehirn von erotischen Fantasien, und beginne auch Erbrecht zu büffeln, um mich zu zerstreuen. Ich stopfe mein Gehirn mit dem Verstorbenen X und seinen aufgebrachten Blutsverwandten, denen ein Anteil seines Nachlasses zusteht: ein kleiner Acker, ein winziges Grundstück, zehn Olivenbäume, ein paar Schmuckstücke – das Übliche eben.

Kein Ton
Tag zwei: Donnerstag 02/07

Das Lernen hat Rea völlig in Anspruch genommen. Ich wache auf und finde sie hinter einem Berg Büchern und Notizen, ihr Gehirn wieder mit Informationen füllend. Um ehrlich zu sein, ihr Gehirn ist etwas aus den Fugen, wegen der Geschichte mit Janni.

„Ah, bist Du endlich wach?"

„Habe ich Dir gefehlt?"

„Etwas. Es ist schon Mittag."

„Rea, machst Du mir ein Glas Wasser?"

„Nein, ich lerne."

„Okay, dann gehe ich." Also gut, immer funktioniert es natürlich nicht.

„Aber wo Du schon mal gehst, schenk mir auch eins ein."

„Okay."

„Mit etwas Eis und einen Löffel Kaffee, wenn es Dir nichts ausmacht."

Hallo! Was ist denn hier passiert? Löst sich die Blondierung auf? Ich glaube, das viele Lernen tut ihr nicht gut. Sie muss damit aufhören. Das muss sofort ein Ende haben. Sie macht mir zu viele Eskapaden in der letzten Zeit und ich befürchte, dass wir da nicht unbeschadet davon kommen. Geschieht mir ganz recht. Mach jetzt zwei Frappés und halt die Klappe. Einmal, zweimal, drei… und die Kaffeezeit ist da…

„Schläft Iro noch?"
„Ja. Sie ist Dir in vielem sehr ähnlich. Sie müsste Dich zur Schwester haben, nicht mich."
„Stimmt. Das habe ich mir schon oft gedacht."
„Sie fährt heute."
„Was?"
„Ja. Eine Freundin meiner Mutter nimmt sie mit dem Auto mit. Sie werden so gegen Abend nach Athen fahren."
„Da bleiben ihr die Unannehmlichkeiten mit dem Bus erspart."
„Ja, das habe ich mir auch gedacht."
„Weiß sie es?"
„Sie wird es erfahren. Sie fahren ja ziemlich spät, nach ‚dem Bus' und da wird sie es nicht so schwer nehmen. Jetzt geh und frühstücke und dann ab ins Fitnessstudio. Du faulenzt ganz schön in der letzten Zeit."
Hallo! Rea wird ganz schön aufsässig! Aber, aber! Wann ist denn das alles passiert und ich habe nichts mitbekommen? Habe ich geschlafen? Ich schleppe mich in die Küche, und ins Fitnesscenter und kehre kriechend nach Hause zurück. Also wirklich, wo ist das Glücksgefühl, das man angeblich bekommt, wenn man Gewicht verliert? Warum fühle ich mich schwindelig, ausgelaugt, habe überhaupt keine Energie mehr, und vor allem warum leide ich unter Verstopfung?
Iro schläft noch – hat die ein Glück –, Rea lernt manisch, wahrscheinlich um Janni aus ihrem Kopf zu verbannen, und ich nehme eine Dusche und setzte mich auch an die Bücher. Auf der ersten Seite sehe ich sein Gesicht, auf der zweiten seine Hände, auf der dritten sehe ich seinen Rücken, und ab der vierten sehe ich seinen Penis und nur noch den. Groß, stolz und wild, über dem unendlichen Ozean schwebend, losgelöst von der restlichen Materie. Er sucht nach meiner unbewohnten unteren Stadt, die die letzten dreiundzwanzig Jahre geschlafen hat. Sie wartet darauf, den Winter ein für alle Mal zu vertreiben.

Moralische Lehre: Es kann sein, dass eine Schwalbe noch keinen Sommer bringt, ein grüner Papagei kann es allemal.
Seite 29: Der grüne Papagei sucht noch...

Der Abend gehört Iro. Sogar Rea hört auf zu lernen. Es wird eine kleine Abschiedsparty veranstaltet, bereichert durch eine Pizza mit extra Peperoni, Schokoladentorte und viele Liter der schwarzen Erfrischung. Ich habe alles lediglich gerochen, bewundert und viermal ausgeschlagen. Natürlich „Der Bus"...

Der Bildschirm ist in sechs Teile unterteilt, auf welchen Szenen gezeigt werden, die Athen zeigen könnten, während der letzten Wahlen, eine Stunde vor Bekanntgabe der Ergebnisse. Ich würde das zumindest vermuten, würde ich gerade aus dem Koma erwachen, in einem Krankenhausbett, und dies wäre das erste Bild, das ich zu sehen bekomme. Alle diese Menschen auf den Straßen Athens, mit dem Untertitel „Szenen aus einem Helikopter", erinnern an eine Panhellenische Volksversammlung aus unbekanntem Anlass.

Ehrlich, würde ich es nicht mit eigenen Augen sehen, ich würde es nicht glauben. Das gilt auch für meine inzwischen Busenfreundin, Donia Michalopoulou, die das Geschehen für absolut unglaublich hält (meine Damen und Herren). Ihr fehlen regelrecht die Worte, den Zustand in den Straßen Athens in diesen Minuten zu beschreiben, und überträgt live aus der Panepistimiou, damit wir hören können, was uns Ari Stathmaki zu sagen hat, der seit sieben Uhr abends dort ist.

Die nächsten zehn Minuten hat Ari Stathmaki Probleme mit dem Ton, Probleme mit den Kabeln, Probleme mit der Aufzeichnung, Probleme mit der Verbindung, vor allem aber Probleme mit seinen Hühneraugen, nachdem er seit sieben Uhr abends von halb Athen auf die Füße getreten worden ist. Sollte er es schaffen, all diese Probleme zu überwinden, vor allem das Letzte, ist er sich mit der Opposition einig, die die Regierung und die Ministerien wegen ihrer Unverantwortlichkeit, mit dem Ergebnis des hervorgerufenen Chaos umzugehen. Die falsche Handhabung des Innenministeriums, die Unfähigkeit der Polizei und die Verbreitung falscher Informationen durch die Presse, hat unser Land weltweit blamiert.

„... ganz einfach, wenn das Publikum von offizieller Stelle über den wahren Grund der Entführung informiert worden wäre, wäre dieses Durcheinander nicht entstanden, das Griechenland in ein großes internationales Theater verwandelt hat. Wie Sie sehr wohl wissen, liebe Zuschauer, der Thriller der Busentführung hat das weltweite Interesse geweckt, mit dem Ergebnis, dass sich die internationale Presse ausschließlich mit uns beschäftigt."

„Entspricht es der Wahrheit, Ari Stathmaki, dass die ungewöhnliche Situation in der sich unser Land heute befindet, gleichzeitig zu unserer Live-Übertragung bei den internationalen Sendern wie z.B. CNN, BBC und SKY NEWS gesendet wird? Ich würde Dich bitten, unseren Zuschauern zu erklären, was Du mit der Aussage ‚Großes internationales Theater' meinst?"

„Natürlich will ich dies tun, Donia Michalopoulou, ich danke Dir, dass Du mir die Gelegenheit gibst. Wenn wir die Dinge von Anfang an betrachten, wissen wir, dass alles mit der Weigerung der Polizei begann, die Menschen über die Forderungen der Terroristen zu informieren. Das hat dazu geführt, dass Teile der Yellow Press dies zum Anlass genommen haben – nur so kann man das bezeichnen – um unbestätigte Informationen – die Täter und deren Forderungen betreffend – zu verbreiten. Diese unklaren Aussagen haben viele Bewohner bewogen auf die Straßen zu gehen, weil sie den Eindruck haben, die Täter haben ähnliche Forderungen an die Regierung wie sie. So komisch sich das auch anhören mag, viele, die heute ins Zentrum Athens gekommen sind, wollen durch ihre Anwesenheit den Terroristen ihre Sympathie bekunden. Um genau zu sein, sind es derzeit zweiundsechzig Tierschutzorganisationen, der Verband der Kartoffelproduzenten, tausende von Rentnern die wegen der mageren Renten protestieren, Schüler aus allen Gymnasien Athens, die sich der Fünftagewoche entgegenstellen."

„Ari Stathmaki, ich glaube, wir verstehen, was Du uns erzählst. Wir müssen Dich aber kurz unterbrechen, um die Gelegenheit zu nutzen, mit dem Kollegen Kosta Riga zu sprechen, der sich auf dem Omonia Platz befindet, dort, wo die Dinge anders laufen, als Du sie uns beschrieben hast. Das Wort geht an Dich, Kosta Riga. Was passiert dort?"

„Hier, Donia Michalopoulou, herrscht das Chaos nach dem gestrigen Bericht der Zeitung FOOTBALL AND VIEW, dass es sich bei den Tätern der Busentführung um zwei portugiesische Fußballfans handelt, die sich an Griechenland rächen wollen, wegen des europäischen Fußballpokals 2004, und wie es aussieht keine große Zustimmung bei den griechischen Fußballfans hervorgerufen hat. Wie Ihr seht, haben sich hier Tausende versammelt, um den Opfern der Busentführung beizustehen, während sie T-Shirts mit der Aufschrift EURO 2004 tragen und Schals unserer Nationalmannschaft. Sie haben ihre Gesichter mit hellblauer und weißer Farbe angemalt. Ihr Ausruf ist uns natürlich bekannt. E!E!E!O!O!O!O! Wir haben sie, wir haben die Europameisterschaft!"

„Jawohl. Wir danken Dir für die Informationen und lassen Dich dort mit der übrigen Menge weiter feiern, damit wir zu unserer Korrespondentin Maria Vlachou weiterschalten können, die auf der Königin Sofie Allee ist, um zu hören was sie uns mitzuteilen hat. Maria Vlachou, wir hören Dich."

„Wie Sie sehen können, liebe Zuschauer, herrscht hier ein freundlicheres Klima. Ich habe die Möglichkeit, mich mit einer Menge arbeitsloser Pädagogen zu umgeben, die friedlich demonstrieren, mit Plakaten und Transparenten, und neue Anstellungen fordern."

„Maria Vlachou, warum demonstrieren die arbeitslosen Pädagogen auf der Königin Sofia Allee?"

„Ich habe mich soeben mit dem Sprecher der arbeitslosen Pädagogen unterhalten und mich dabei ausführlich informiert. Einem Artikel in der Zeitung „Freies Morgen" zufolge, ist einer der Busentführer ein arbeitsloser Pädagoge. Der Grund seiner Tat sei die Verzweiflung wegen seiner Arbeitslosigkeit. Der Täter ist während der Übertragung im Fernsehen durch seine Tante Kiki Boukouvala erkannt worden, die sofort die Presse darüber informiert hat, wer der Täter ist und was seine Beweggründe sind."

„Ist es nicht eigenartig, dass sie es geschafft hat, in einem der Täter ihren Neffen zu erkennen, wenn man bedenkt, dass beide Masken tragen?"

„Aus dem was Kiki Boukouvala sagt, folgern wir, dass sie ihn an seinen Schuhen erkannt hat, die sie ihm zu seinem letzten Geburtstag geschenkt hat."

„Also gut, Maria, ich danke Dir für Deine Informationen und verlasse Dich jetzt um mit Stathis Brekou zu sprechen, der sich auf der Stadiou befindet. Stathi, sage uns kurz, was wir dort antreffen."

„Donia Michalopoulou, hier ist nichts besonders klar, da hier mehrere Gruppen von Demonstranten sind. Zu meiner Linken sehen wir streikende Mitarbeiter der Olympic Airways, die glauben, dass die zwei Entführer Kollegen sind, während zu meiner Rechten der Verband der griechischen Taxifahrer ist, der für vier Stunden die Arbeit niedergelegt hat, um demonstrieren zu können. Dazwischen erkenne ich natürlich auch Fußballfans, die wegen des vorjährigen Sieges des Euro 2004 jubeln. Donia Michalopoulou, ich gebe zurück an Dich."

„Ja. Es sieht so aus, als ob im Zentrum Athens heute eine angespannte Lage herrscht, die wir jetzt verlassen, um wieder an den Ort der Busentführung zurückzuschalten, von wo aus unser Kollege Dimitri Mita uns über die letzten Entwicklungen informieren wird."

„Donia Michalopoulou, wie im restlichen Athen so herrscht auch hier eine sehr geladene Stimmung. Die Blockade der MAT (Sondereinheit der Polizei. Erg. d. Übers.) hat es nicht geschafft die Mengen zurückzuhalten, die gekommen ist, um den Bus aus nächster Nähe zu sehen, mit dem Resultat, dass auf einem kleinen Radius um ihn herum sich hunderte, um nicht zu sagen tausende von Menschen versammelt haben."

„Wenn es so ist wie Du es uns beschreibst Dimitri, ist der Zustand an dieser Stelle doch sehr explosiv."

„Ja, tatsächlich, es ist sehr gefährlich, Donia, vor allem wenn man die Drohungen der Terroristen bedenkt, dass sie in der Papiertüte eine Bombe mit sich tragen, die in der Lage ist, den Bus in die Luft zu jagen. Das würde auch Menschenleben im Umkreis des Busses kosten. Trotz der Bitten und der Versuche der Polizei, sind die Menschen nicht dazu zu bewegen, sich vom Ort des Geschehens zu entfernen."
„Gibt es etwas Neues darüber, wann die Täter ihre Forderungen kundtun?"
„Laut unseren Informationen haben die Täter die Bedingung gestellt, dass die Verhandlungen mit der Polizei öffentlich geführt werden sollen, damit der Dialog gleichzeitig dem Volk bekannt wird. So sind seit gestern Nachmittag verschiedene Teams vor Ort, die fieberhaft versuchen Bildschirme und Ton zu installieren, von wo aus das Geschehen übertragen werden kann, und zwar an alle zentralen Stellen, wo sich tausende von Menschen versammelt haben."
„Die Nachrichten, die Du uns durch Deine Reportage übermittelt hast sind sehr wertvoll, Dimitri. Wenn Du weiter nichts hast, schalten wir wieder zurück zu Ari Stathmaki, der sich auf der Panepistimiou befindet, dort wo sich der Zustand zuspitzt. Wie ich soeben erfahre, ist es dort zu Auseinandersetzungen zwischen Rentnern und Fußballfans gekommen, als sich Letztere mit Transparenten eingefunden haben, um an der gleichen Stelle zu demonstrieren."
„Donia Michalopoulou, ich habe nichts weiter hinzuzufügen, als was bereits bekannt ist. Ich will nur nochmals daran erinnern, dass der Bus von der Polizei umzingelt ist. Die Krankentransporter der EKAB und die Feuerwehr befinden sich weiterhin in Alarmbereitschaft. Ein paar Meter weiter wurde eine provisorische Zentrale der Polizei mit einem Spezialistenteam installiert, das wie immer das erste Wort bei solchen Fällen hat, während eine ständige Verbindung zur Hauptwache der Polizei und zur Sondereinheit der Krisenbewältigung ELLAS aufrecht erhalten wird. Ich muss außerdem weiter erwähnen, dass auch der albanische Botschafter das Geschehen aus nächster Nähe verfolgt, während nach unbestätigten

Aussagen behauptet wird, dass auch ein Vertreter der russischen Botschaft an den Ort des Geschehens geeilt ist. Abschließend muss ich hinzufügen, dass der Innenminister in ständiger Verbindung mit unserem Präsidenten steht, der ständig auf dem Laufenden gehalten werden will und sich derzeit in Frankreich befindet, während alle zuständigen Ministerien in Alarmbereitschaft sind. Das war noch zu sagen. Donia Michalopoulou, ich gebe zurück an Dich."

„Dimitri Mita, wie Du siehst, habe ich Dich nicht unterbrochen, obwohl ich soeben erfahren habe, dass der Zustand auf der Panepistimiou, nach dem Eingriff der Polizei sich erneut zugespitzt hat, mit dem Ergebnis, dass ein griechischer Fußballfan nach dem Angriff eines aufgebrachten Rentners ernsthaft verletzt wurde. Also Dimitri, wir bleiben bei Dir, damit Du uns darüber berichten kannst, in welchem Zustand sich die Geiseln befinden und ob die Gerüchte stimmen, dass die Täter mit einem abgesägten Gewehr bewaffnet sind."

„Die Antwort auf Deine erste Frage ist, die Geiseln befinden sich in einem guten Zustand und wie es aussieht ist die Polizei in ständiger Kommunikation mit den Entführern und mit Andrea Tosodouli. Die Gerüchte, dass die Täter bewaffnet sind, sind völlig unhaltbar, was sich aus den Entwicklungen abzeichnet. Allerdings ist die Situation…"

Plötzlich unterbricht Dimitri Mita die Reportage und beginnt zu rennen. Das gleiche tun auch alle anderen Reporter, die sich vor Ort befinden. Der technische Aufbau für Leinwände und Ton sind vollständig, und alle rennen, um einen guten Platz zu ergattern, der ihnen eine gute Sicht auf die Täter ermöglicht.

„Eins, zwei, eins, zwei", testet der Journalist das Hauptmikrofon, den die Täter aus der Menge ausgesucht haben, der ihre Forderungen übermitteln soll, nachdem sie nun entschieden haben erst ihre Forderungen bekannt zu geben und dann mit der Polizei zu verhandeln.

Die Tür des Busses öffnet sich und einer der beiden Täter steigt auf die erste Stufe.

„Bitte Ruhe!“, befiehlt ein Journalist, während er gleichzeitig das Zeichen gibt zum Beginn der Verhandlungen. Dann informiert er den Täter, dass alles wunschgemäß erledigt wurde. Riesige Leinwände übertragen das Geschehen und große Boxen übertragen den Ton. Das Ereignis wird nicht nur in ganz Griechenland, nein, sondern auch im Ausland übertragen. Jetzt können sie sprechen…

„Wer seid Ihr und was wollt Ihr zum Austausch für die Geiseln?“ fragt der Journalist mit dem Gesichtsausdruck eines vor kurzem gekrönten Königs der Nachrichten.

Augenblicklich verbreitet sich in den Straßen Athens eine derartige Stille, dass man eine Stecknadel fallen hören könnte.

„Ihr werdet alles erfahren, allerdings dulde ich keine Form der Unterbrechung, von niemandem“, sagt der Terrorist fast ängstlich, was ihn mir sehr sympathisch macht. „Als erstes möchte ich den Menschen danken, die heute hierher gekommen sind, um uns in diesem schweren Moment beizustehen.“ Sie unterstützen nicht dich, mein Lieber. Die Hälfte jubelt wegen Charistea und die andere Hälfte für Rehagel, und alle zusammen wollen euch lynchen, weil sie glauben, dass ihr durchgedrehte Anhänger der Nationalmannschaft Portugals seid, die gekommen sind, um ihnen den Pokal abzunehmen. „Bevor ich die Gründe der Entführung des Busses durch meinen Freund und mich bekannt gebe, möchte ich Ihnen mein Gesicht zeigen.“

Mit einer schnellen Bewegung reißt er sich die Maske vom Gesicht. Er ist eine Augenweide. Alle Männer verharren stumm. Mitten unter ihnen, ein weiblicher Aufschrei, der durch die Technik bis in unsere Wohnzimmer kommt. Wow! Der Schönling hört es und lächelt. Dann wird er wieder sehr ernst. Er hat sich wohl daran erinnert, dass unter den weiblichen Zuschauern auch seine Mutter ist. Er fährt fort…

„Mein Name ist weder Täter noch Mörder und auch nicht geistesgestörter Bus-Pirat.“

Also, jetzt sag es endlich. Uns zerreißt es bald.

„Mein Name ist Elevtherio.“

Elevtherio. Für einen Bus-Piraten sehr passend. Schließlich bedeutet sein Name Freiheit.
„Archimidou."
Okay!
„Und komme aus Sparti."
Das ist für die, die ihn noch nicht erkannt haben. Als ob man jeden Tag Menschen trifft, die den Nachnamen Archimidou haben...
„Der Grund, der mich zu dieser Tat bewogen hat, ist der öffentliche Rassismus, unter dem ich in den letzten Jahren lebe. Ich bin hier um das einzufordern, worauf ich ein Anrecht habe."
„Was verlangst Du, Elevtherio Archimidou?"
„Es ist nichts Besonderes und vor allem Menschliches. Meine Freiheit."
„Was meinst Du?"
Elevtherio schweigt. Die Menge auch.
Elevtherio atmet tief ein. Die Menge ebenfalls.
„Mein Name ist Elevtherio Archimidou..." ... schon wieder...
„... und ich bin homosexuell." Bitte festhalten: Gehirnerschütterung!
„Ich bin hier mit der Liebe meines Lebens, Aki Chaspi..." Notieren: Doppelter Gehirnschlag! „... wir haben entschieden, mit dem Versteckspiel aufzuhören, um unser beider Leben im heiligen Bund der Ehe zu vereinen." Bitte weiter notieren: dreifache Gehirnerschütterung! „Wir fordern eine kirchliche Trauung. Außerdem fordern wir das Einverständnis unserer Familien und die Anerkennung in der Gesellschaft!" Notiert bitte noch einen dreifachen Bypass!
Wohl zum ersten Mal in der Weltgeschichte von Massenversammlungen, haben sich so viele Tausende in Schweigen gehüllt. Im Bus nimmt der zweite Täter seine Maske ab und dreht seinen Kopf in die Richtung der Kameras. Alle Homosexuellen aus dem „Stamm der Stummen" finden ihre Sprache wieder. Ein zweites Woooww! ist zu hören. Auch er ist wunderschön. Aber nicht für uns Frauen. Wir sagen nur: „Wo sind denn all die Männer abgeblieben?" Sie sind leider „unbrauchbar", meine Liebe! Sie haben es ja selbst gesagt.

Ein paar Sekunden später, als die Nachricht die Gehirne erreicht hat, hört man so ziemlich alles, vom Auspfeifen bis zum Applaus. Ein paar Verantwortliche haben sich beeilt einen Pfarrer – der sich in der Menge befand und das Geschehen aus der Nähe verfolgte – zum Bus zu zerren – um die Gemüter zu besänftigen.

Empört reißt der Pfarrer dem Journalisten das Mikrofon aus der Hand und wendet sich an Elevtherio Archimidou, dem Ex-Maskenträger.

„Ihr seid Dämonen, schmutzige Produkte des Satans! Ihr seid Abschaum und die Krankheit der Gesellschaft! Die Kirche wird Euch nicht nur keinen Segen geben, sondern wird Euch sogar exkommunizieren…"

Der Journalist und einige Polizisten versuchen ihm das Mikrofon wieder zu entreißen, um ihm den Mund zu stopfen, er aber befindet sich offensichtlich im Wutrausch. Er hat noch nicht das letzte Wort gesagt:

„… Schmach und Schande. Sündiger Abfall der Gesellschaft…"

Und hier kommt das Beste:

„… wenn Ihr mit Eurer eigenen Bombe in die Luft geht, so werdet ihr uns damit einen Gefallen tun!"

Als wäre er bestellt!

Endlich schaffen sie es, ihn zu entfernen, aber er lässt sich nicht beirren. Er dreht seinen Kopf, und während er mit Exkommunizierung droht, spuckt er auch noch auf sie. Jetzt werden die Pfiffe und der Applaus noch lauter. Ich kann leider nicht verstehen, ob die Menschen für oder gegen das Geschehen sind…

Der Entführer und tatsächlicher Homosexueller, kehrt ins Innere des Busses zurück und schließt die Tür. Nach diesem Angriff hat jeder Angst, dass es zum Eklat kommt, bleibt aber dennoch dort. Ein Polizist ruft, er solle wieder heraus kommen. Er verspricht ihm, dass es sicher einen Weg gibt, dass die gewünschte Ehelichung stattfindet. Ein Bürgermeister hat sich sogar bereit erklärt, die Vermählung in seinem Rathaus vorzunehmen.

„Was haltet Ihr von einer standesamtlichen Heirat? Herr Skouri würde Euch gerne trauen“, sagt der Polizist fast flehentlich. Elevtherio erscheint wieder an der Tür mit Tränen in den Augen.
„Ist das wahr?“ fragt er, und kann seine Aufregung kaum verbergen.
„Es ist die Wahrheit. Ihr könnt die Aktion hier beenden! Morgen schon wird Eure Eheschließung bereits Geschichte sein. Bitte lassen sie die Geiseln frei.“
„Aki, mein Liebling, was meinst Du?“ fragt der zukünftige Bräutigam seine zukünftige Gattin.
Statt Akis Antwort, hört man stattdessen aus der Menge einen herzzerreißenden Schrei:
„Schmach und Schande über Euch, Entweihte! Es ist eine Schande, dass Du den Namen des Märtyrers Elevtherio von Anthias trägst!“
Es ist die Stimme des Pfarrers.
Aki Chaspi gibt keinen Ton von sich. Tosodouli, der sich bis zu diesem Zeitpunkt vollkommen zurückgehalten hat, reißt das Mikrofon aus der Hand des Journalisten.
„Akis wird keine Angaben mehr machen“, sagt er und funkelt Elevtherio böse an. „Geh‘ sofort wieder in den Bus und lass’ mich die Verhandlungen weiterführen.“
„Aber...“ versucht Elevtherio zu widersprechen, aber Tosodouli duldet keinen Widerspruch.
„Zurück in den Bus!“ befiehlt er ihm wie der König der Seifenopern. Weil er keine Wahl hat, senkt Elevtherio seinen Kopf und geht wieder hinein.
Wenn ich jetzt fragen würde, wer spielt hier die Rolle des Terroristen, werdet ihr mich für dämlich halten?
„Herr Tosodouli, bitte mischen Sie sich nicht in die Angelegenheiten der Polizei ein. Erkennen Sie nicht, dass die Täter bereit sind, sich mit uns zu einigen und sich zu ergeben, und vor allem, dass sie die Geiseln freilassen wollen? Welche Rolle spielen Sie denn in dieser Geschichte?“ fragt ihn ein Polizist.

Also gut, ich bin doch nicht blöd. Es gibt noch mehr, die sich diese Frage stellen.
„Sie, Herr Wachtmeister, es tut mir leid, dass ich nicht mit anschauen kann, wie Sie diese zwei Verliebten an der Nase herumführen, indem man ihnen eine Falle stellt und angeblich eine Vereinbarung trifft, die lediglich nur zu Eurem Vorteil ist. Diese zwei verliebten jungen Männer sind das Opfer der heutigen Gesellschaft. Sie verlangen nichts Ungewöhnliches, lediglich die Anerkennung der Gesellschaft, als gleichwertige und gleichgestellte Mitglieder anerkannt zu werden. Wer seid Ihr eigentlich, die Ihr entscheiden wollt, ob ihre Träume verwirklicht werden können oder nicht? Wer seid Ihr, die Ihr über den Segen Gottes und den Segen der Eltern entscheidet? Wer seid Ihr, die ihnen ihre Menschenrechte vorenthalten wollen? Und wenn diese beiden nicht mehr den Mut haben, sich gegen Eure nationalistische Gesellschaft aufzurichten, so werde ich es tun, weil ich die Kraft besitze. Ich will Euch strafen für Eure Anarchie und Eure Erbarmungslosigkeit rächen."
Tosodouli, der Rächer und Bestrafer!
Tosodouli ist hier um zu kämpfen!
Tosodouli, die Stimme der Vernunft?
Er fängt an, über sich in der dritten Person zu reden, wie Napoleon. Das ist sicher ein schlechtes Zeichen. Tosodouli, der Rächer/Bestrafer/Napoleon. Langsam steigt er in der Wertung seiner Eigenschaften.
Tosodouli ist die Stimme Gottes – wenn ihr so wollt –, der sich über das Verhalten der Menschen auf der Erde erbost.
(Der Tosodouli Rächer/Bestrafer/Napoleon, und jetzt auch noch Gott! Ganz schön abgehoben, würde ich sagen, oder?)
„Herr Tosodouli, wie können Sie mit einer derartigen Überzeugung jemanden in Schutz nehmen, der vier Unschuldige als Geiseln hält, von denen Sie eine sind?" fragt ein Polizist, um ihn zu beruhigen und damit zur Abwechslung auch ein anderer etwas sagt.
„Lassen Sie sich nicht täuschen, liebe Öffentlichkeit. Ich kann Ihnen versichern, dass die Jungs keinen von uns als Geisel halten. Ganz im

Gegenteil. Das Volk ist der Täter dieses Verbrechens. Diese Jungs werden seit dem Tag ihrer Geburt als Geiseln in ihrem eigenen Körper gehalten. Ihr habt ihnen nie die Möglichkeit gegeben, ihr Leben so zu leben, wie sie es gerne möchten."

Ruhe und Nachdenklichkeit.

Von links kommt ein weiterer Polizist – offiziell wie immer – in die Szene, der Tosodouli darüber informiert, dass er mit seinem Verhalten sich zum Mittäter der Entführung macht, nachdem er die Arbeit der Polizei blockiert und den Tätern nicht erlaubt hat, sich zu ergeben. Tosodouli geht, wie es zu erwarten ist, in die Luft und wird fuchsteufelswild. Das ist ja noch schöner, ihn einen Mittäter zu nennen. Jetzt werden die was erleben…

„… das macht gar nichts. Sie können mich nennen, was Sie wollen. Ich werde es der Öffentlichkeit und Gott überlassen, mich zu richten. Und überhaupt, bevor ich einer von Euch werde, bin ich tausendmal lieber Mittäter der Busentführung!"

Jetzt habt ihr es!

Nachdem sie erkennen, dass Tosodouli sich nicht die Show stehlen lassen will, versuchen sie es über seine Ehre.

„Aber, Herr Tosodouli, wie ist es möglich, dass Sie die Dinge so oberflächlich betrachten? Sie, mit ihrer langen Erfahrung in den Medien, müssten doch wissen, dass es niemals erlaubt wird, dass eine Hochzeit von Homosexuellen im Fernsehen übertragen wird. So etwas kann unmöglich geschehen. Außerdem, versuchen Sie sich über die Folgen klar zu werden, die das für unser Land hätte und helfen Sie uns, dem Ganzen ein Ende zu setzen. Bedenken Sie doch, dass diese Bilder um die Welt gehen. Es gibt viele, die solche Vorfälle zum Anlass nehmen, um unser Land zu belächeln. Die meisten Beschreibungen, die diese Geschichte derzeit begleiten, sind die, dass es sich um eine neohellenistische Komödie handelt…"

Falsch. Ganz falsch. Erinnere einen ausgebufften Journalisten niemals daran, dass man ihn weltweit beobachtet. Das bringt ihn noch mehr auf Touren.

Hier das Ergebnis:
„Was Du mir jetzt sagst, mein Lieber, drängt mich regelrecht, bis zum Äußersten zu gehen.“ Bin ich eine Wahrsagerin oder lese ich Cosmopolitan? „Ich werde die Gelegenheit nutzen, die Menschheit aufzurufen, zu einer weiten Bewegung der Liebe und der Tolerierung all derer, die für sich entschieden haben, eine andere Lebensform zu wählen und sich dennoch für normal halten.“
„Warum glauben Sie, dass Sie, indem Sie sich zum Mittäter dieses Gewaltverbrechens machen, es schaffen könnten, die Haltung bestimmter Menschen in Bezug auf die Homosexualität zu ändern?“
„Mein Ziel ist das Wachrütteln, und nicht die gewaltsame Durchsetzung meiner Ansichten bei denen, die das für falsch halten, was ich für richtig halte. Der Knoten hat sich bei mir, in dieser entscheidenden Stunde, durch die Anwesenheit des Priesters gelöst, der, – anstatt seine Pflicht als Vertreter Gottes auf Erden zu handeln, als Symbol der Liebe und der Zuneigung –, ein Verhalten an den Tag gelegt hat, das unakzeptabel ist. Er hat nur Beschimpfungen gebrüllt und mit Exkommunizierung gedroht.“
„Darf ich ergä...“, versucht der „verunsicherte“ Polizist einzuwenden, aber Tosodouli schneidet ihm das Wort ab.
„Also, lassen Sie uns das Gespräch hier beenden. Die Forderungen der Jungs sind bekannt, und Sie haben nichts weiter zu tun als dafür zu sorgen, dass sie weitergegeben werden und erfüllt werden. Ich nehme mir heraus für die Beiden das Wort zu ergreifen und spreche deshalb im Namen von Elevtherio und Aki“ – und wieder mal brescht er vor – „sie werden bei ihren anfänglichen Forderungen bleiben, und wir mit ihnen gemeinsam im Bus, bis sowohl die Eltern, als auch die Kirche ihren Segen geben und sie im Fernsehen heiraten können“, endet er.
Er lässt den Polizist völlig fassungslos zurück, steigt in den Bus und schließt hinter sich die Tür.

Kleine Unterbrechung zurück in unser Wohnzimmer, wo Busenfreundin Rea fragt:
„Weißt Du, was mich am meisten ärgert?"
„Dass Tosodouli es darauf anlegt zu sterben?", antworte ich ihr.
„Dass sie sagten, sie würden uns anrufen..."
Ah, jetzt verstehe ich. Rea ist noch auf dem Balkon mit Janni und dem Grill.
„Also ich bitte Dich. Reg Dich doch nicht auf. Wir haben schließlich keinen Vertrag mit ihnen unterschrieben", versuche ich sie zu trösten.
„Sie hätten wenigstens ihr Wort halten können. Sie hätten ja kurz anrufen und hallo sagen können."
„Jetzt hör schon auf. Du tust so, als würdest Du die Männer nicht kennen. Wenn sie sagen, sie rufen Dich an, dann tun sie es nie. Derjenige der anrufen will, hebt den Hörer ab und ruft einfach an, ohne vorher um Deine Erlaubnis zu fragen. Das ist die männliche Taktik. Was dachtest Du denn? Janni ist zwar ein netter Junge, nichtsdestotrotz hört er nicht auf, ein Mann zu sein. Bestimmte Dinge sind angeboren und werden sich nie ändern."
„Ruhe, Ruhe, Tosodouli kommt wieder", unterbricht mich meine Freundin und beweist ein weiteres Mal, wie sehr es sie interessiert, was ich zu sagen habe...
Der arme Polizist läuft wieder zum Bus und seine Augen glänzen vor Spannung. (Kann es sein, dass Tosodouli sich beruhigt hat? Dass er jetzt logisch denken kann? Dass die Nebenwirkungen seiner abgelaufenen Medikamente aufgehört haben zu wirken? Dass die Täter mit seiner Haltung nicht einverstanden sind oder – noch besser – dass sie ihn rausgeschmissen haben?)
„Sagen Sie uns", fängt der Verantwortliche an.
(Vielleicht umgeht er die Entlassung, so wie er die Sache behandelt, denkt er!)
„Jetzt, nachdem ich das Einverständnis von Elevtherion und Aki habe, (Ist es besser von selbst zu kündigen, bevor sie mir den Laufpaß geben,

denkt der Polizist.) schicke ich eine letzte Warnung an die Verantwortlichen. Wenn unsere Forderungen nicht erfüllt werden, werden wir den Sprengsatz zünden und alle gemeinsam in die Luft fliegen. Bei einer möglichen Ablehnung, wäre das der einzige Weg frei zu sein, uns über Athen zu streuen."

Was? Könnt ihr das noch mal wiederholen?

Jetzt kommt die notwendige Werbeunterbrechung. Alles was angepriesen wird, lässt mich glauben, dass alles wofür geworben wird, für mein Überleben unverzichtbar ist. Sogar das Hundefutter.

„Das Hundefutter sieht aber toll aus", bemerkt Rea, als hätte sie einen Mikrochip in meinem Gehirn installiert.

Ich antworte nicht, glaube aber, dass wir hier alle verrückt geworden sind und einen Exorzisten brauchen. Dringend.

Iro zieht die Augenbrauen zusammen und dreht ihren Kopf nach rechts, weil sie glaubt, durch die Verlagerung ihrer Sicht besser verstehen zu können, was die Terroristen wollen. Sie dreht ihren Kopf wieder zu Rea und schaut sie mit fragendem Blick an. Diese gerät in Panik. Wie soll sie ihr das erklären?

„Diese Jungs beklagen sich, dass sie ihre Eltern nicht zusammen spielen lassen, mein Engel", erklärt sie ihr, fast stolz, über diese Aufklärung/Thriller, die sie gerade zum Besten gibt.

Iro legt ihren Kopf nun nach links und versucht in ihrem Hirn die Erklärung zu verarbeiten, was ihr Rea gesagt hat. Dann dreht sie sich wieder zurück und klatscht dreimal in die Hände. Das bedeutet in Iros Sprache: „Mir scheint, wir sind alle verrückt geworden."

„Und brauchen unbedingt einen Exorzisten", ergänze ich.

Kurze Zeit später und nach einer ausgiebigen Dosis Telegewalt in unserem ruhigen Wohnzimmer, bereiten wir uns auf den Abschied vor.

„Komm, Liebes. Frau Maria hupt unten."

Keine Reaktion.

„Komm, mein Schatz, wir müssen jetzt gehen. Sie warten."

Keine Reaktion.
„Jetzt komm schon, mein Herz. Lass die Fernbedienung. Es ist gar nicht nett, die Dame vor dem Haus warten zu lassen."
Keine Reaktion.
„Jetzt komm, sei kein Baby... Während der Fahrt werdet Ihr halten, und Du bekommst Essen und Kuchen. Es wird wie ein Ausflug."
Sie schaut uns anklagend an und erlaubt uns, sie nach unten zu begleiten. Rea heult wie ein Schlosshund, als würden wir Iro als Freiwillige in den Irak schicken. Wir setzen sie ins Auto und verabschieden uns von ihr durch das offene Fenster.
„Tschüss, mein Engel. Sag auch Tschüss. Bitte gib mir noch einen Kuss. He? Du willst nicht? Bitte gib mir einen Kuss."
Am Ende schafft sie es. Jetzt bin ich dran.
„Gute Reise, Iro. Wir sehen uns spätestens in einer Woche wieder in Athen. Gib mir einen Kuss."
Nicht ein Zeichen guten Willens.
„Gib mir einen Kuss."
Völlige Apathie.
„Gut. Dann gib mir wenigstens die Fernbedienung."
... Irgendwie schließt sich das Kapitel Iro vorerst und das Haus ist verwaist, vor allem das Wohnzimmer.
Den restlichen Abend verbringen wir stumm. So wie auch der Fernseher. Rea hat nun zwei Gründe, um sich dem Lernen zuzuwenden und zu vergessen. Ich schreibe Spicker in das Innere eines alten Zigarettenetuis, aber ungefähr bei der Hälfte überlege ich es mir anders und gehe schlafen. Der Rest hat auch noch bis morgen Zeit.
ICH HABE HUNGER...

Kein Ton
Tag drei voller Gift:
Freitag 03/07m, 6:00 Uhr

DDDRRRRR!!!

Weck mich nicht um sechs
Bevor der Tag anbricht
Wecker, Du klingelst wie blöd
Ich hasse Dich, ich hasse Dich.

„Wach auf! Steh auf! Wach endlich auf! Steh auf!"
Aber um diese Zeit? Es ist zumindest barbarisch.
Normalerweise gehe ich um diese Zeit erst ins Bett…

Das Bett ist so weich
Lasst mich schlafen.
In meinem Traum sehe ich eine Welt
Ohne Wecker, fantastisch.

„Steh auf! Wach auf! Steh auf! Wach auf!", schreit Rea, die ich auf dem gleichen Platz vorfinde, am gleichen Schreibtisch, hoffe aber nicht auch auf der gleichen Seite. Es sieht so aus, als hätte sie noch gar nicht geschlafen.
„Rea?"
„Ich weiß, ich weiß. Du willst Wasser…"
„Ja… Wasser."
„Bis Du Dir etwas Wasser ins Gesicht geworfen hast, ist es fertig."
Okay. Sie scheint heute gut aufgelegt zu sein.
Mmm, sie hat guten Kaffee gemacht.
Bis um neun, wo wir spätestens aus dem Haus sein müssen, um pünktlich zur Prüfung zu kommen, schaffe ich gerade noch meinen Spickzet-

tel. Ganz schön anstrengend. Als wir in der Uni ankommen, fühle ich das dringende Bedürfnis, bei Toli vorbeizuschauen, damit mich der Duft von frischem Toast aufweckt. Die aber wie immer engstirnige Rea, zieht mich schon jetzt in den Prüfungssaal.
„Du kannst nach der Prüfung hin. Ich weiß nicht, was Du immer mit diesem Toli hast! Das wird noch zur Psychose. Sag ihm, er soll Dir ein Foto geben, dann kannst Du ihn im Portemonnaie immer bei Dir tragen."
„Ja, wenn Du mir mein Portemonnaie wieder gibst, Rea, werde ich das tun…" (Es ist immer noch wegen der Diät beschlagnahmt.)
Die Tür zum Prüfungsraum geht auf und der Professor mit drei Assistentinnen kommt herein. Die Tür öffnet sich nochmals. Beide Flügel. Jetzt kommt auch noch meine Lieblingsaufseherin herein, die dicke ach so geliebte Aufseherin. Dieses süße Meeressäugetier. Nachdem sie nicht in der Tür hängen geblieben ist, bleibt mir nichts anderes übrig, als meine Spickzettel in meiner Tasche zu verstecken, und meine Hoffnungen der heiligen Erleuchtung zu überlassen. Amen.
Früher war ich Expertin im Abschreiben, aber dank der strengen Diät hat sich sogar diese Fähigkeit verabschiedet. Ich werde erwischt, während ich versuche bei Rea abzuschreiben und werde gewaltsam, zum zweiten Mal innerhalb der gleichen Prüfungsperiode, aus dem Saal geworfen. Fantastisch! Jetzt bin ich auf der Liste der ständig Verdächtigen. Es wird Zeit, dass ich anfange zu lernen. Und wieder Gratulation!
Toli, ich komme…

„Was ist los? Warum so früh? Haben sie Dich schon wieder rausgeschmissen?"
„Was denkst Du? Dass ich in zehn Minuten fertig geworden bin, und raus bin um meinen Erfolg zu feiern?"
„Ich verstehe…"
„Und bevor Du anfängst mir das Menü aufzuzählen, sage ich Dir gleich, ich werde nur einen Kaffee nehmen. Und den schwarz."
„Ich wusste es!"

„Was Du nicht sagst? Hast Du es in meinem Horoskop gelesen?"
„Nein, ich habe es mir gedacht. Du machst Diät. Du musst ungefähr drei Kilo verloren haben."
„Mit dem Ersten hast Du Recht. Was das Zweite angeht, da zweifle ich stark."
„Ja. Es könnten auch vier sein. Hör auf Toli, der ist Experte in so was."
„Hey Experte, mach jetzt einen Kaffee, damit ich die Augen aufkriege, und dann kannst Du mit Deinen Prognosen weitermachen."
Während er mir den Kaffee bringt, mustert er mich diskret von oben bis unten.
„Vier. Ganz bestimmt, vier", flüstert er, und erzählt mir, dass ich begonnen hätte, mich zu verändern.
„Was meinst Du?"
„Du veränderst dich…"
„Zum Schlechteren?"
„Zum Besseren."
„Danke, Toli. Sag es nur. Das tut meiner Seele gut."
„Hier ist Dein Kaffee und Deine Freundin. Ihr seid heute super!"
Ich drehe mich um und sehe Rea, wie sie furios die Bar betritt.
„Freundin, ich habe versagt. Ich habe versucht aus dem Buch abzuschreiben und wurde erwischt."
„Was?"
„Du hast richtig gehört."
„Du hast abgeschrieben?"
„Ja, sehr wohl, ich."
Sie nimmt auch einen Kaffee und wir gehen.
Unterwegs gehe ich in eine Apotheke, die eine genaue Waage hat. Ich bin dreieinhalb Kilo leichter. Toli ist wirklich Experte in solchen Dingen. Rea belohnt mich, indem sie mir einen neuen BH mit zusätzlicher Stütze kauft, damit er, wie sie sagt, den Busen stützt und er nicht den Weg nach unten nimmt, jetzt wo man die ersten Erfolge der Diät sehen kann.

Ich hoffe dass ich ihn nicht trage, wenn ich mal fliegen muss. Mit dem vielen Metall, das er hat, wird der Alarm bei der Eingangskontrolle losgehen, als würde ich eine Waffe tragen...
Als wir Zuhause ankommen sind meine Gefühle so durcheinander, wie die Haare auf einem afrikanischen Kopf. Ich bin erleichtert, dass die Prüfungen nun zu Ende sind, bin aber auch traurig, weil ich weiß, dass ich in zwei Fächern durchgefallen bin.
Ich freue mich, dass die Zeit gekommen ist, um in mein Haus nach Athen zurückzukehren, es tut mir aber auch Leid, dass ich mein Zuhause hier verlassen muss.
Ich bin froh, dass ich Gewicht verloren habe und dass sogar Toli es bemerkt hat, ich bin aber traurig, dass ich nicht eine ganze Torte essen kann, um es zu feiern.
Ich freue mich, dass ich hier weggehe und ich viel Zeit vor mir habe, um mich damit abzufinden, dass Ari sich nie für mich interessieren wird, bin aber traurig, weil ich ihn nicht wiedersehen werde.
Ich freue mich, dass der Sommer jetzt da ist, traurig aber darüber, dass ich niemanden habe, um ihn mit ihm gemeinsam zu verbringen.
Verdammt! Und diese Iro, warum ist sie auf und davon? (In Wirklichkeit hat man sie auf- und davongeschickt...) Die Wohnung ist leer ohne sie. Ich habe gute Lust, eine Plastikpuppe aufzublasen und sie vor dem laufenden Fernseher im Wohnzimmer zu platzieren.
„Gehen wir ins Fitnesscenter?“
„Gehen wir.“
Ich stelle mir mich in ein paar Jahren vor, wie ich über den Flur laufe, und mir hinterher sehe. Ich bin schlank, hübsch, und sitze in einem Restaurant, von tollen Männern umgeben (die mich alle wollen), während ich Salat esse und Meeresfrüchte (die herrlich sind). Ja, die Diät ist bis in meine Fantasie vorgedrungen.
Die Tatsache, dass ich ein paar Kilos verloren habe, gibt mir Mut. Soviel Mut, dass ich das Gefühl habe, meine Weltanschauung verändert sich. Ich glaube, das nächste Mal, wenn ich mich abreagieren will, wird

dies nicht im bekannten Kannibalismus gegen Barbie sein. Schließlich, was hat mir das Mädchen getan?
Warum lege ich mich mit jemandem an, der, wäre er in einer anderen Fabrik erstellt worden, vielleicht eine Tupperschüssel geworden wäre?
Jetzt will ich was anderes. Jetzt will ich Luftballons platzen lassen. Will Reifen von LKWs aufstechen. Die Luft aus Luftmatratzen rauslassen. Das will ich.
Und wenn das alles vorbei ist und ich eine normale junge Frau geworden bin, mit normalen Maßen und sichtbarer Taille in der Mitte des restlichen Körpers, werde ich auch eine Beziehung haben. Auch wenn es nicht Ari ist. Hauptsache, ich habe Sex. Viel Sex. Und so, anstatt Barbie zu lynchen, um mich abzureagieren, werde ich Sex haben. Und statt zu essen um den Sex zu kompensieren, werde ich noch mehr Sex haben. Hauptsache ich werde Sex haben. Viel Sex.

Ende der Saison

Seit aller Herrgottsfrühe haben sich die Gehsteige mit Demonstranten gefüllt, mit Plakaten, Transparenten und Solidaritätsrufen für alles, das geht und atmet, fliegt oder kriecht, was sich alleine reproduziert oder in Gesellschaft, usw. Das Fernsehen und das Radio informiert laufend über das öffentliche Durcheinander der Demonstrationen. Am Abend werden verschiedene Kundgebungen mit Prominenten stattfinden, die ihren Höhenpunkt erreichen werden in einem gemeinsamen Treffen das unter dem Motto steht „Liebet einander.“ (Und vögelt die Passenden, würde ich hier ergänzen.)

Gleichzeitig können es sich die Massen-Medien, ihre Befürchtungen über eventuelle Vorfälle der bekannten/unbekannten Störenfriede nicht verkneifen, mit den ebenso bekannten Ergebnissen. (Ein bisschen ihre Schwiegermütter, die sie gängelt, ein bisschen ihr Chef, der ihnen das Leben schwer macht, ein bisschen ihre Lieblingsmannschaft, die letztes Jahr den Pokal verloren hat, ein bisschen die Freundin, die nicht willig ist – wer weiß – sie werden schon was finden, um es zu zertrümmern.) Und immer unter dem Vorwand, dass sie für die Sache demonstrieren und wegen dem Unglück, das sie verfolgt, wollen sie wenigstens einmal im Jahr alles kurz und klein schlagen.

Rea und ich packen. Vor allem Rea, nachdem mein ganzer Besitz locker in einen Rucksack passt. Sie aber, die mit ihrem Zeug einen LKW füllen kann, und wie jeden Sommer das Gefühl hat, dass wir für immer in einen anderen Kontinent umziehen, füllt bereits den vierten Koffer, während sie sich Sorgen macht, dass sie nicht genug Platz für ihre Taschen und Accessoires hat.

„Sag mal, was hast Du denn in den anderen drei Koffern? Die Couch und die Sessel?"

Sie antwortet mir nicht. Sie versucht konzentriert zu entscheiden, wie sie die restlichen Sachen klassifizieren kann, nach Farbe oder Inhaltsstoffe aufteilen.

Ich überlege, ob ich nicht schnell noch zu mir nach Hause gehe, um ein dort vergessenes Hemd mitzunehmen, die Sicherungen herauszutun, mich vom Kühlschrank zu verabschieden und meine jungfräuliche Wohnung bis September abzuschließen.

„Ich hoffe, dass das kein Vorwand ist, um irgendwo ein paar Dutzend Sandwichs zu verdrücken und zurückzukommen als wäre nichts geschehen…"

„Nein, Rea. Mach Dir keine Sorgen."

Da draußen treffen zwei Welten aufeinander, der Duft von Souvlaki parallel zu den Protesten für mehr Rechte für die Tiere – von Personen die sich je nach Lust und Laune von Grünzeug oder Gyros ernähren. Ich trage es mit Fassung und gehe vorbei.

Meine Wohnung riecht ungelüftet und die Hitze entspricht den deutschen Einrichtungen zur Seifenproduktion in der Zeit des Zweiten Weltkrieges, nachdem sehr viel Zeit vergangen ist, seit ich das letzte Mal die Fenster geöffnet habe. Ich drehe die Sicherung heraus, stelle das Wasser ab, nehme das Hemd, sperre die Tür ab – und gehe.

Wie immer steht Toli hinter seiner Theke. Er trägt ein khakifarbenes T-Shirt, was die Farbe seiner Augen unterstreicht. Dadurch fällt mir zum ersten Mal auf, dass er wunderschöne tiefgrüne Augen hat. Er erzählt mir, dass er durch mich inspiriert, eine neue Art Toast kreiert hat, mit Roggenbrot, Tomate, Blattsalat, Diätkäse, mageren Schinken und einer geheimen orangefarbenen Soße. Er schlägt mir vor, es zu probieren und ihm meine Meinung zu sagen. Und ich, die ich vor Hunger sogar eine gegrillte Ratte essen würde, falle über das THENIA'S GREEN TOAST her – so hat er es genannt – und ich finde es fantastisch.

„Wie findest Du es?"

„Gut." (Als ob ich jetzt die Wahrheit sagen würde, damit er sich was darauf einbildet.)

„Nur gut? So einfach?"

„Ich habe gut gesagt. (Was will er jetzt? Dass ich ihm den goldenen Kochlöffel verleihe?)

„Du bist die Erste die es probiert."

„Schön. Ab morgen darfst Du auf die Verpackung TESTED ON ANIMALS schreiben…"

„Die Wahrheit ist, dass ich es gestern zum ersten Mal probiert habe."

„Warum sagst Du dann, ich wäre die Erste? Es ist bereits TESTED ON ANIMALS."

Eine Stunde später erwische ich mich dabei, wie ich Toli über Ari voll quatsche und was ich alles unternommen habe, damit er mir Beachtung schenkt. Auch, dass ich die Gelegenheit verpasst habe, ihn am Strand in die Mangel zu nehmen, um endlich meine sexuellen Rechte geltend zu machen. Ich habe es bevorzugt die „Poliana, die kleine Lady macht einen Ausflug aufs Land" zu mimen!

„… und jetzt fahre ich. Ich packe mein Zeug und fahre (schnief…). Und bis September, wenn ich wiederkomme, wird er sich nicht mal mehr an mich erinnern. Ich hatte meine Chance und habe sie verstreichen lassen. Die Gelegenheit; ich hätte sie beim Schopf packen müssen und auszureißen; was mache ich, ich wasche sie, ich kämme sie und dann schicke ich sie zurück. Ich muss blöd sein, ich muss sehr blöd sein…" monologisiere ich, mitgerissen durch meine Enttäuschung, als ob der Hauptbestandteil der orangefarbenen Soße ein Wahrheitsserum wäre.

„So, so." antwortet Toli, der, nachdem was er alles gehört hat, eine mitleidige Miene macht. Oder sieht er betroffen aus? Vielleicht sogar traurig. Auf jeden Fall, ich weiß nicht. Wo war ich? Ah, ja...

„Und jetzt erzähle ich Dir alles, weil Rea alles schon tausendmal gehört hat, und ich niemanden habe, dem ich es erzählen kann. Verstehst Du?" Er nickt mit dem Kopf voll Mitgefühl. „Ich habe keine Geschwister und auch keine Freunde, aber ich habe Dich, der in meinem Alter und auch alleine ist und Du weißt ja wie schrecklich es ist, wenn man niemanden hat, mit dem man sein Leben teilen kann..." Er nickt wieder voll Mitgefühl. „Stell Dir mal vor, meine Mutter glaubt, dass ich immer noch in den einen Lehrer verliebt bin, den ich in der dritten Grundschulklasse hatte." Jetzt nickt er erstaunt. „Eines Tages haben sie mich dabei erwischt, wie ich sein Brot stibitzt habe und um mich herauszureden, habe ich gesagt, dass ich in ihn verliebt bin und etwas von ihm besitzen wollte..."

„Hm..."

„Es versteht sich, dass ich Janni nicht davon erzählen kann. Verstehst du..."

„Hm..."

„Du weißt auch nicht, was Du dazu sagen sollst, oder?"

„Wenn auch er sich für Dich interessieren würde, dann wartet er nicht darauf, dass Du den ersten Schritt machst. Er würde die Initiative ergreifen und es selbst tun."

„Ich habe keine Chance, was?"

„Wahrscheinlich nicht. Aber Du kannst einen Besseren finden. Jemand der verrückt nach Dir ist und Du nach ihm. Diese Dinge brauchen ihre Zeit. Das passiert nicht von einem Tag auf den anderen. Verzweifle nicht."

Ich habe ihm einen schönen Sommer gewünscht und mich bei ihm dafür bedankt, dass er mein seelisches Auskotzen ertragen hat und das mit mehr Würde als ein richtiger Psychiater, habe ihn umarmt und bin gegangen. Wenn ich ihn nicht so gut kennen würde, würde ich sagen, dass er niedergeschlagen war, als er mich gehen sah, aber wahrscheinlich ist es mein seelischer Zustand, der mich alles so gefühlsbetont sehen lässt.

Während ich hineingehe, erzähle ich Rea, die immer noch beim Einpacken ist, als hätte sie einen Stand auf dem Markt gemietet, dass die friedlichen Demonstranten Platz machen für ein paar Anarchisten mit Läusen und Bärten. Ich mache ihr klar, dass sie sich beeilen muss, falls wir noch ein Taxi erwischen wollen, das uns mit diesem Berg an Gepäck mitnehmen soll, nachdem bereits ein Rudel Langhaariger die Straßen blockiert.

Sie hatte vorgeschlagen für die Reise den Zug zu nehmen, damit wir bequem reisen können, während wir Patiencen legen und andere Spiele auf den gegenüberliegenden Sitzen spielen. So entkommen wir der Reise mit dem Bus, die bedrückend ist und an Flucht erinnert. Außerdem könnten wir unter Umständen auch einen Soldaten aus der Stadt Drama kennenlernen. Ich sehe sie, wie sie einen riesigen Strauß mit roten Rosen streichelt, mit dickem Blattwerk und bunten Bändern. Sie hat den Gesichtsausdruck einer Braut, die in die Kirche schreitet. Ich überlege, dass ich mich ähnlich freuen würde, wenn man mir einen Bund Souvlaki-Spieße schicken würde!

„Von wem ist der Salat?“ frage ich, aber sie schaut weiter das Grünzeug an, wie ein sich in Ekstase befindliches Huhn.

„Sagst Du mir jetzt endlich von wem der Salat ist?“

(Ich wiederhole mich und das mag ich nicht...)

„Von jemandem der weiß, dass Du auf Diät bist“, antwortet sie und übergibt mir das Blumenmeer.

„Für mich?“

„Für Dich!“

Ein Blumenstrauß für mich! Wäre er fünf Minuten später gekommen, hätte ich weder einen Blumenstrauß in meinem Leben bekommen, noch würde ich mit meinen dreiundzwanzig Jahren erfahren, dass ich allergisch reagiere. (Hatschi!)

„Von wem sind sie? Lies doch mal die Karte!"
Ich reiße das kleine Kuvert ab, mache es auf und nehme die Karte (Hatschi). Die Schrift erinnert an Hieroglyphen und was da steht, hätte ich mir in meinen kühnsten Träumen nicht erhofft:
„Glaube nicht, ich hätte Dich vergessen. Ich wollte nur sehen, wann Du an mich denken würdest. Ari."
„Rea, Wasser.... Ich kippe gleich um..." sage ich und lasse mich auf die Couch fallen.
Anstatt mich, packt Rea die Karte. Sie liest sie.
Sie liest sie noch mal.
Und noch mal...
Um genau zu sein, liest sie sie zehn Minuten lang.
Kann sie sie nicht entziffern oder traut sie ihren Augen nicht?
Das werde ich nie erfahren. Das Einzige, woran ich mich erinnern kann ist, dass ich aufgestanden bin und angefangen habe zu laufen. Ich gehe zu ihm.
Während ich die Treppen hinunter stürze, höre ich Rea wie sie mir nachruft, dass auch sie Janni anrufen wird. Wenn jetzt die Enthüllungen anfangen, dann will auch sie die ihre tun...
Es wurde auch Zeit.

Die Chronologie eines angekündigten Schlaganfalls

Ich renne leichtfüßig. Wie ein Marathonläufer, der Anabolika genommen hat und von einem hungrigen Dobermann gejagt wird. Die Hitze macht mir gar nichts aus, mein Fett stört mich nicht. Meine einzige Sorge ist, ein Taxi zu erwischen, aber auf der Straße ist nicht mal ein Fahrrad zu bekommen.

Und jetzt kommt das Schwierigste. Ich muss einen anarchistischen Ring durchbrechen, der sich auf der Straße gebildet hat, um auf die andere Seite zu kommen. Ich muss fokussieren. Ich nehme Anlauf und laufe darauf los. Wahrscheinlich habe ich eine Hand gebrochen. Gut, dass es nicht meine ist. Ich komme vor die Blockaden der MAT (Sondereinheit der Polizei). Ihre Schlagstöcke sehen kampfbereit aus. Kein Problem. Ich hatte noch nie ein gutes Verhältnis mit länglichen harten Dingern. Aus einem nicht ersichtlichen Grund gehen sie zur Seite und lassen mich durch. Mich hat noch nie was langes Hartes berührt… Wie konnte ich das vergessen!

Weiter unten packt mich am Arm eine alte Tante, die seit der Militärjunta dort vergessen war, und klatscht mir einen Aufkleber mit einem Polarbär auf die linke Brust und schreit: „Lasst mich in Freiheit leben!“ Gut, jetzt habe ich mich auch noch zum Maskottchen gemausert!

Um nicht aus dem Rhythmus zu kommen, drehe ich mich auf der Stelle, und frage sie, wo ich hier ein Taxi bekommen kann. Sie meint, dass es keinen Grund gibt, mir die Beine auszureißen, wo ich hier doch die Gelegenheit hätte zu randalieren und drückt mir einen Molotow Cocktail in die Hand! Ich gebe ihn ihr zurück, wie ein Staffelläufer, der es sich anders überlegt hat und laufe weiter.
Plötzlich fällt mir ein, dass es nicht mal neun ist und logischer Weise die Uni noch offen sein müsste und entscheide erst einmal dorthin zu gehen, um mich zu beruhigen. Von dort aus kann ich dann ein Taxi rufen, das mich am Eingang abholt.
Die Dinge sind dort etwas ruhiger, aber auch sehr durcheinander. Ich kann nicht verstehen, was Tse mit dem dort herrschenden Aufstand zu tun hat, außer es handelt sich um die Fliege Tse-Tse und ich missverstehe die Jungs.
Toli ist wie gewöhnlich eingepfercht hinter seinem Tresen, hält in der rechten Hand seinen Frappé-Shaker hoch, und in seinen Augen leuchten Dollarzeichen. In einem Atemzug erkläre ich ihm den neuesten Stand, und lasse mich völlig ausgelaugt in einen Stuhl fallen, den ich hinter mir vermute. Bei der Landung fühle ich etwas Weiches auf dem Stuhl, höre einen Aufschrei des Schmerzes und der Verzweiflung, und mir wird bewusst, dass ich soeben einen Unschuldigen zerquetscht habe, der ahnungslos hier seinen Kaffee trinkt. (Das sind sozusagen die ungeplanten Verluste!) Ich stehe wieder auf. Das Opfer sammelt seinen Kaffee und seine zerquetschten Füße wieder ein und während er sich humpelnd entfernt, verblüfft mich seine Gutmütigkeit:
„Geh und pack ihn Dir Mädchen und gib es ihm mal so richtig. Pass aber auf, dass Du keine plötzlichen Bewegungen machst, sonst fällt er tot um! Tschüss!“
„Unglaublich“, sagt Toli. Ich habe keine Ahnung, was er mit unglaublich meint. Meint er damit das Interesse Aris oder die Tatsache, dass der „ungeplante Verlust“ in der Lage ist, noch zu laufen. Ich bin in beiden Fällen seiner Meinung und wiederhole seine Antwort.

„Ja, Toli, unglaublich." Und setze das Thema, das mir unter den Nägeln brennt, fort: „Ich hätte nie gedacht, dass dieser göttliche Typ so eine wie mich mögen würde."
„Sag das nicht... Ich bin mir sicher, dass es auch andere gibt, die Dich gerne hätten, nur dass Du das nicht bemerkt hast."
Hallo! Was ist denn das? Kann es sein, dass ein Satellit die Erde gestreift hat und seine Systeme durcheinander gebracht hat?
Ich sitze seit vielen Jahren alleine herum und schlachte Barbies ab, damit die Zeit vergeht und jetzt schlachten sich Typen in meinem Schoß und ich habe es nicht bemerkt?
„Toli, ruf mir bitte schnell ein Taxi, bitte. Ich will nicht noch mehr wertvolle Zeit verlieren. Ich muss schnellstens zu ihm, damit wir heiraten, Ringe kaufen, und dann den Rest unseres Lebens im Bett verbringen..."
„Mache ich gleich..."
„Klingelt es schon?"
„Ja, aber es hebt niemand ab..."
„Versuche es noch mal."
„Nein, antwortet immer noch nicht..."
„Okay, lass es. Ich gehe auf die Strasse und renne. Außerdem kann ich auch einmal in meinem Leben per Anhalter fahren, da breche ich mir doch nichts. Wünsche mir viel Glück."
„..."
„Toli?"
„Viel Glück. Wenn Du es so sehr willst..."
„Ich gehe."
„Thenia, setz Dich. Ich fahre Dich mit meinem Roller."
„Und wer bleibt auf deinem Posten?"
„Keiner. Wenn ich mal eine Viertelstunde fehle, werden die schon nicht verhungern."

„Toli, Du bist göttlich", schreie ich wie ein fünfjähriges Kind und umarme ihn überschwenglich und drücke ihm einen Kuss auf die Wange.
Es sind ein paar Sekunden vergangen und er hält mich immer noch fest. Ich versuche freundlich mich zu befreien, er aber hält mich weiterhin fest.
„Jetzt komm, lass mich los. Wir müssen uns beeilen."
„Ja, gehen wir", sagt er, wacht aus seinem Traum auf und nimmt die Schlüssel seines Rollers.

Gleiche Zeit, gleicher Ort

Rea hat sich geduscht, Klamotten angezogen, von denen sie glaubt, dass sie Janni gefallen (die eher nach einer bestickten Tischdecke aussehen), hat ihre Haare wie Oma Duck frisiert und ihm eine SMS geschickt, er solle bei ihr vorbeikommen.
Die Türglocke geht laut, aber nicht so laut wie ihr Herz, das noch lauter schlägt. Sie steht so unter Stress, dass sie gleich weinen wird, aber sie ist entschlossen erst einmal das zu sagen, was sie zu sagen hat und dann erst los zu heulen.
Sie öffnet zitternd die Tür, sieht Janni dort stehen und fühlt, dass sie noch nie in ihrem Leben so ein großes Bedürfnis hatte, jemanden zu umarmen wie bei ihm. Und sie tut es.
Janni bleibt wegen ihres Ausbruchs wie angewurzelt stehen, und schiebt sie irgendwann beiseite, weil sowohl seine Lungen als auch sein Gehirn Sauerstoff brauchen. Ihm ist schwindelig.
„Was ist Rea?", fragt er, als hätte er ihre Erregung nicht bemerkt.
„Nichts", wispert sie. „Du hast mir gefehlt. Komm rein."
Sie schließt die Tür und weiß, dass sie nur eine Chance hat, ihm die Wahrheit zu sagen. Jetzt oder nie.
Sie will mit dem Satz beginnen: „Ich habe Dir was zu sagen."
Er wird fragen: „Was?"
Und sie wird antworten: „Ich bin in Dich verliebt."

Also, eins, zwei, drei:
„Ich habe…"
„Wo ist Thenia?" unterbricht er sie, und die Dinge fangen an, schwierig zu werden. Sie will aber fortfahren.
„Ich muss Dir was sagen…"
„Was?"
Gut, es läuft, wie sie es sich vorgestellt hat.
„Thenia ist ausgegangen."
Jetzt hat sie verspielt.
„Wird sie lange ausbleiben?"
„Vielleicht. Das heißt, ich weiß nicht wie lange sie bleiben wird. Es kommt darauf an."
Aus. Sie hat den Faden verloren.
„Was hat sie zu den Blumen gesagt?"
„Sie war begeistert. Sie hat es nicht erwartet."
Die Unterhaltung hat einen völlig falschen Weg genommen.
„Sie hat es nicht erwartet?"
„Ja, sie hätte sich nie träumen lassen, dass Ari etwas für sie empfindet."
„Wer?"
„Ari."
„Hat Ari auch Blumen geschickt?"
„Warum? Wer hat denn sonst noch Blumen geschickt?"
„Ich. Das heißt, ich habe Ari gebeten, weil er unterwegs zum Kaffeetrinken war, in meinem Auftrag einen Blumenstrauß an Thenia zu schicken."
Rea will sterben, wird aber weiterkämpfen…
„Aber auf der Karte stand Aris Name. Da, schau selbst."
Sie steht auf und gibt Janni die Karte, damit er es mit eigenen Augen sehen kann. Tief in ihrem Inneren fühlt sie, dass alles vorbei ist. Er liest vollkommen perplex. „Glaube nicht, ich hätte Dich vergessen. Ich wollte nur sehen, wann Du an mich denken würdest. Ari."

„So ein Idiot! Er hat aus Versehen seinen Namen hingeschrieben. Das ist eine Katastrophe!"
„Katastrophe!"
Große Katastrophe.
„Weißt Du, Janni..."
„Ja?"
„Thenia ist in Ari verliebt..."
Es ist viel einfacher, über die Gefühle anderer zu sprechen, als über die eigenen, meint ihr nicht?
Janni bleibt still. Rea fährt fort...
„... seit dem ersten Tag, als sie ihn gesehen hat, lange bevor sie Dich kennengelernt hat. Hätte sie Dich zuerst gekannt, wären die Dinge anders gelaufen. Sie hätte sich in Dich verliebt. Du bist etwas ganz Besonderes..."
„..."
„... Du siehst gut aus..."
„... Du bist freundlich..."
„..."
„... einmalig..."
„..."
„... wundervoll..."
„... Du bist Du. Und ich bin mir sicher, dass sie das wollte..."
Mit einer plötzlichen Bewegung packt sie ihn am Hals und beginnt wie wild ihn zu küssen, als wäre sie ein Absauger beim Zahnarzt, der ihm den ganzen Speichel absaugen muss, gleichzeitig aber seine Mandeln erkunden will.
Und er macht mit, brav, wie ein hingebungsvoller Patient, dem blonden erotischen Ding gegenüber, weil er es sich niemals hätte träumen lassen, dass so jemand ihn überhaupt „untersuchen" würde.
Dreißig Sekunden später hat alles seinen richtigen Lauf genommen. Die ausgetrockneten Felder einer schon ewig nicht mehr gegossenen Erde fangen langsam an sich wieder zu bewässern, durchlaufen unbetretene

warme Oasen eines jungfräulichen Waldes und ein Bootsmann entdeckt plötzlich, dass sich sein Ruder vergrößert, während er durch Flüsse rudert, und sich ständig fragt, ob er auch den Gummi bei sich hat, den er seit Jahren nicht mehr gebraucht hat. Und wenn ja, er wäre längst abgelaufen!

Plötzlich kommt der Bootsmann wieder zu sich. Er will es nicht, aber er muss. Er muss die Situation retten, sonst wird es zu einer nicht wieder gut zu machenden Katastrophe kommen. Während er seine Lippen von den ihren löst, hört es sich an als würde man Schröpfgläser öffnen.

(Klack)

„Rea?“

„Ja?“, antwortet sie verzaubert, atmet einmal durch und fällt wieder über ihn her…

(Klack)

„Rea, hör mir kurz zu…“

„Ich höre“, flüstert sie und küsst ihn wieder.

Er aber kann mit zwei Zungen in seinem Mund nicht sprechen.

(Klack)

„Rea, ich muss Dich was fragen…“

„Was? “

„Wo ist Thenia?“

Thenia! Oje! Die hatte sie völlig vergessen.

„Thenia ist zu Ari gefahren, weil sie glaubt, dass auch er sich in sie verliebt hat.“

„Wir müssen sie aufhalten. Schnellstens. Verstehst Du?“

„Nein. Lassen wir sie doch. Wer weiß? Vielleicht mag Ari sie ja doch. Schau mal was mit uns passiert ist. Warum nicht auch bei ihnen?“

„Rea, das ist unmöglich.“

„Aber warum?“

„Weil Ari bereits seit vier Jahren eine Beziehung hat.“

„Was?“

Was?

„Wie Du gehört hast. Ari hat eine ernsthafte Beziehung und zwar seit vier Jahren."

„Aber wie? Warum hat er es die ganze Zeit verheimlicht? Hatte er Angst vor dem bösen Blick?"

„E... so was Ähnliches. Deshalb sage ich Dir ja, wir müssen sie aufhalten, bevor es zu spät ist."

Ehe sie sich versehen, sind sie bereits auf der Straße, mitten in der kriegerischen Zone, zwischen Demonstranten, Sondereinheiten und Molotows. Sie haben keine Angst, denn ihre Liebe beschützt sie. (So wie sie Romeo und Julia beschützt hat, vor der Party.)

„Gehen wir hier durch", sagt Rea und zieht ihn in eine Gasse, um nicht durch das Kampffeld gehen zu müssen.

Sie rennen Händchen haltend um die nächste Ecke und zu allem Unglück fallen sie einer Sondereinheit der MAT in die Hände. Und weil sowohl Rea als auch Janni ohne Frage verbrecherische Figuren sind (Lieber Gott, hilf!), passiert das Unglaubliche: Nachdem man sie mit Tränengas besprüht hat, verhaften sie Rea – dieses kriminelle Geschöpf – und verprügeln Janni, der es ja in der letzten Zeit gewohnt ist, wie ein Magnet dort zu landen, wo es Prügel, Ohrfeigen, Tritte und Ähnliches gibt. Im gleichen Moment flüchtet eine Clique Anarchisten, die es ein weiteres Mal geschafft hat, Feuer zu legen und zu entkommen. Juppii!!!

Ortswechsel an den südlichsten Zipfel der Stadt

Ein Roller hält vor dem Haus des Göttlichen, dort wo Thenia sich für den Rest ihres Lebens in den Armen von Ari häuslich niederlassen will, der sie vergöttern wird und ihr treu sein wird, bis an ihr Lebensende. (Ab neunzig kann er machen, was er will!)

„Vielen Dank, Toli. Ich werde nie vergessen, was Du für mich getan hast." Sie steigt vom Roller und geht in Richtung Eingang. Toli packt sie schnell bei der Hand und spricht mit Worten zu ihr, die eigentlich nur sie verstehen sollte:

„Thenia… wenn Dein Herz aus Zucker ist, gib es niemandem der Hunger hat.“
Sie versteht aber nicht.
„Toli… wenn mein Herz aus Zucker wäre, hätte ich es längst selbst aufgegessen!“
Tatsächlich.
Sie rennt. Schiebt die Eingangstür auf und läuft zum Aufzug. Es ist ihr völlig gleichgültig, dass er durch ihr Betreten gefährlich knarrt, weil sie jetzt, plötzlich und unerwartet stolz auf ihr Äußeres ist. Sie fühlt, dass sie alles doppelt hat, wie ihre Kilos. Doppelt Weib. Doppelt begehrt. Doppelt verliebt. Sie ist wie zwei Frauen und sie ist sicher, dass Ari sie liebt, sowohl die eine als auch die andere, auch wenn sie der Grund sind, dass der Aufzug endgültig den Geist aufgibt.
Sie kommt im dritten Stock an und klingelt an der Tür im Rhythmus Avanti, popolo, während ihr Gesicht tiefrot ist – wie eine rote Flagge, eine pandiera rossa. Sie findet die Wohnungstür offen, aber das macht sie keineswegs stutzig. Sie ist sich sicher, Ari erwartet sie. Sie schiebt die Tür auf und geht hinein. Sie bewegt sich wie eine leidenschaftliche Walze, wie ein verliebter Orkan, wie ein erregter Taifun.
Das Wohnzimmer ist leer, aber sie hört deutlich das Wasser in der Dusche. Wie damals, als Ari sich noch nicht zu erkennen gegeben hatte. Jetzt liegen die Dinge aber anders. Jetzt, als seine zukünftige Ehefrau, darf sie ihm nicht nur beim Duschen zuhören, nein, sie darf ihm sogar zusehen. (Der blanke Genuss für das Auge.)
Sie schwebt fast die Treppe nach oben, wie ein Riesenschmetterling zur Paarung. Mit der Freiheit der Hausherrin öffnet sie die Tür zum Bad. Anfangs hat sie Mühe, das was sie sieht auch zu begreifen. Sie steht einer riesigen nassen Körpermasse gegenüber, die an einen misslungenen Genversuch erinnert. Vier Beine, vier Hände, zwei Köpfe und (Oh, Schreck!) sie meint auch unten zwei Köpfe zu sehen – besser gesagt Penisse. Einer ist ganz deutlich zu sehen. (Der andere ist mal zu sehen, mal nicht, dann ist er wieder da, dann nicht…)

Es gibt nur zwei Erklärungen dafür: Entweder duscht man in diesem Haushalt gruppenweise, um Wasser zu sparen oder sie sieht im Liebestaumel und vor Freude alles doppelt.
Gehen wir davon aus, dass sie alles doppelt sieht, müssten sie dann nicht logischerweise gleich aussehen?
Wie kann das aber sein, wo doch der eine Kopf Ari gehört und der andere Spiro… Und weil keiner der beiden Köpfe (um genau zu sein, keiner der vier) Thenias Anwesenheit wahrnimmt, geht die Party im wilden Rhythmus weiter.
Die Marmelade, die bis dahin Thenias Ohren blockiert hatte, macht sich auf den Weg eine Scheibe Brot und ein Glas Milch zu finden, damit die wollüstigen Ausrufe der Männer bis zu ihrem Trommelfell vordringen können. (Vielleicht auch des Schmerzes. Das werden wir nie erfahren.)
„AH!“
„AH!“
„AH!“
„AH!“
Thenia wird gleich in Ohnmacht fallen. Ich weiß, sie hat uns wiederholt damit gedroht, aber diesmal wird es wahr werden.
Ihr Fall wird von einem lauten Knall begleitet, ähnlich dem beim Einsturz eines Hochhauses. Der Aufschlag informiert die Jungs über einen dritten Anwesenden, den sie bis dahin nicht bemerkt hatten.
Die Szene geht ungefähr so weiter:
„AH!“
„AH!“
BUM
„A…“
„Oje!“
„Oh!“

Erde öffne dich

Ich liege irgendwo weich und fühle, dass mein Kopf ganz schwer ist. Ich weiß nicht, ob ich aus einem Koma erwache oder aus einem tiefen Schlaf, aber als ich die Augen öffne, bin ich von bekannten Gesichtern umzingelt, die von oben auf mich herunterschauen. Ich schließe den Mund, damit er sich nicht mit Kopfhaut füllt und fixiere sie. Anfangs ist alles etwas unscharf, aber mit der Zeit verflüchtigt sich der Nebel, der sie umgibt.

Rea, Athanasia, das Pärchen Spiro-Ari, Nektario, etwas geknickt (wahrscheinlich war er es, der mich zum Bett getragen hat) und der mit den Narben muss Janni sein. Wir sind beschlussfähig. Ich stehe wie eine Furie auf, schiebe sie alle von mir und renne die Treppen hinunter wie ein gejagter Elefant. Ich bin auf der Straße, ehe ich mich versehe. Ich bemerke, dass ich den gleichen Weg gehe, nur mit genau den gegenteiligen Empfindungen. Das Glück, die Liebe und die Hoffnung haben sich in Unglück, Einsamkeit und Verzweiflung gewandelt. Das Lachen wird zum Weinen. Als wäre ich am fünfzehnten August in Ibiza eingeschlafen und wäre am Karfreitag in Jerusalem wieder aufgewacht. Als wäre ich auf die Spitze des Mount Everest gestiegen und würde mich im nächsten Augenblick auf dem Grund des tiefen Meeres wiederfinden.

Das ist die Strafe, die Gott seit meiner Kindheit für mich aufgehoben hatte, als ich Ameisenfamilien beobachtete, die beladen mit dem Zweifachen ihres Eigengewichts ihre Vorräte aufluden und ich sie nahm und irgendwo in der Nachbarschaft aussetzte, damit sie den ganzen Weg nochmals gehen mussten. Wenn sie viel Glück hatten, „spielte“ ich mit meiner Barbie, ansonsten…

Aber niemand hat gesagt, dass das Leben gerecht ist. Es ist alles drin. Der Mensch ist vergleichbar mit einem Autoreifen, der in einem Moment über Scheiße fährt und dann wieder in der Sonne. Hauptsache der Fahrer parkt nicht gerade an der Stelle, wo sich die Scheiße befindet.

Ari ist schwul! Wer hätte das denn gedacht… Und damit ich nicht aus der Übung komme, muss ich morgen Ken niedermetzeln.

Ich sehe Licht und trete ein

Das Getrampel und die Rufe hinter mir verfolgen mich bis zur nächsten Ecke, dann sind sie weg. Vermutlich hat Rea ihnen erklärt, wenn ich außer mir bin, lege ich eine ungeheuere Geschwindigkeit an den Tag, und dass es besser ist, mich damit allein fertig werden zu lassen.

Ich bin gegangen ohne viel zu denken. Ich wollte nicht, ich konnte nicht und ich war auch nicht in der Lage die Gedanken zu ertragen, die folgen würden. „Sollte einer Deiner Gedanken zu einem negativen Gefühl führen, ist es besser Du denkst gar nicht", hat mir einmal ein Losverkäufer gesagt, während er versuchte mir ein Los zu verkaufen. Ich glaube, ich werde seinen Rat befolgen.

Irgendwann bemerke ich, dass der Marktplatz ruhig ist, ungewöhnlich still, wie nie zuvor. Die Tumulte haben sich gelegt und auf den Straßen sind nur noch ein paar einzelne versprengte Polizisten, die man zurückgelassen hat, falls noch ein Hooligan auftaucht, um ein letztes Feuer zu legen. Zertrümmerte Schaufenster, eine ungewöhnliche Ruhe und der Geruch nach verbrannten Streichhölzern vervollständigen das Bild meiner Stadt.

Der Weg nach Hause führt mich an der Uni vorbei, die in zwei alten Gebäuden beheimatet ist – die früher mal ein Gymnasium und ein Lyzeum waren.

Während ich über den gepflasterten Hof gehe, um auf die andere Straßenseite zu kommen, sehe ich durch ein Fenster im Erdgeschoss Licht, wie einen letzten Hoffnungsschimmer, dass irgendwo noch jemand ist. (Toli, hoffentlich.) Ich drücke meine Nase an die Scheibe und sehe eine Silhouette im Raum umhergehen. (Toli, Gott sei Dank.)
Ich klopfe wild ans Fenster und rufe seinen Namen, damit er mich bemerkt und mir aufmacht, immer in Angst, dass sie mich für einen Hooligan halten, und mich wegen Vandalismus verhaften. Toli bemerkt mich und kommt ans Fenster. Mit einer eiligen Bewegung öffnet er, damit ich hineinsteigen kann. Ich folge ihm, während er ruhig über den Flur läuft in Richtung Bar.
Über einen Kassettenrecorder höre ich die Eagles, die immer näher kommen. Eine halbleere Flasche Whisky und ein Plastikbecher stehen an Stelle des Frappé auf der Theke. Toli hat mir den Rücken zugedreht und begegnet mir mit stiller Gelassenheit, als wäre er sicher gewesen, dass ich um halb elf abends dort vorbeikomme, und er auf mich gewartet hat. Er benimmt sich seltsam. Er hält seinen Kopf gebeugt und bewegt nervös seine Hände. Ich glaube, er hat geweint. Nein doch?
„Toli, hast Du geweint?"
„..."
„Was ist mit Dir los?"
„..."
„Jetzt komm, sag mir was los ist und es wird Dich trösten, wenn Du hörst, was mir passiert ist. Du wirst sehen, es gibt noch viel Schlimmeres."
„..."
„Hast Du für mich auch etwas übrig gelassen?", frage ich ihn und deute auf die Whiskyflasche, damit er mir auch etwas einschenkt, wo ich es doch so nötig brauche. Endlich dreht er sich zu mir um und während er ein Glas für mich nimmt, habe ich Gelegenheit, ihn näher zu betrachten. Seine Augen sind gerötet und geschwollen. Was ist denn hier los, Kinder? Jetzt weinen auch die Männer? Es muss erst seit heute sein.

„Darf ich erfahren, was Du hast?“
„Ich will Dich...“
„Bitte?“
„Ich will Dich...“
Er will mich? Was meint er damit?
„Du willst mich? Was meinst Du?“
„Jetzt stell Dich nicht blöder als Du bist.“
Ich verstehe gar nichts.
„Ich verstehe Dich nicht.“
„Ich will Dich.“
Er will mich. Was passiert mir noch alles, und alles an einem einzigen Tag? Seit wann will er mich?
„Seit wann?“
„Schon immer.“
Er verarscht mich...
„Du verarscht mich.“
„Ich meine es ernst.“
Er meint es ernst. Was machen wir jetzt?
Er gibt mir ein volles Glas Whisky, und dreht mir wieder den Rücken zu. Wenn ich jetzt ein paar Eiswürfel und etwas zu knabbern verlange, wäre das unverschämt? Was soll's. Ich trinke es so. Es ist nicht die richtige Zeit für Luxus.
„Trinke nicht so hastig. Das wird Dir nicht gut tun. Nimm Dir Chips vom Regal, wenn Du willst.“
Er ist so süß...
„Mich musst Du kurz entschuldigen“, sagt er. Er stellt seinen Becher ab und geht zu den Treppen in Richtung Toiletten.

Ich glaube, ich träume. Ich habe einen Alptraum, der zu Ende gehen wird, weil Rea mich weckt, um ihre Haare einzudrehen. In diesem Alptraum hat die Hitze die Gehirne aller um mich in Zigarren verwandelt, und ich bin die einzig Vernünftige. In dieser durchgedrehten Welt

kämmt sich Iro nicht mehr, Ari ist schwul und hat seinen Kumpel Spiro zum Liebhaber, Toli, mein Kumpel, hat aus einem Meer von Jurastudentinnen mich ausgesucht, um sich zu verlieben, während gleichzeitig auf den Straßen das Chaos herrscht, das durch Menschen verursacht wird, die für die Natur kämpfen, indem sie sie selbst zugrunde richten!
Vergeblich zwicke ich mich, um aufzuwachen. Ich muss schon seit einigen Stunden schlafen, sonst lässt sich dieses Durcheinander hier nicht erklären. Ich schalte den Fernseher ein, der an der Wand hängt. Bevor ich jetzt gleich aufwache, will ich wenigstens noch erfahren, wie diese verrückte Geschichte mit dem Bus zu Ende geht. (Wenn nicht vorher ein psychopathischer Mörder mit einer Säge aus der Wand springt und mich in kleine Teile zersägt. Schließlich fehlt er doch in keinem ordentlichen Alptraum!)
Ich lasse den Kanal, da vergangene Woche alle Sender das Gleiche gesendet haben. Der endlose Titel riecht nach Intrige: „Wir haben den Trauzeugen den Behörden übergeben, um eine Einigung herbeizuführen." Aus der Reportage schließe ich, dass Elevtherios und Akis es geschafft haben, Tosodouli ein Schlafmittel in sein Erfrischungsgetränk zu mischen um ihn dann schlafend aus dem Bus zu werfen, nachdem, wie sie erzählen, Letzterer sich zu sehr in die Entführung eingemischt hat, dass er schon glaubte, er sei derjenige, welcher den Bus entführt hat und sie alle seine Geiseln seien. Trotzdem möchten sie weiterhin Tosodouli als Trauzeugen, als Anerkennung diesem Menschen gegenüber, der so sehr an ihren Kampf geglaubt hat. Vorläufig aber wurde Tosodouli verhaftet, und wird derzeit von den Behörden verhört.
Obwohl ich mit denen einer Meinung bin, die behaupten, dass durch diesen Vorfall wir uns international der Lächerlichkeit preisgegeben haben, muss ich doch zugeben, dass der Staat tatsächlich einen sehr unterhaltsamen Weg gefunden hat, dies zu erreichen.
„Letzte Staffel mit Hochzeit", ist der nächste Titel. Der Journalist beschreibt das Geschehen mit dem Hochzeitsmarsch im Hintergrund. Die Entführer haben sich mit der Polizei geeinigt und sehr bald werden die

Jungs das Ehepaar Archidimou-Chaspi sein. (Sie haben, wie ihr seht, beide Namen behalten, damit sich die Verwandtschaft nicht in die Haare kriegt.)
Geiseln und Fernsehzuschauer werden ab Mitternacht wieder frei sein, denn dann wird der Gewinner bekannt gegeben, und die Übertragung der Hochzeit stattfinden. (Auch ich wünsche ihnen einen blumigen Weg, oder hört sich das ironisch an?)
Inzwischen und wie zu erwarten, wegen der späten Stunde und dem Tiefschlaf Tosodoulis und wegen der vielen Erlebnisse, die ich heute hatte, ist eine physische Müdigkeit über mich gekommen und hat mich in Tiefschlaf versetzt. Wie ein Riesenbaby habe ich meinen Kopf auf den Tisch gelegt und habe meine riesige Rassel auf der gegenüberliegenden Wand belassen, die immer wieder das Gleiche wiederholt, wieder und wieder, wie ein immer wiederkehrendes Schlaflied. Ich habe meine Hand ausgestreckt und habe den Schokoladenstand umarmt, der sich zu meiner Rechten befindet, während ich in eine süße kurze Sommernarkose falle...

Es ist drei Uhr und ich bin immer noch nicht wach. Oder besser gesagt, ich bin wach, aber befinde mich immer noch im gleichen Alptraum. Morpheus spielt mit meinen Träumen. Ich stehe von dem Stuhl auf, auf dem ich eingeschlafen war, strecke mich und fühle, dass ich total verspannt bin. Toli ist immer noch verschwunden. Der psychopathische Mörder hat vielleicht erst ihn aufgesucht. Vielleicht liegt er zermetzelt zwischen den Toiletten des ersten Stocks. Ich muss ihn suchen gehen. Vielleicht träume ich gar nicht und er ist hingefallen, hat sich verletzt, und braucht dringend meine Hilfe.
Ich laufe die dunklen Stufen hinauf und rufe gleichzeitig seinen Namen. Ich bekomme keine Antwort. Ich komme bei den Herrentoiletten an. Die Angst hat bei mir leichten Durchfall verursacht. (Sollte ich vielleicht doch zuerst in die Damentoiletten gehen?) Ich habe keine Wahl, ich muss die Tür jetzt öffnen. Es ist aber gar nicht nötig. Die Tür öffnet

sich und eine Hand packt mich an der Schulter und zieht mich plötzlich hinein. Endlich! Jetzt ist der Moment gekommen, an dem der Mörder seine Säge einschalten wird und ich aufwachen werde. Ich schließe meine Augen und warte…

Nichts. Er hält mich lediglich. Bei dieser Dunkelheit hat er wahrscheinlich keine Steckdose für sein Werkzeug gefunden. Dumm gelaufen für ihn! Er drückt mich an die Wand und eine fremde Zunge schießt in meinen Mund bis zum Rachen. Es ist Tolis Zunge. Ich habe es am Geruch erkannt; schwarzer Johnnie Walker. Ich schiebe ihn von mir, während ich versuche das Wort „Beruhige Dich" zu sagen, aber mit dieser zweiten Zunge in meinem Mund hört man nur ein unterbrochenes „B-ruh-ge."

Nehmen wir mal die Dinge von Anfang an. Ich bin Thenia, klebe an der Wand der Herrentoiletten der juristischen Fakultät durch Toli, der besoffen ist und glaubt er will mich. (Schon immer, bitte sehr!) Seine Zunge ist in meinem Mund und schmeckt nach schwarzem Johnnie Walker. Sein Kuss ist intensiv, erotisch und vollkommen berauschend. Ich lasse mich gehen. Ich weiß, dass es nicht unbedingt berauschend ist, seinen ersten Kuss in einer Herrentoilette zu bekommen, die vollkommen dunkel ist und unter diesen Umständen, aber ich habe keine andere Wahl. Außerdem ist es so schön, dass ich zugeben muss, ich genieße es. Und nicht nur das, ich erwidere seinen Kuss. Was habe ich zu verlieren? (Außer meine Würde?)

Die Rollen werden vertauscht. Ich packe ihn bei den Schultern und drücke ihn fest an mich, mit der Leidenschaft einer Jungfrau in den Fünfzigern, die sich vorgenommen hat nachzugeben. Jetzt liegen wir auf dem Boden. Meine Klamotten sind irgendwo. Auf jeden Fall nicht mehr an mir. Das gleiche gilt für seine. Ich fühle mich von etwas Hartem bedroht. (Aber nicht die Art von Säge, die ich befürchtet hatte!) Ich schließe die Augen und bereite mich auf Schmerz vor. Ich habe gehört, dass es beim ersten Mal wehtut, aber ich bin vorbereitet. Ich atme tief ein, beiße die Zähne zusammen und warte.

„Ich kann nicht", sagt er und hört auf.

„Komm, Du kannst!“ stöhne ich vor sexueller Erregung. Er aber zieht sich zurück und ich höre wie er keuchend neben mir liegt. Ein paar Sekunden später wird mir bewusst, dass ich wohl die Uni wechseln muss, die Stadt und meinen Namen, außer ich verkleide mich und krieche durch ein Loch in der Decke, ohne durch die Eingangshalle gehen zu müssen.
Er dreht sich zu mir und ich spüre seinen Atem an meinem Hals. Er legt einen Arm um meine Taille und flüstert mir ins Ohr:
„Jetzt weißt Du, wie sehr ich Dich will?“
YES!
„Eh… ja, also…“
Mein Gott, kann er endlich was sagen! Ich bin in einer sehr schwierigen Lage.
„Weißt Du Thenia, ich bin in einer sehr schwierigen Lage…“
Sehr schön!
„… deshalb gehe ich jetzt, damit Du Dich wieder anziehen kannst. Komm dann bitte, dann reden wir!“
„Okay.“
Er sucht seine Sachen in der Dunkelheit zusammen. Als er alles hat, gibt er mir einen flüchtigen Kuss auf die Wange und geht.
„Toli?“
„Ja, ich weiß, ich werde das Licht nicht anmachen. Bleib nicht zu lange…“

Ort: Die Herrentoilette der juristischen Fakultät, Erster Stock

Thenia, die soeben ihren Freund Toli gebeten hat, sie zu entjungfern, was er aber nicht tat, wäscht sich das Gesicht mit kaltem Wasser, um sich von den vielen Rückschlägen heute zu erholen. Sie muss sich wieder unter Kontrolle haben.

Zeit: 04:00 Uhr
Ort: Die Mensa. Die Mensa der juristischen Fakultät, Erdgeschoss

Toli, der es abgelehnt hat, die Jurastudentin im dritten Jahr und Freundin zu entjungfern, Thenia in die er total verliebt ist seit drei Jahren, macht sich einen griechischen Kaffee, damit er sich von seinem Alkohol- und vom Liebesrausch erholen kann. Er muss sich vorbereiten, ein ernstes Gespräch mit ihr zu führen. Er muss gelassen sein. Er muss sich gelassen zeigen.

Thenia geht die Treppe hinunter und fühlt sich vollkommen lächerlich. Er hat es nur getan, weil er besoffen ist. Er ist über sie hergefallen und als er bemerkte, was er vorhatte, hat er sie nackt am Boden zurückgelassen und ist gegangen. Oder ist er geflüchtet, weil ihn ihre unrasierten Beine gepickt haben?
Was ist ihre Ausrede? Mit Sicherheit hat sie bei ihm den Eindruck hinterlassen, dass sie eine von denen ist, die nichts anbrennen lassen. Eine von denen, die mit jedem ins Bett gehen, überall und jederzeit. Sie glaubt bei Toli den denkbar schlechtesten Eindruck hinterlassen zu haben.
Toli fühlt sich ebenfalls lächerlich. Wie soll er seine Tat rechtfertigen? Thenia wird sich denken, dass es vom Suff kommt, dass er ein ekelhafter Säufer ist, der sich über ahnungslose Mädchen in den Toiletten hermacht. Und obwohl er wiederholt Gelegenheit hatte, solche Situationen auszunutzen, hat er das niemals getan, um keinem Grund zu geben, negativ über ihn zu sprechen. Bei ihr hat er sich so benommen, weil er sie verzweifelt liebt, und in letzter Zeit fühlte er sich von einem Ari bedroht. Der Grund, warum er dort von ihr abgelassen hat ist, dass es sich um etwas so Besonderes handelt, dass es nicht in den schmutzigen Toiletten im ersten Stock passieren darf und nicht weil ihn ihre unrasierten Beine gestört hätten. (Etwas, was seiner Aufmerksamkeit nicht entgangen ist.)

Als sie sich gegenüber stehen, in aufrechter Haltung und angezogen, überlegen beide die Unterhaltung mit folgendem Satz zu beginnen: „Es ist nicht das, was Du denkst.“ Toli schafft es den rettenden Satz zuerst zu sagen:

„Es ist nicht das, was Du denkst.“

Verdammt! Was soll sie jetzt sagen?

„Was meinst Du?“

„Ich meine, ich wollte nicht die Situation ausnutzen, nur weil ich Dich in einem schwachen Moment in den Toiletten erwischt habe.“

„Auch mit mir ist es nicht so, wie Du denkst.“

„Was?“

„Dass ich so verzweifelt bin, dass ich es mit dem Nächstbesten es tun würde.“

„Ich habe so etwas nicht über Dich gedacht.“

„Auch ich habe nichts Böses über Dich gedacht.“

„Gut. Nachdem wir das geklärt haben, was hältst Du davon, wenn ich Dich jetzt frage, ob ich Dich nochmal küssen darf?“

Und er küsst mich wieder. Und der Alptraum verwandelt sich in ein Paradies.

Fest umschlungen, unsere Zungen auf den Rhythmus der Musik abgestimmt, drehen wir uns im Kreis, aneinander klebend, zwischen Regalen mit Chips, Schokolade, Kaugummis und Dutzenden von weichen Marlboro Packungen. Das Paradies auf Erden. Meine rechte Hand hat große Lust zu forschen. Ich fummele etwas aufdringlich, um festzustellen (Ja!), dass sein Hintern fest wie Stein ist! Lieber Gott, ich danke Dir!

Ein paar Stunden später

Die Szene bleibt die Gleiche. Alle negativen Gedanken in meinem Gehirn haben sich verflüchtigt und haben sich in einen erotischen Festschmaus verwandelt, der mein Herz höher schlagen lässt, damit es innerhalb kürzester Zeit aufholen kann, was es die letzten Jahre verpasst hat.

Toli macht keine Anstalten mich loszulassen. Es ist als hätte man zwischen uns eine größere Menge Sekundenkleber geschüttet, den man nur durch einen operativen Eingriff wieder entfernen kann.
Draußen wird es zwischenzeitlich hell. Eine hellblaue Farbe fängt langsam an, die Mensa meiner Träume einzuwickeln, mit einer morgendlichen intensiven Wonne. Die Uni wird gleich wieder öffnen. Das Gleiche verlangt auch meine heimliche Schule, die hermetisch versiegelt ist, seit dreiundzwanzig Jahren. Oh, wie sehr wünscht sie es sich, dass die Glocken läuten, damit der erste Schüler in die Klasse kommt... (Und auch wieder rausgeht, und wieder rein, und wieder raus...) Das erste Wort nach zweistündiger Stille kommt von Toli, der gezwungen ist wieder zu sich zu kommen, weil ihn seine Pflicht ruft.
„Es wird hell."
„Schade..."
„Mein Kleines, ich muss... verdammt, ich will nicht..."
„Ich auch nicht."
Er legt seine Arme um meinen Hals, schaut mir in die Augen und sein Blick sagt mir, obwohl es schon morgen ist, hat sich seit gestern nichts geändert. Nichts ist zu Ende, jetzt fängt alles erst richtig an.
„Geh jetzt nach Hause und ruh Dich aus. Am Abend, wenn die Uni schließt (wenn er jetzt sagt, er ruft mich an, bringe ich mich um!) gehen wir ins Kino."
YES!!!
Allerdings haben wir noch mal vierzig Minuten nötig, voneinander zu lassen und uns von allem was passiert ist, zu erholen. Wir hätten noch länger gebraucht, wenn uns der Milchmann mit seiner morgendlichen Lieferung nicht in die Wirklichkeit zurückgeholt hätte.

Ich bin wieder auf der Straße und (Ah!) wie sehr gefällt mir diese Stadt so früh am Morgen. Ruhig, noch nicht so richtig erwacht, versucht sie ihren normalen Rhythmus zu finden. Ich gehe zu Rea. Sie wird halb gestorben sein vor Sorge. Ich bezweifle ganz stark, dass sie es geschafft hat

zu schlafen, nach all den Vorkommnissen. Jetzt, wo es aussieht, dass sich mein Leben ändert, werde ich versuchen, den Menschen gegenüber zuverlässiger zu werden, die mich gern haben. Von heute an.
Mein Enthusiasmus und die Notwendigkeit ihr alles zu erzählen, was in der Zwischenzeit passiert ist, verleiten mich dazu ca. fünfzehn Mal hintereinander Sturm zu klingeln. Obwohl ich das Getrampel Reas höre, die zur Tür läuft, um mir zu öffnen, klingele ich voller Ungeduld weiter. Sie schließt die Tür mit eiligen Bewegungen auf und als sie mich erblickt, zieht sie aus und gibt mir eine Ohrfeige, dass ich hören kann wie sich mein Gehirn von seinem Platz bewegt. (Boing!) Das hat mir gut getan. Jetzt bin ich richtig wach. Dann schaut sie mich mit der Zärtlichkeit einer Mutter an, die ihrem missratenen Kind nicht böse sein kann und umarmt mich, als hätte sie mich zehn Jahre nicht gesehen.
„Wo warst Du, Du unartiges Mädchen? Warum hast Du Dein Handy nicht an?“ flüstert sie mir zu und zieht mich hinein, während sie hinter sich die Tür schließt.
„Rea, wenn ich Dir sage wo ich war, wirst Du es nicht glauben!“, schreie ich erregt.
„Sch! Schrei nicht“, flüstert sie wieder. „Sprich leiser.“
Also wirklich, was ist denn mit ihr los? Hat sie Angst, dass ich die Nachbarn wecke? Während ich sie fragend ansehe, fällt mein Blick auf die halb geöffnete Schlafzimmertür, wo ich verblüfft zwei knochige Männerbeine entdecke, die am Ende des Bettes unter den Laken hervorschauen.
„Rea?“, flüstere ich. „Sehe ich richtig oder täuschen mich meine Augen?“
Rea, die wie es aussieht keine Zeit verlieren will, senkt voller Scham den Blick, aber gleichzeitig mit hinterlistiger Begeisterung.
„Ja, Du siehst richtig.“
„Habt ihr es getan?“ zische ich. „Habt ihr es getan?“, wiederhole ich meine Frage leise.

„Ja!“ zischt sie zurück, und danach wiederholt sie ebenfalls flüsternd ihre Antwort: „Ja, und es war perfekt. Es hat überhaupt nicht wehgetan, alles Unfug was sie uns erzählt haben!“
Wir umarmen uns und tanzen auf Zehenspitzen voller Begeisterung, als wäre es die Sitte irgendeines Stammes, dass die bis vor kurzem Jungfrauen mit den noch übrig gebliebenen tanzen. (Also nur mit mir.)
„Bravo!“
„Es war perfekt! Thenia, Du hast keine Ahnung was Du verpasst…“
„Ich freue mich so sehr für Dich! Geht ihr jetzt miteinander?“
„Natürlich. Hätte ich ihn sonst ’rangelassen?“
Gelächter.
„Also, auf die, die noch an der Reihe sind!“
„Das wünsche ich Dir. Bald möglichst. Komm, lass’ uns weiter gehen“, sagt sie und zieht mich in die Küche. Sie öffnet den Schrank unter dem Spülbecken und holt eine kleine Flasche Champagner hervor, die sie dort seit letztem Sylvester hat, weil sie was Tolles wollte, auch wenn sie nicht feierte. Sie steigt auf einen Stuhl und hält sie wie ein Formel-Eins-Sieger in die Luft. Nachdem sie die Fliesen, die Decke, den Kühlschrank und was sonst noch in der Küche steht, voll gespritzt hat, schenkt sie den Rest in zwei Kaffeetassen ein. Ich beobachte sie, während wir lachen und sie sich den Bauch hält, während sie versucht leise zu sein, um Janni nicht zu wecken. Sie steigt vom Stuhl, hebt die Tasse mit Spiderman hoch, für den notwendigen Trinkspruch:
„Freundin, diesen Champagner bewahre ich auf, um einen solchen Moment wie diesen mit Dir zu feiern. Gut oder leider, war ich schneller. Also trinken wir auf mein Wohl, dass ich endlich zur Frau geworden bin. (Gegacker) Ich wünsche Dir natürlich, dass auch Du bald eine von uns wirst!“ (Noch mehr Gegacker)
„Dein Wunsch könnte nicht aktueller sein“, antworte ich ihr.
„Auf unser Wohl!“
„Auf unser Wohl!“

Auch wenn es noch sehr früh für Alkohol ist, schütten wir den Champagner runter als wäre er Kaffee und wir würden in einem griechischen Nachtclub bei Bouzouki Musik feiern. Ich bin mir sicher, wenn der arme Janni wüsste, der wie ein Toter schläft, dass seine letzte Erektion der Grund unserer Party ist, wäre er beschämt und würde das Weite suchen, um von der Psychopathin zu flüchten, mit der er sich eingelassen hat. Vor ihren Freundinnen allerdings auch! Wir lassen uns in die Stühle fallen und lachen, dass uns die Tränen kommen.

„Und ich, Rea, hätte es beinahe mit Toli gemacht“, erwidere ich.

„Mit wem?“, reißt sie sich für einen Moment zusammen.

„Mit Toli“, antworte ich, als handele es sich um die natürlichste Sache der Welt. Sie schaut mich ein paar Sekunden an und dann macht es ppfff, während sie mich vollprustet vor Lachen, mit dem Champagner, den sie noch im Mund hat. Wir lachen weiter und es ist uns nun egal, ob Janni aufwacht, die Nachbarn oder die restlichen Einwohner der Stadt…

Niemals sonntags

Ich drehe mich im Bett, wie eine Kreisel mit Sprung. Der Schlaf lässt mich nicht vor der Realität flüchten, die mir endlich bewiesen hat, dass sie meiner Fantasie standhalten kann. Mein Gehirn kann die Wendung der Geschehnisse immer noch nicht fassen. Die Ereignisse haben sich so überstürzt, dass ich den Schock nicht so schnell überwinden kann.

Der gestrige Tag verwandelt sich in eine Kalaschnikow, die meine Gedanken mit unterschiedlichen Bildern bombardiert. Ari und Spiro unter der Dusche, ich am Boden mit Toli auf mir, Jannis Beine in Reas Bett, Champagner, der die Wände besprüht. Und so soll man schlafen können? Es ist als schaue ich einen Film, der von Tarantino und Stephen King gemeinsam produziert worden wäre.

Was die Gefühle angeht, ist es noch viel schlimmer. Ein bisschen die unterschwellige Angst, Toli könnte es sich anders überlegen und sich nicht mehr bei mir melden, ein bisschen meine Hormone, die verrückt spielen und meine Jungfräulichkeit so schnell wie möglich loswerden wollen, ein bisschen meine Freude, dass Rea endlich das gefunden hat, wonach sie so lange gesucht hat, ein bisschen der Ekel, den die Szene in der Dusche hervorgerufen hat…

Stellt euch mal den Film vor, mit einem Soundtrack von Beethoven, New Kids on the Block und Pavarotti gemeinsam. (Soo gut.)

Was mir aber am meisten den Schlaf raubt, ist das zweistündige Gestöhne von Rea. (Bravo Janni. Ich muss unbedingt daran denken, mir Ohrstöpsel zu kaufen.)
Ich zünde mir eine Zigarette an und verfolge die Reise des Rauchs bis zum Fenster. Ich fühle mich wohl. Nach vielen Jahren ist es das erste Mal, dass ich so etwas empfinde. Ich fühle mich wohl, und wenn ich die Lautstärke des Stöhnens beurteile, fühlt sich Rea noch viel besser. (Und wieder Bravo an Janni! Also auch Ohrenstöpsel nicht vergessen!)
Es sieht so aus, als ob der Sonntag ein sehr guter Tag für Sex ist. Gilt das aber auch für Rendezvous? Wäre es vielleicht besser, wenn wir uns für morgen verabreden würden? Ich war noch nie an einem Sonntag verabredet. (War ich denn schon mal unter der Woche verabredet?)

Sonntagmittag

Nachdem der Schlaf mich nicht will, will ich ihn auch nicht. Ich schalte den Ventilator ein und lasse mir von ihm ins Gesicht blasen, während ich vor dem Spiegel sitze und versuche, mit Reas Schminksachen was aus mir zu machen. Feststellung: Das helle Braun ist meine Farbe. Dann fülle ich die Badewanne mit kaltem Wasser und die Rasierklinge macht Spaziergänge von ganz unten bis ganz oben. Ich habe kein einziges Haar mehr. Nicht mal als Muster. Ich sehe wie eine riesige gerupfte Henne aus.
Ich schmiere mich mit allen Lotionen, die ich im Badezimmerschrank finden kann ein und bedufte mich von oben bis unten. Der Wal in seinem besten Zustand. Ich mache wiederholte Versuche mein Haar zu richten, scheitere aber kläglichst. Diese Aufgabe muss ich Rea überlassen. Jetzt werde ich mir erst einmal die Fußnägel lackieren…

Sonntagabend

Ich habe keinen Hunger. Ich habe keinen Durst. Ich bin nicht müde. Toli, verschwunden. Rea hat sich von ihrer Bettarbeit frei genommen. Wahrscheinlich hat sie es satt, ständig die Decke zu sehen und ist heraus gekommen, um zu sehen was ich tue.
„Hat er Dich angerufen?"
„Nein, noch nicht."
„Mach Dir keine Sorgen, er ruft noch an. Also, ich gehe jetzt."
Sie kehrt zur Deckenansicht zurück.
Ich brenne vor Hitze und Ungeduld. Wird er anrufen, wird er nicht, wird er, wird er nicht, Uff! In jedem Fall habe ich das Handy am Fenster platziert, weil da der beste Empfang ist und alle drei Minuten sehe ich nach, als wäre es ein Patient, der mich angeheuert hat, um ihn zu überwachen. Es ist schon neun. Jetzt müsste eigentlich die Mensa schließen und er wird jeden Augenblick anrufen. Ich huste, damit sich meine Kehle reinigt. Ich mache Sprachübungen, um meine Stimme aufzuwärmen, damit ich mich gut anhöre wenn er – wenn überhaupt – mich anruft. (Nein, ich werde ihm nicht den Gefallen tun, ein rohes Ei zu schlürfen, denn um ehrlich zu sein, es ist mir schon mal kurzfristig durch den Kopf gegangen!) Ruft er an, ruft er nicht an, ruft er an, ruft er nicht an... Uff! Ich bin bereits bei der Auswertung der „wenns." Wenn er müde ist und schlafen will. (Nicht so wie ich, die vor Aufregung kein Auge zukriegt. Er sieht wie ein normaler Mensch aus.) Und wenn er meine Handynummer verloren hat? Wenn er eine Andere kennengelernt hat? Und das Schlimmste: Wenn er es sich anders überlegt hat und mich nicht wiedersehen will? Ich kann nicht mal an meinen Nägeln kauen. Ich habe sie gerade lackiert.
Wer hätte das gedacht, dass ich hier sitzen und nach einem Anruf von Toli lechzen würde. Dass er der Mensch ist, der vor meinen Augen, zwischen Käsestrudel, Frappé und Toasts der Uni immer da war. Dass er irgendwann der Mittelpunkt meines Liebeslebens sein würde...

Fazit des Sonntags

Toli ist nicht mit mir ins Kino gegangen. (Nein, ich bin ihm nicht böse. Dafür gibt es keinen Grund. Außerdem, welcher Mann steht immer zu seinem Wort, außer unserem Vater? Niemand. Und weil wir es satt haben auf diesen „Niemand“ zu warten, der niemals auftaucht, bevorzugen wir den „Niemand“ zu erwählen, der uns versprochen hat mit uns ins Kino zu gehen.) Er hat mich aber angerufen. (Weil es nicht in Ordnung ist, immer nur das Negative zu sagen.) Wir sind erst Essen gegangen (und er hat mir damit bewiesen, dass manchmal das Hühnchen auf Holzkohle besser schmeckt als Julia Roberts), und dann auf einen Drink (ein richtiger Mann belässt es nicht nur auf einem Huhn aus Freilandhaltung).

Jetzt sind wir in der Phase des Drinks. Er hat mir bisher nicht mal die Hand angefasst und ich koche bereits innerlich. Mit mir kocht auch Rea, die den Satz „Bist Du über ihn hergefallen“ auf ihrem Handy gespeichert hat, mit zehn Fragezeichen, und schickt es mir alle fünf Minuten. Auf die ersten fünfzehn Anfragen hat sie folgende Antwort bekommen: WENN DU MICH LASSEN WÜRDEST, KÖNNTE SOGAR DAS PASSIEREN! Mit zehn Ausrufezeichen. Die sechzehnte SMS war anders. Sie teilt mir mit, dass mitten auf dem Marktplatz eine riesige Leinwand installiert wurde, neben dem Springbrunnen, und ab Mitternacht das Finale vom „Bus“ übertragen wird. NIMM TOLI UND KOMM AUCH. ES WIRD DAS ERSTE MAL SEIN, DASS WIR ZU VIERT AUSGEHEN. IST ES NICHT EIN TRAUM?

Ich lasse Reas Träume beiseite und kehre zu meinen zurück, die feucht sind und äußerst zwingend. Ich vergesse, wie sich eine Dame in einem Salon benimmt, und verwandle mich in eine Madame des Hafenviertels. Ich packe Toli am Kragen und schlecke ihn ab, wie ein durstiger deutscher Schäferhund. Er erwidert zurückhaltend. (Am Anfang… Aber in der Fortsetzung…) Das Lokal fängt an sich zu drehen.

Irgendwann hören wir auf, aber das Lokal dreht sich weiter, als wäre es vom Wirbelsturm Katrina erfasst worden.
Ich lasse Toli alles bezahlen, auch die Getränke, (ein ordentlicher Mann gibt nicht nur eine Portion Hühnchen aus), und wir machen uns auf den Weg in Richtung Marktplatz, wo der Teufel los ist. (Das Vergehen des Wortbruchs wegen des Kinos ist bereits erlassen.) „Liebes, ist die da an der Ecke nicht Rea?", sagt er zu mir und macht mich überglücklich, dass er bereits begonnen hat, sich damit abzufinden, dass wir ein Liebespaar sind und gemeinsame Freunde haben.
„Ja, mein Schatz, das ist sie. Und der neben ihr ist Janni, von dem ich Dir erzählt habe", sage ich und kann in seinem Gesicht eine Spur Glück entdecken, dass ich nach dreijähriger Bekanntschaft etwas anderes sage, als Toli.
Wenn Reas Traum Wirklichkeit wird und die herbeigewünschte Vierergruppe eine Tatsache ist, ist es ungewöhnlich und ungemein motivierend, während wir immer mehr wie ein neuer Chor aussehen, die Ausrufe wie „Kleines" und „mein Schatz" in alle Richtungen streuen. Als hätten wir uns vorgenommen, es in der ganzen Stadt bekannt zu machen, dass wir nicht mehr alleine sind.
Ein Freund von Toli besorgt uns vier Plätze auf der Terrasse der Stadtverwaltung und wir (wie echte VIPs), genießen den frei zugänglichen Sauerstoff, zusammen mit der Creme de la Creme der Stadt, weit weg von dem Fußgetrampel der übrigen Welt. Dieser Platz wird auch als Hubschrauberlandeplatz benutzt und sieht wie ein riesiges Sommerkino aus, mit dieser riesigen Leinwand.

„Und (Ja!) meine Damen und Herren, Andrea Tosodouli hat sich nicht nur von der Wirkung des Schlafmittels erholt, ist nicht nur aus dem Gefängnis wieder freigelassen worden und aus dem Verhör der Polizei, er ist wieder bei uns, an diesem besonderen Tag, um den Namen des Siegers des „Busses" zu verkünden… Empfangen Sie ihn!"

Tosodouli erscheint auf der Leinwand. (Jetzt tobt das Land vor Beifall und Bravorufen.)
Mit einem Zeichen in die Menge, bittet er um Ruhe.
(Jetzt gehorcht das Land und schweigt.)
Natürlich, das Volk schweigt nicht lange, nachdem Tosodouli das Wort ergreift und nicht mehr hergibt, mit dem Ergebnis, dass fünfundzwanzig Minuten später das Volk endlich was sehen will. Tosodouli ist gezwungen, die Dinge etwas zu beschleunigen und den Sieger auszurufen, und zwar den gut gebauten Theodor, auch wenn ich mich schäme es zuzugeben, ich habe für ihn ein paar SMS geschickt, um seinem Übergewicht Beistand zu leisten…
Es werden Feuerwerke gezündet, in Form eines Busses, man hört fröhliche Marschmusik, Applaus, und drei Polizisten verhaften sofort die Täter und übergeben sie dem Gesetz – und der Rest wird sich schon finden…
Sprengspezialisten nähern sich mit äußerster Vorsicht der Papiertüte, um Sekunden später festzustellen, dass ihr Inhalt nichts weiter ist als Tomaten und Gurken aus biologischem Anbau.
Sporadisch werden Szenen aus dem restlichen Griechenland und aus dem Ausland gesendet, nachdem dieses einmalige Telephänomen durch die Welt gegangen ist, und alle unterdrückten Schwulen dieser Welt zusammenrücken, welche, versammelt in kleinen und großen Städten, es zum Anlass nehmen den vielleicht größten Aufruf für ihre Rechte zu feiern. (Um den geschmückten Eifelturm ist es undurchdringlich, aber die meiste Aufmerksamkeit bekommen schwule Eskimos, die nackt vor ihren Iglus feiern.) (Die Schriftstellerin wiederholt hier, dass nichts im Leben zufällig ist.)
Theodor bedankt sich bei allen, die ihm diesen Sieg ermöglicht haben und schenkt seinen Pokal den B.H.s (Bekannten Homosexuellen), eine Organisation mit dem Ziel, finanziell, moralisch und sozial all die zu unterstützen, die andere sexuelle Neigungen haben.

Die Feuerwerke zünden über unseren Köpfen wie bunte Pilze, während sie den Himmel wie mein Leben erscheinen lassen. (Weil man nie weiß, wann ein Feuerwerk kommt und unsere Dunkelheit erleuchtet.)

Öffentliche Dialoge

„Ist es nicht ein Traum, Liebes?“ flüstert Rea und schaut wie hypnotisiert in den Himmel.
„Ja, mein Kleines“, antworten wir alle gleichzeitig, Janni, Toli und ich.
„Ich glaube, es ist Zeit, dass wir zu unseren alten Namen zurückkehren. Die Umbenennung in „Liebes“ ruft ein generelles Durcheinander hervor, meint Ihr nicht“, frage ich, und alle platzen vor Lachen in dem entstandenen Chaos und antworten mir nicht, obwohl ich mir sicher bin, dass sie meiner Meinung sind. Außerdem ist es viel zu früh für Meinungsverschiedenheiten und Ähnliches, meint ihr nicht?
Janni schlägt vor, dass wir auf einen Drink einkehren sollen und es ist wohl überflüssig zu sagen, dass wir alle einverstanden sind. Wir gehen ins „Cuba“ (das meist leer ist), um dem Gedränge zu entfliehen, aber wir täuschen uns. An diesem Abend herrscht überall das Chaos. Hier verliert die Mutter das Kind und das Kind seinen Lutscher! Wir quetschen uns an die Ecke der Bar und bestellen uns vier Carib, wie siamesische Zwillinge die sich dem Alkoholismus verschrieben haben. Hauptgesprächsthema bei allen Leuten ist nichts anderes als der BUS. Theodors Tat, die Organisation B.H. zu gründen und ihr seinen Pokal zu spenden, ruft unterschiedliche Reaktionen bei den Menschen hervor. Mich hat es überhaupt nicht schockiert. Außerdem habe ich weitaus fortschrittlichere „Taten“ derartiger Paare schon gesehen!

Dann wagen sich die Unterhaltungen in tiefere Gewässer und man hört Ansichten wie: „Gelegenheit macht Diebe“, „Durch Probieren wird man nicht gleich schwul“, „Wenn mein Sohn eine Tunte wäre, würde ich ihn umbringen“, „Wer hat behauptet, dass der Salamiverschleiß Frauensache sei?“, und anderes Fantasievolles und Liebliches.
Und wenn wir schon mal von Salamiverschleiß sprechen (welch' ein Zufall!), tauchen in der Menge Athanasia, Nektario und die „Luftgetrockneten“ auf. (Die Letzteren mit selbstsicherem Gesichtsausdruck, bitte sehr!). Habt ihr eigentlich bemerkt, dass es das erste Mal ist, dass ich Ari treffe, ohne Vogelgezwitscher zu hören? Gott sei Dank, kann ich nur sagen. Nicht vorstellbar, für den Rest meines Lebens Gebimmel ausgesetzt zu sein.
Athanasia und Nektario beeilen sich mich zu fragen, ob es mir seit gestern wieder besser geht und haben großes Interesse Toli kennen zu lernen. Ari und Spiro warten ruhig an die Reihe zu kommen, und lächeln mir verschwörerisch zu, hinter Athanasias Rücken. Jetzt wo ich ihr Geheimnis kenne, bin ich anscheinend aufgestiegen, zum Ehrenmitglied ihres „Geheimen Zirkels.“ Was soll's. Es ist alles menschlich...
„Hallo Thenia!“, ruft Ari voller Freude und lenkt seine Aufmerksamkeit meinem Süßen zu. „Bist Du nicht der aus der Mensa der Uni? Ich bin Ari und das ist Spiro“, sagt er und gibt ihm die Hand. Macht er sich an ihn ran oder bilde ich mir das ein?
Ich lege meinen Arm um Tolis Taille und ziehe ihn zu mir, um hier die Besitzrechte zu dokumentieren, nachdem (der liebe Gott soll mich Lügen strafen) ich mir einbilde, dass ihm Spiro schöne Augen macht.
Sie stellen sich zu uns und ich stelle mich vor Toli, wie ein Wachposten, um ihn mit meiner Anwesenheit zu schützen. Jetzt muss ich mich auch noch vor denen fürchten. Als wären die Frauen nicht schon genug gewesen? Gut, dass sich Athanasia am Rauch stört und gehen will. Die Anderen gehen mit ihr. Etwas durchschnaufen. Ich beruhige mich erst, als sie aus meinem Blickfeld völlig verschwinden. Großes Aufatmen!

Rea und Janni benutzen die gleiche Ausrede, um sich zu verkrümeln, als hätte ich nicht mitbekommen, dass sie lieber zum Anblick der Decke zurückkehren möchten! Rea fragt mich diskret, ob sie eine Flasche Champagner unterwegs noch besorgen soll. So, damit halt eine im Haus ist! Ich sage ihr, sie soll nicht auf mich warten, ich werde bei Toli schlafen, und erwidere ihr Augenzwinkern. Als Zeichen!

Zwei Monate später – vier Kilo weniger

Ich weiß, dass zwei Kilo im Monat zu verlieren, kein besonderes Kunststück ist (vor allem wenn dein Gewicht die hundert Kilo übersteigt…), aber wenn alles so kommt wie ich es geplant habe, werde ich an meinem fünfundzwanzigsten Geburtstag mein Traumgewicht haben!
Toli meint, bis dahin sei er nicht gezwungen in ein Body Building Studio zu rennen. Er kann einfach jeden Abend drei Sets mit zehn Wiederholungen (Gewichtheben, indem er mich hochhebt) und so seine Muskeln trainieren!
Toli erlaubt mir THENIA'S GREEN TOAST zu essen mit der phantastischen orangefarbenen Soße (bitte notieren: Die Zusammensetzung wurde mir noch nicht offenbart!), und nicht mehr als zwei bei jeder Mahlzeit.
Toli kann erzählen was er will, ich alleine weiß wie er durchdreht, wenn er meine Fettpölsterchen bearbeitet. Während er Body Building macht, versteht sich!
Was die übrigen Paare angeht…

Janni und Rea sind das schönste Paar, das ich in meinem Leben gesehen habe. Sie sind den ganzen Tag eng umschlungen und tauschen Kosena-

men aus, die im umgekehrten Fall Lebensmittel in einem Supermarkt im Weltall zu finden wären. (Zucchiniraketchen, Wurstgeschosschen, Tomatenraumschiff und andere, die mir nicht mehr einfallen, die mich aber an einen Bauernsalat erinnern.)
Die Ironie daran ist, dass keiner bis jetzt essend gesichtet wurde…
Rea ist, nachdem sie ihre Beziehung zu Janni gefestigt hat, zu ihren alten Gewohnheiten zurückgekehrt. Sie hat sich wieder in eine Göttin verwandelt und hat sich wieder dem Pink verschrieben, was ihr sehr gut steht. (Janni kann sein Glück kaum fassen!) Gleichzeitig hat sie die Verbesserung der Haut ihres Liebsten in die Hand genommen, und unterzieht ihn der Folter der Gurkenmasken und das täglich. Die Wahrheit ist, dass die Behandlung Früchte trägt und seine Akne verschwindet.

Ari und Spiro sind ein noch schöneres Paar als das letzte. Diskret wie immer, mimen sie außerhalb ihrer vier Wände erfolgreich die besten Freunde und schaffen es so, ihr soziales Umfeld irre zu führen, während sie zuhause weiterhin gemeinsam baden!
Nur einmal, als ich bei ihnen zu Hause war, haben sie versucht, vor mir sich einen Zungenkuss zu geben, und weil ich beinahe in Ohnmacht gefallen wäre, haben sie ihre Zärtlichkeiten auf… die oberen Stockwerke beschränkt.
Ari natürlich, stadtbekannter Herzensbrecher, geht weiter durch die Stadt und zermalmt unbedacht weibliche Herzen (nur Herzen…) im Vorbeigehen. Auf der anderen Seite, kann niemand von ihm verlangen, seine Vorlieben überall herum zu posaunen…
Ich muss in jedem Fall zugeben, dass damals, als ich noch wahnsinnig in ihn verliebt war, er mir niemals Hoffnungen gemacht hat, dass wir ein Paar werden könnten. Er hat mich per „Einschreiben“ in die Arme von Toli geschickt. Hätte ich ihn nicht im Bad erwischt, in der bekannten Stellung… wäre ich nie mitten in der Nacht zur Uni gegangen und dann hätte ich auch nicht Toli besoffen angetroffen, der mir so seine Liebe gestehen konnte.

Toli kann nicht oft genug wiederholen, dass er Ari auf ewig dankbar sein wird, weil er ihn aus seiner jahrelangen Lethargie geweckt hat, um mir die Augen zu öffnen, damit ich sehen kann, wer mich wirklich liebt. Und deshalb spricht er auch oft von „Unserer guten Fee!“

Nektario und Athanasia leben in ständiger Trennung mit netten Unterbrechungen. Nachdem sie sich viermal die Woche trennen, sich aber in Wirklichkeit abgöttisch lieben, vertragen sie sich deshalb ebenso oft wieder. Diese Situation hat Nektario beruflich sehr geholfen, der, durch den wiederholten Trennungsschmerz – wenn auch nur kurzfristig – eine ganze Menge Liebesballaden komponiert hat, die bald als CD auf den Markt kommen werden mit den Titel Euthanasia (!) – nachdem Athanasia bereits seit Jahren geschützt ist!
Heute haben sie sich ein weiteres Mal getrennt, nach einem großen Streit, bei dem sie sich geschworen haben, dass dies der letzte Abschied ist, was mich überhaupt nicht beunruhigt, weil sie sich sicherlich genau in diesem Moment wieder vertragen...

Theodor und Vangeli haben ihre eigene Sendung im Fernsehen, mit dem Titel „Sag es frei heraus“, wo sie Schwule aller sozialen Schichten einladen, die nicht nur bereit sind sich in ihrem familiären, beruflichen und sozialem Umfeld zu outen, sondern auch für die Anerkennung der Schwulen in der Welt kämpfen. Die Sendung erfreut sich großer Beliebtheit und ist ein Meilenstein in der Geschichte der Freiheit der Homosexuellen. Das Tele-Paar Theodor und Vangeli wurde ins Guinness Buch der Rekorde aufgenommen, als die einzige Beziehung, die bei einer Seifenoper entstanden ist und länger als sechs Monate hält.

Die Terroristen – Bus-Piraten – Täter Elevtherio Archimidou und Aki Chaspi haben gleich nach ihrer Freilassung Jobs als Außendienstmitarbeiter der Sendung von Theodor und Vangeli bekommen, und berichten über alle Schwulen-Gemeinden außerhalb und innerhalb Griechenlands.

Ihre Forderungen wurden nicht erfüllt, zum einen weil ihre Eltern mit dieser Ehe nicht einverstanden sind, und zum anderen weil sowohl die Kirche als auch der Staat es abgelehnt haben, auch nur darüber zu verhandeln. Allerdings, und wie aus sicherer Quelle berichtet wird, haben sie bereits heimlich in den Niederlanden geheiratet, mit dem Trauzeugen Andrea Tosodouli.

Ich will nicht versäumen, die anderen vier Personen zu erwähnen, mit denen wir uns ebenfalls beschäftigt haben.

Mitso Papadima, bekannt auch als der griechische Schumacher, Ex-Fahrer des weltberühmten Busses, wurde zum dritten Mal zum Präsidenten der Organisation Griechischer Kraftfahrer gewählt und bereitet sich darauf vor, als nächster Abgeordneter Kalamatas anzutreten, und sicher mit Erfolg.

Andrea Tosodouli, abenteuerlustiger Journalist, hat sich bei einer unplanmäßigen Reise in die Niederlande (ich frage mich warum…), Hals über Kopf in seine Traumfrau Ouma verliebt und geheiratet. Sie leben jetzt auf einer Schaffarm, in der Gegend um Utrecht.

Iro ist in Athen und wie ich erfahren habe, hat sie sich in einer Tanzschule eingeschrieben für Menschen mit besonderen Bedürfnissen, wo sie sich den ganzen Tag bei Mambo und Salsa Rhythmen abreagiert.

Barbie, auf der anderen Seite, hat ihre Trennung von dem einen Trottel überwunden (wie hieß er noch mal?), und ist jetzt zusammen mit ihrer Nobelvilla in den Speicher eines Waisenhauses im Norden Griechenlands umgezogen, wo sie sich für immer niederlassen will, um ihre Dienste kleinen Mädchen anbieten zu können, die sie nötiger brauchen als ich.

Freitag
00:15 Uhr
Thenias Apartment

Wir sind gerade fertig geworden, nach einer Nacht voll wildem Sex und ich höre Toli in der Toilette. Ich lege mich nackt auf das einzige kleine Bett und rauche eine selbstgedrehte Zigarette, weil meine zu Ende sind. Ich bin glücklich. Noch ein paar Monate vorher schlief ich alleine mit meinen Chips.

Das Leben ändert sich...

Ich höre wie er das Wasser in der Dusche anmacht. Jetzt ist der richtige Moment. Ich packe die Riesenschokolade, die ich unter der Matratze versteckt habe und verschlinge sie, bevor Toll mich erwischen kann. Welche Wonne!

...der Mensch aber nie!

(Ich muss noch daran denken, die Schokolade im letzten Fach des Schuhschranks zu ersetzen.)

- Alle 31 Heidelberger Speedmaster Druckwerke in drei Formatklassen aus 2002 und jünger (Acht,- Fünf-, Vier- und Zweifarben)
- Digitaldruckmaschinen Kodak NexPress 2100 und Océ VarioPrint 2110 vereinen die Stärken des Offsetdrucks mit der Flexibilität des Farblaserdrucks
- Vernetzte Abläufe von der Kalkulation bis zur Lieferung. Integrierter Organisations- und Produktions-Workflow Heidelberg Prinect
- Druck von frequenzmoduliertem Raster und Aniva-Farben praxiserprobt und beherrscht
- Neuer Showroom IDee Druck und Papier – Papier-, Druck-, Veredelungs- und Verarbeitungsmuster, Anregungen, Trends und Beispiele
- Ganzheitliches Managementsystem nach dem EFQM-Modell für Qualität, Umwelt, Kundenorientierung und Arbeitssicherheit
- Webbasierte Lagerverwaltung Ihrer bei uns eingelagerten Waren
- Kaufmännische und technische Geschäftsbereiche von Montag bis Freitag von 6.00 bis 20.00 Uhr durchgehend und am Samstag von 9.00 bis 12.00 Uhr erreichbar
- Bei Bedarf arbeiten wir „rund-um-die-Uhr" und am Wochenende
- pi.finance – Finanzierung Ihrer Druckprodukte bis zu 23 Monaten

Pinskerstraße 1
84048 Mainburg
Telefon (08751) 86 19 - 0
Telefax (08751) 86 19 - 20

Anglerstraße 6
80339 München
Telefon (089) 51 08 89 - 71
Telefax (089) 51 08 89 - 54

Internet
www.pinsker.de
E-Mail
mail@pinsker.de

Pinsker
Druck und Medien